COLLECTION FOLIO

Hermann Hesse

# Fiançailles

*Traduit de l'allemand*
*par Edmond Beaujon*

*Repères chronologiques*
*et bibliographiques établis*
*par Edmond Beaujon*

Gallimard

Hermann Hesse est né dans le Wurtemberg, le 2 juillet 1877. Révolté dès son plus jeune âge, il quitte sa famille à seize ans et vit seul et chichement jusqu'à la publication en 1904 de *Peter Camenzind*, un roman d'éducation sur l'enfance brimée par l'autorité des maîtres. Grâce à ce roman, suivi de *L'Ornière* (1905), il connaît un certain succès, sans être toutefois libéré du sentiment d'oppression et du désir de fuite qu'il exprime dans *Gertrude* (1910). Plusieurs voyages et séjours en Inde influencent Hermann Hesse au point qu'il trouve dans les religions et la civilisation de l'Inde un équilibre précaire, fait de symbolisme spirituel et de conciliation des extrêmes. De cette recherche plusieurs livres sont issus, dont *Siddharta* (1922), *Le loup des steppes* (1927), *Narcisse et Goldmund* (1930). Souhaitant décrire le rêve d'une aristocratie idéale qui recueillerait l'héritage de l'Asie et de l'Europe, il publie en 1943 *Le jeu des perles de verre*.

Hermann Hesse a reçu le prix Nobel de littérature en 1946. Il est mort en Suisse en août 1962.

*Fiançailles*

*Titre original de la nouvelle :*
DIE VERLOBUNG

Dans la Hirschengasse se trouve un modeste magasin de blanc qui, à l'égal des maisons voisines, n'a pas encore été touché par les changements de l'époque moderne et qui est assez bien achalandé. C'est un de ces commerces où l'on dit toujours à chaque client, en prenant congé de lui, et même s'il vient régulièrement depuis une vingtaine d'années : « Faites-moi l'honneur de revenir une prochaine fois. » On y voit encore, de loin en loin, deux ou trois vieilles acheteuses qui demandent en aunes leur fourniture de rubans et de galons et qui sont de fait servies en aunes. La vente est assurée par une fille de la maison restée célibataire et par une employée, vendeuse qualifiée. Le propriétaire, présent du matin au soir dans sa boutique, est constamment occupé mais ne dit jamais mot. Il peut avoir soixante-dix ans, est de très petite taille, a de jolies joues roses et une courte barbe grise ; sur sa tête probablement chauve depuis longtemps, il porte en toute saison une toque ronde et rigide ornée de fleurs et d'arabesques brodées au point de croix. Il se nomme Andreas Ohngelt et appartient à la vieille bourgeoisie la plus authentique et la plus honorable de la ville.

Personne ne remarque rien de particulier sur la personne de ce marchand silencieux, il est pareil à lui-même depuis des décennies et semble aussi peu avancer en âge qu'avoir été plus jeune autrefois. Néanmoins, il fut un temps où Andreas Ohngelt avait été un petit garçon, puis un adolescent et si l'on interroge les vieilles gens, on apprend qu'il était jadis appelé « le petit Ohngelt » et qu'il avait joui malgré lui d'une certaine célébrité. Un jour, il y a de cela trente-cinq ans environ, il avait même été le héros d'une « histoire », jadis familière à tous les habitants de Gersau, bien que nul aujourd'hui ne se soucie plus de l'entendre ni de la raconter. C'est l'histoire de ses fiançailles.

Comme écolier déjà, le jeune Andreas éprouvait une aversion instinctive pour toute conversation, toute vie sociale, partout il se sentait de trop et observé par chacun : il était assez modeste et craintif pour céder d'avance à qui que ce soit et lui laisser le champ libre. Il éprouvait un profond respect pour ses maîtres et ses camarades qui lui inspiraient une crainte mêlée d'admiration. On ne le voyait jamais dans la rue ni sur les terrains de jeu, rarement aux bains dans la rivière ; en hiver, il tressaillait et courbait l'échine sitôt qu'il voyait un garçon ramasser une poignée de neige. C'est pourquoi il préférait jouer gaiement et gentiment à la maison avec les poupées délaissées par ses grandes sœurs ainsi qu'avec un petit magasin sur la balance duquel il pesait de la farine, du sel et du sable qu'il emballait dans des sacs en papier, pour les échanger ensuite les uns contre les autres, les vider, intervertir les emballages et les peser une nouvelle fois. Il aimait aussi aider sa mère en participant à de menus travaux ménagers, faisait des emplettes pour elle ou enlevait les limaçons sur les salades du jardin.

Il est vrai que ses camarades de classe le tourmentaient et le taquinaient bien souvent, mais comme il ne se mettait jamais en colère et ne prenait rien, ou presque, en mauvaise part, il menait en somme une existence facile et relativement heureuse. Les sentiments et l'amitié qu'il ne trouvait pas chez ses pareils et qu'il ne pouvait donc leur rendre, il les réservait pour ses poupées. Il avait perdu son père très tôt et avait été un fruit tardif du ménage ; sa mère, qui naturellement eût désiré le voir différent de ce qu'il était, lui accordait sa protection et répondait à son docile attachement par un amour teinté de compassion.

Cet état de choses supportable ne dura cependant que jusqu'au moment où le petit Andreas eut quitté l'école et achevé l'apprentissage qu'il avait fait dans la maison Dierlamm, sur la place du Marché. À ce moment-là, à partir de sa dix-septième année environ, son tempérament avide de tendresse emprunta d'autres voies. L'adolescent resté petit et timide commença à regarder les filles avec des yeux toujours plus écarquillés et éleva dans son cœur un autel à l'amour de la femme, autel dont la flamme brûlait avec d'autant plus d'ardeur que ses amours évoluaient plus tristement.

Les occasions de faire la connaissance de jeunes filles de tout âge et de les regarder ne manquaient certes pas, puisque le jeune Ohngelt, après avoir terminé son apprentissage, était entré dans le commerce de blanc de sa tante, à laquelle il devait succéder un jour. Là, il pouvait voir quotidiennement des enfants, des écolières, des jeunes demoiselles, des vieilles filles, des servantes et des femmes fouiller dans les rubans et les toiles, choisir des garnitures et des modèles de broderie, s'enthousiasmer, critiquer, marchander, quêter un conseil, acheter et échanger de nouveau ce qu'elles venaient d'acquérir. Le jeune homme, poli et intimidé, ouvrait des tiroirs, grimpait sur l'escabeau, en redescendait, présentait la marchandise, la remettait à sa place, prenait note des commandes, donnait des renseignements au sujet des prix, et tous les huit jours tombait amoureux d'une autre de ses clientes. En rougissant, il recommandait la qualité des galons ou de la laine, acquittait les factures d'une écriture tremblée et, le cœur battant, tenait la porte ouverte et articulait la phrase qui sollicitait l'honneur d'une prochaine visite, chaque fois qu'une jeune beauté pleine de morgue sortait de la boutique.

Afin de plaire véritablement à ses belles clientes et leur être agréable, Andreas prit l'habitude de soigner sa personne et ses manières. Chaque matin, il coiffait soigneusement ses cheveux blonds, portait toujours des habits et du linge très propres et surveillait avec impatience l'apparition progressive d'une petite moustache. Il apprit à s'incliner avec élégance en accueillant ses clientes, à s'appuyer du revers de la main gauche sur le comptoir pendant qu'il présentait les différents articles, à rester debout en prenant appui sur une seule jambe ; il avait atteint une maîtrise parfaite dans l'art du sourire qu'il dominait entièrement, depuis le sourire complaisant et discret jusqu'au sourire rayonnant du bonheur le plus sincère. En outre, il était constamment à l'affût de belles et nouvelles phrases qui, la plupart du temps, n'étaient que des propos de circonstance ; il en découvrait toujours de nouvelles et de plus exquises qu'il ne manquait pas d'apprendre par cœur. Comme il avait toujours été, depuis son enfance, embarrassé et craintif lorsqu'il s'agissait de parler, et qu'autrefois déjà il n'avait que rarement articulé une phrase complète avec sujet et attribut, il trouva désormais une aide dans ce curieux répertoire d'expressions et s'accoutuma, en renonçant au sens et à l'intelligibilité des mots, à simuler une sorte de faculté oratoire vis-à-vis de lui-même et de ses interlocuteurs.

Si quelqu'un disait : « Quel temps splendide aujourd'hui », le petit Ohngelt répondait alors : « Certes — oh, oui — avec votre permission — en vérité. » Une cliente demandait-elle si une toile de lin était vraiment résistante, il disait alors : « Oh, je vous en prie — oui — sans aucun doute — cela va sans dire — très certainement. » Et si quelqu'un s'enquérait de sa santé, il répondait : « Je vous remercie humblement — bien, vraiment — le mieux du monde. » Dans des situations particulièrement importantes, où l'honneur de la maison était en jeu, il ne reculait pas devant des expressions telles que « nonobstant », « mais toutefois », « pas du tout, au contraire ». En même temps, tous ses membres, depuis sa tête inclinée jusqu'à la pointe de ses pieds qui remuait, n'étaient qu'application, politesse et sensibilité. Mais ce qui était le plus expressif en lui, c'était son cou relativement long, maigre et nerveux, doté d'une pomme d'Adam étonnamment volumineuse et mobile ; quand le jeune et sentimental garçon de boutique faisait une de ses réponses en staccato, on avait l'impression qu'elle provenait pour un tiers au moins de son larynx.

La nature ne répartit pas ses dons sans quelque raison et si le cou expressif d'Ohngelt ne correspondait pas à ses capacités oratoires, il était d'autant mieux désigné pour être la propriété et le signe distinctif d'un chanteur passionné. Andreas était un très grand ami du chant. Les compliments les mieux tournés, la gesticulation commerciale la plus raffinée, les plus touchants « tout compte fait » et « dans ce cas », rien de tout cela ne lui procurait au plus profond de l'âme un bien-être aussi suave que le chant. Ce talent, demeuré caché pendant les années d'école, se développa de plus en plus brillamment après la mue, mais toujours en secret. Car il n'aurait pas été conforme au tempérament timide et angoissé d'Ohngelt qu'il pût se livrer à son art et à son plaisir secrets autrement que dans la plus sûre retraite.

Le soir, pendant la petite heure qu'il passait dans sa chambre entre le repas et le coucher, il chantait ses lieder dans l'obscurité et se livrait à une débauche d'extase lyrique. Sa voix était celle d'un ténor plutôt aigu et il cherchait à suppléer par le tempérament à ce qui lui manquait en formation. Son œil jetait une lueur humide, sa tête, où se voyait une belle raie, s'inclinait en arrière vers la nuque, tandis que sa pomme d'Adam montait et descendait à chaque note. Sa mélodie préférée était intitulée : *Quand partent les hirondelles.* Lorsqu'il arrivait à la strophe commençant par « *se séparer, se quitter fait mal* », il tenait longtemps la note qui vibrait et parfois il avait les larmes aux yeux.

Il avança rapidement dans la carrière commerciale. On avait projeté de l'envoyer quelques années encore dans une ville plus importante. Cependant, il se rendit bientôt à ce point indispensable dans la boutique de sa tante que celle-ci ne voulut plus le laisser partir et, comme il devait plus tard reprendre le commerce par héritage, sa prospérité matérielle était assurée pour l'avenir. Il en allait autrement en ce qui concernait ses affaires de cœur. Aux yeux de toutes les jeunes filles de son âge, et notamment les plus jolies, il n'était rien d'autre qu'un personnage comique, malgré ses clins d'œil et ses courbettes. Il tombait amoureux de chacune de ces demoiselles à tour de rôle, et il aurait agréé la première d'entre elles qui eût fait un seul pas vers lui. Mais aucune de ces personnes ne faisait ce pas, bien qu'il enrichît constamment son langage des phrases les plus savantes et sa toilette des attributs les plus agréables.

Il y avait bien une exception, mais il ne le remarquait guère. Mlle Paula Kircher, dite la Kirchers-päule, se montrait toujours polie avec lui et semblait le prendre au sérieux. Il est vrai qu'elle n'était ni jeune ni jolie, de quelques années plus âgée que lui et de peu d'apparence, mais enfin, c'était une jeune fille capable et estimée appartenant à une famille d'artisans aisés. Lorsque Andreas la saluait dans la rue, elle lui répondait aimablement, avec gravité, et quand elle venait au magasin, elle se montrait polie, simple et discrète, lui facilitait le service et prenait ses attentions de commerçant pour argent comptant. D'un côté, il la voyait sans déplaisir et avait confiance en elle ; de l'autre, elle lui était complètement indifférente et appartenait au petit nombre des vieilles filles auxquelles, en dehors de la boutique, il n'accordait aucune pensée.

Tantôt il plaçait son espoir dans de nouvelles chaussures fines, tantôt dans une jolie cravate, sans compter, naturellement, sa moustache qui poussait peu à peu et qu'il soignait comme la prunelle de ses yeux. Il finit par acheter à un voyageur de commerce une bague ornée d'une grosse opale. À cette époque, il atteignait sa vingt-sixième année.

Cependant, lorsqu'il eut trente ans et que, en dépit de sa patiente circumnavigation, le havre du mariage lui apparut toujours aussi perdu dans un lointain mélancolique, la mère et la tante sentirent la nécessité d'intervenir efficacement. La tante, déjà passablement avancée en âge, commença par déclarer qu'elle voulait, de son vivant encore, remettre son commerce à Andreas, mais seulement le jour de son mariage avec une fille de Gerbersau, irréprochable bien entendu. Cette déclaration fut un signal d'attaque pour la mère du jeune homme. Après mûre réflexion, elle jugea que son fils devait faire partie d'une société afin de voir davantage de monde et d'apprendre à parler aux femmes. Et comme elle connaissait bien son amour pour l'art du chant, elle pensa ferrer le poisson à l'aide de cet hameçon et suggéra à son fils de s'inscrire à la société de chant *Liederkranz*.

En dépit de la crainte que lui inspiraient les rapports sociaux, Andreas fut, en principe, d'accord. Il proposa cependant d'entrer à la société *Chant sacré* à la place du *Liederkranz*, puisqu'il avait une préférence pour la musique sérieuse. Mais la véritable raison de ce choix était que Marguerite Dierlamm faisait partie du *Chant sacré*. C'était la fille de l'ancien maître principal de Ohngelt, une jolie jeune fille très gaie et âgée d'à peine vingt ans dont il s'était épris récemment, car depuis un certain temps il n'y avait plus de fille célibataire de son âge, du moins aucune qui fût jolie.

La mère n'eut rien de valable à objecter au *Chant sacré.* En effet, si cette société n'organisait pas autant de soirées et de festivités que le *Liederkranz,* l'affiliation en était, en revanche, beaucoup moins coûteuse et on y trouvait suffisamment de jeunes filles de bonne maison avec lesquelles Andreas pourrait entrer en contact au cours des répétitions et des concerts. Sans plus tarder, elle se rendit avec Monsieur son fils chez le directeur du *Chant sacré,* un instituteur grisonnant qui les reçut avec amabilité.

« Ainsi, monsieur Ohngelt, vous voulez chanter avec nous ?

— Oui — certainement — excusez-moi.

— Avez-vous déjà chanté auparavant ?

— Oh oui, c'est-à-dire — en quelque sorte.

— Eh bien, faisons un essai. Chantez-moi une mélodie que vous sachiez par cœur. »

Ohngelt rougit comme un petit garçon et pour rien au monde ne voulut commencer. Mais l'instituteur insista et se fâcha presque si bien qu'Andreas finit par surmonter son angoisse et entonna sa mélodie préférée, non sans jeter un coup d'œil résigné à sa mère tranquillement assise près de lui. Il se laissa entraîner malgré lui et exécuta la première strophe sans hésitation.

Le directeur lui fit signe de s'arrêter, que cela suffisait. Il se montra de nouveau fort poli, trouva que le morceau avait été très joliment chanté, que l'on voyait qu'Andreas l'avait fait *con amore* ; il le trouvait seulement plus doué pour la musique profane et lui demanda s'il ne voulait pas essayer d'entrer au *Lieder-*

*kranz.* À peine M. Ohngelt avait-il commencé à balbutier une réponse embarrassée que déjà sa mère volait à son secours. Il chantait vraiment très bien, disait-elle, il était seulement un peu intimidé en ce moment, et elle serait si heureuse s'il était accueilli au *Chant sacré*; le *Liederkranz* était en effet quelque chose de très différent, de moins beau, d'ailleurs, elle donnait chaque année quelque chose en faveur de la distribution des prix de l'enseignement religieux, bref, si M. l'instituteur voulait être assez aimable pour accepter son fils, au moins pour une période d'essai, on verrait ensuite ce qu'on déciderait. Sur un ton conciliant, le vieil homme tenta encore à deux reprises de parler, faisant valoir que le chant d'église n'était pas une plaisanterie et que, de toute façon, on était déjà bien à l'étroit sur la tribune de l'orgue, mais en fin de compte, l'éloquence maternelle triompha. Il n'était encore jamais arrivé à ce directeur chargé d'années de voir un homme de plus de trente ans se faire inscrire comme chanteur accompagné de sa mère pour l'assister. Si inhabituel et, à vrai dire, si gênant que lui fût ce supplément imposé à son chœur, le directeur en éprouva néanmoins un secret plaisir, bien que ce ne fût pas pour l'amour de la musique. Il donna rendez-vous à Andreas pour la répétition suivante et congédia ses visiteurs en souriant.

Le mercredi soir, le petit Ohngelt se trouva à l'heure exacte dans la salle d'école où avait lieu la répétition d'un choral pour les fêtes de Pâques. Les chanteurs et les chanteuses qui arrivaient peu à peu saluèrent très amicalement le nouveau membre et firent preuve d'un tel entrain et d'une telle bonne humeur que Ohngelt se sentit aux anges. Marguerite Dierlamm était là également et fit, elle aussi, un signe amical en souriant au nouveau venu. Il entendit bien de temps à autre des rires étouffés derrière son dos, mais il avait l'habitude d'être pris pour quelqu'un de légèrement comique et ne se laissa pas inquiéter pour autant. Ce qui le déconcerta, en revanche, ce fut le comportement sérieux et réservé de la Kircherspäule qui était là aussi et qui appartenait même, comme il ne tarda pas à le remarquer, au groupe des chanteurs les plus appréciés. Jusque-là, elle lui avait toujours témoigné une bienveillante amitié, et voilà qu'à présent, elle se montrait d'une étonnante froideur et semblait presque choquée de le voir pénétrer dans ce cercle. Mais après tout, qu'est-ce que la Kircherspäule pouvait bien lui faire ?

Lorsqu'il s'agit de chanter, Ohngelt se comporta avec une extrême prudence. De ses années d'école, il avait gardé une vague idée de la notation musicale et il répéta en sourdine plus d'une mesure après les autres choristes : néanmoins, dans l'ensemble, il se sentit peu sûr de son art et éprouva des doutes angoissés, se demandant s'il en irait jamais autrement pour lui. Le chef, que son embarras touchait et faisait sourire, voulut le ménager et alla même jusqu'à lui dire, en le quittant : « Avec le temps, cela ira mieux, si vous persévérez. » Pendant toute la soirée, Andreas avait eu le plaisir de se trouver près de Marguerite et de pouvoir la regarder fréquemment. Il songea que, lors des auditions publiques, avant et après le service divin, les ténors étaient placés, sur la tribune de l'orgue, exactement derrière les jeunes filles et il se représenta l'enchantement que ce serait pour lui de se trouver aussi près de Mlle Dierlamm lors des fêtes de Pâques et de chaque occasion à venir où il pourrait la contempler sans crainte. Puis il se rappela douloureusement sa petite taille étriquée et en conclut que, debout parmi les autres chanteurs, il ne pourrait rien voir du tout. À grand-peine et en bredouillant, il expliqua à l'un de ses collègues la situation difficile qui l'attendait sur la tribune, sans préciser, naturellement, le motif réel de son inquiétude. En riant, son collègue le rassura et lui déclara qu'il allait se procurer un dispositif susceptible de le placer à la hauteur désirée.

À la fin de la répétition, chacun s'en alla rapidement et c'est à peine si l'on se saluait. Quelques messieurs accompagnèrent les dames jusque chez elles, d'autres allèrent boire ensemble un verre de bière. Ohngelt resta pitoyablement seul devant l'obscur bâtiment d'école ; le cœur serré, il suivait les autres du regard et notamment Marguerite d'un air désabusé, lorsque la Kircherspäule passa devant lui. Comme il soulevait son chapeau, elle lui dit : « Rentrez-vous à la maison ? Dans ce cas, nous allons dans la même direction et nous pouvons faire un bout de chemin ensemble. » Il acquiesça avec reconnaissance et lui emboîta le pas le long des rues humides et froides du mois de mars, sans échanger avec elle d'autres paroles qu'un souhait de bonne nuit.

Le lendemain, Marguerite Dierlamm vint au magasin de blanc et Andreas put la servir ; il manipula chaque tissu comme si c'eût été de la soie, brandit son mètre comme il l'aurait fait d'un archet, mit du sentiment et de la suavité dans le moindre service qu'il lui rendait et espéra tout bas qu'elle lui dirait quelques mots de la soirée de la veille, de la répétition et de la société de musique. C'est justement ce qu'elle fit. Au moment de s'en aller et déjà sur le seuil de la porte, elle lui demanda : « J'ai été très étonnée de voir que vous chantiez aussi, monsieur Ohngelt. Chantez-vous depuis longtemps ? » Et tandis que, le cœur battant, il articulait péniblement : « Oui — plutôt comme ça seulement — si vous permettez », elle disparut rapidement dans la rue en lui faisant un petit signe de tête.

« Attends donc ! » pensa-t-il, et il se mit à échafauder de tels rêves d'avenir que, pour la première fois de sa vie, en rangeant sa marchandise, il confondit les galons mi-laine avec les pure laine.

Cependant les fêtes de Pâques approchaient et comme le chœur de l'église devait chanter le Vendredi saint et le dimanche de Pâques, il y eut plusieurs répétitions pendant la semaine. Ohngelt arrivait toujours ponctuellement à l'heure et s'efforçait de ne rien compromettre ; chacun d'ailleurs le traitait avec bienveillance. Seule la Kircherspäule semblait ne pas être très contente de lui, et il n'aimait pas cela, car après tout elle était la seule personne en qui il eût une entière confiance. Il se résigna donc à faire régulièrement le chemin du retour avec elle, car s'il aspirait toujours secrètement et était résolu à proposer à Marguerite de l'accompagner, il ne trouva jamais le courage de le faire. Il rentrait donc avec la Päule. Les premières fois, ils n'échangèrent pas un mot durant le trajet. La fois suivante, la Kircher le mit au pied du mur et lui demanda pourquoi il était aussi laconique et s'il avait peur d'elle.

« Non, balbutia-t-il effrayé, pour ça non — plutôt — certainement pas — au contraire. »

Elle se mit à rire doucement et demanda :

« Et comment va ce chant ? Y prenez-vous du plaisir ?

— Oui, sans doute — beaucoup — c'est sûr. »

Elle secoua la tête et dit à voix basse :

« On ne peut donc vraiment pas parler avec vous, monsieur Ohngelt ? Chacune de vos réponses est une dérobade. »

Désarmé, il la regarda et bredouilla quelque chose.

« Je vous veux pourtant du bien, poursuivit-elle. Ne le croyez-vous pas ? »

Il acquiesça avec véhémence.

« Alors, ne pouvez-vous donc rien dire d'autre que "comment", "toutefois", "si vous permettez", et autres bêtises de ce genre ?

— Certainement — je le peux — quoique — en effet.

— C'est cela, quoique et en effet. Dites-moi, le soir avec votre mère et votre tante, vous parlez allemand, oui ou non ? Dans ce cas, faites-le aussi avec moi et avec tout le monde. On pourrait alors avoir une conversation raisonnable. Ne voulez-vous pas essayer ?

— Mais oui, je veux bien — certainement.

— Allons, voilà une bonne idée. À présent, je peux donc vous parler. J'aurais justement quelques petites choses à vous dire. »

Alors elle commença à lui parler d'une manière inhabituelle pour lui. Elle lui demanda ce qu'il cherchait dans cette société de *Chant sacré* puisqu'en réalité il ne savait pas chanter et que presque tous les autres membres étaient plus jeunes que lui. Elle lui demanda encore s'il n'avait pas remarqué qu'on se moquait parfois de lui, et plusieurs choses de ce genre. Cependant, plus il se sentait humilié par ce qu'elle lui disait, plus il était frappé de la bienveillance et des bonnes intentions qui motivaient ses paroles. Quelque peu larmoyant, il balançait entre une froide dénégation et une reconnaissance émue. Ils arrivaient déjà devant la maison des Kircher. Paula tendit la main à Andreas et lui dit gravement :

« Bonne nuit, monsieur Ohngelt, et ne m'en veuillez pas ! La prochaine fois, nous reprendrons cette conversation. »

Déconcerté, il rentra chez lui ; autant il souffrait à la pensée de ce qu'elle lui avait révélé, autant il trouvait nouveau et réconfortant que quelqu'un lui eût parlé si amicalement, avec autant de sérieux et de bonnes intentions.

À la répétition suivante, lorsqu'il fut sur le chemin du retour, il réussit à s'exprimer dans un allemand passable, à peu près comme il le faisait chez lui avec sa mère et, la réussite aidant, il retrouva courage et confiance. Le lendemain soir, il avait fait de tels progrès qu'il tenta de passer aux aveux ; il était même presque résolu à désigner la Dierlamm par son nom, car il attendait l'impossible de la complicité et de l'appui de la Päule. Mais elle ne le laissa pas aller jusque-là ; elle coupa court à ses aveux en lui disant : « Vous voulez vous marier, n'est-ce pas ? C'est bien ce que vous avez de plus intelligent à faire. Vous avez l'âge qu'il faut pour cela.

— L'âge oui, bien sûr », dit-il tristement. Elle se contenta de sourire et il rentra chez lui, navré. La fois suivante, il remit la question sur le tapis. La Päule répondit simplement qu'il devait bien savoir qui il voulait épouser; cependant, ce qui était certain, c'est que le rôle qu'il jouait à la société de chant ne pouvait lui être profitable, car, disait-elle, les jeunes filles pouvaient s'accommoder finalement de tout chez un amoureux, sauf du ridicule.

Le tourment moral dans lequel ces paroles l'avaient plongé finit par s'effacer devant l'excitation qui accompagna les préparatifs de la journée du Vendredi saint, au cours de laquelle Ohngelt devait paraître pour la première fois dans le chœur, sur la tribune de l'orgue. Ce matin-là, il s'habilla avec un soin particulier et arriva en avance à l'église, coiffé de son plus solennel haut-de-forme. Après que sa place lui eut été indiquée, il se tourna une fois encore vers le collègue qui lui avait promis de lui venir en aide grâce à un dispositif spécial. Effectivement, celui-ci parut n'avoir pas oublié sa promesse, car il fit un signe à l'homme qui soufflait à l'orgue. Celui-ci apporta en souriant d'aise une caissette qui fut placée à l'endroit où devait se tenir Ohngelt et sur laquelle le petit homme se jucha, de façon à pouvoir voir et être vu et jouir des mêmes avantages que le plus longiligne des ténors. Cependant, cette position était fatigante et dangereuse, car il devait se maintenir exactement en équilibre et suait à grosses gouttes à l'idée qu'il pourrait faire une chute et se casser une jambe en roulant jusqu'aux pieds des jeunes filles rangées près de la balustrade. Il faut dire que le plancher de l'orgue s'inclinait en gradins étroits et assez raides qui descendaient vers la nef de l'église. Cependant, grâce à cette déclivité, il eut le plaisir de pouvoir contempler, si proche qu'il en était oppressé, la nuque de la belle Marguerite Dierlamm. Quand les chœurs et le service divin prirent fin, il se sentit épuisé et il poussa un soupir de soulagement lorsque les portes s'ouvrirent et que les cloches se mirent en branle.

Le lendemain, la Kircherspäule lui fit des reproches, disant que sa position artificiellement surélevée avait paru franchement arrogante et l'avait couvert de ridicule. Il promit de ne plus avoir honte, désormais, de sa petite taille, mais il tenait cependant à utiliser une dernière fois la caissette à l'occasion du jour de Pâques, ne serait-ce que pour ne pas désobliger le monsieur qui la lui avait offerte. Elle n'osa lui demander s'il ne voyait pas que celui-ci ne l'avait fait que dans l'intention de s'amuser à ses dépens. Elle se contenta de hocher la tête et se sentit aussi irritée de sa bêtise que de sa candeur.

Le dimanche de Pâques, l'atmosphère fut encore plus solennelle que les jours précédents. On exécuta une musique ardue pendant que Ohngelt se tenait courageusement en équilibre sur son échafaudage. Vers la fin du choral, il s'aperçut avec horreur que sa petite plate-forme commençait à vaciller et à devenir instable sous ses pieds. Il ne pouvait que se tenir immobile et éviter dans la mesure du possible la dégringolade au bas des gradins. Il y réussit et, au lieu d'un scandale et d'un malheur, il ne se produisit rien, si ce n'est que le ténor Ohngelt, dans un léger craquement, se raccourcit lentement, et, le visage plein d'effroi, s'enfonça jusqu'à disparaître complètement. Il perdit successivement de vue le chef du chœur, la nef de l'église, les galeries et la ravissante nuque de la blonde Marguerite, mais atteignit sain et sauf le plancher, tandis que dans l'église, en dehors des chanteurs ricanants, seule une partie de la jeunesse masculine des écoles, assise à proximité immédiate, remarqua le phénomène. Au-dessus du lieu de son humiliation le splendide choral de Pâques se déploya dans une exultation jubilante.

Lorsque, pendant le final de l'organiste, la foule quitta l'église, les membres de la société de chant restèrent encore un moment sur la tribune à échanger quelques mots, car le lendemain, lundi de Pâques, devait avoir lieu, comme chaque année, une sortie de fête. Dès le début, Ohngelt avait placé beaucoup d'espoir dans cette excursion. Il trouva même le courage de demander à Mlle Dierlamm si elle comptait y prendre part et la question vint assez naturellement sur ses lèvres.

« Oui, bien sûr que j'y vais », dit tranquillement la jolie fille, puis elle ajouta : « À propos, vous ne vous êtes pas fait mal, tout à l'heure ? » En disant cela, elle pouffa de rire et, sans attendre la réponse, sortit précipitamment. Au même moment, la Päule regardait la scène d'un regard grave et compatissant, ce qui accentua encore la confusion d'Ohngelt. Son courage éphémère, après avoir flambé un instant, retomba aussi rapidement, et s'il n'eût déjà parlé de cette promenade à sa maman et ne lui eût demandé de l'y accompagner, il eût préféré dès lors renoncer à toute excursion, à toute société et à toute espérance.

Le lundi de Pâques, le ciel était bleu et ensoleillé ; à deux heures, la plupart des membres de la société de chant, accompagnés de leurs parents et de divers invités, se retrouvèrent au-dessus de la ville dans la *Lärchenallee.* Ohngelt avait amené sa mère. La veille au soir, il lui avait avoué qu'il était épris de

Marguerite et qu'il n'espérait guère réussir auprès d'elle, mais qu'il comptait encore un peu sur l'appui maternel et sur l'occasion offerte par la promenade de l'après-midi. Bien qu'elle souhaitât le meilleur sort possible à son fils, sa mère trouvait néanmoins Marguerite trop jeune et trop jolie pour lui. On pouvait toujours essayer, l'essentiel étant qu'Andreas prît bientôt femme, ne fût-ce que pour le bien du commerce.

On se mit en route sans entonner de refrain, car le chemin qui grimpait dans la forêt était plutôt raide et fatigant. Mme Ohngelt eut néanmoins assez de souffle et de présence d'esprit pour donner tout d'abord à son fils les dernières instructions relatives aux heures qui allaient suivre et ensuite pour entamer une conversation décisive avec Mme Dierlamm. La mère de Marguerite qui, tout en grimpant, s'efforçait de réserver suffisamment de souffle pour fournir les réponses indispensables, eut l'occasion d'apprendre une foule de choses aussi agréables qu'intéressantes. Mme Ohngelt commença en parlant du temps, qui était magnifique, de là, elle se lança dans un éloge de la musique religieuse, ensuite elle complimenta Mme Dierlamm pour son air de santé et de vigueur, pour la ravissante robe printanière de Marguerite; elle s'attarda sur les questions de toilette et, pour terminer, décrivit l'extraordinaire essor que connaissait depuis quelques années le magasin de blanc de sa belle-sœur. Après quoi, Mme Dierlamm ne put rien faire d'autre que de chanter les louanges du jeune Ohngelt, qui faisait preuve de tant de goût et de tant de capacité commerciale, qualités que son mari avait déjà remarquées et reconnues bien des années auparavant, alors qu'Andreas était encore en apprentissage. La mère, charmée, répondit à ces flatteries en soupirant légèrement. En effet, Andreas était très capable et ferait certainement son chemin, du reste, la superbe boutique n'était-elle pas quasiment sa propriété personnelle ? Il n'y avait qu'une chose lamentable, c'était sa timidité avec les femmes. De son côté, il ne lui manquait ni l'envie de se marier ni les vertus souhaitables d'un époux, mais plutôt la confiance en soi et l'esprit d'initiative.

Mme Dierlamm commença alors à réconforter cette mère soucieuse, et quoiqu'elle fût, à ce propos, bien éloignée de penser à sa fille, elle affirma néanmoins qu'une alliance avec le jeune homme ne pourrait être que désirable pour toute jeune fille célibataire de la ville. La Ohngelt buvait ces paroles comme du petit-lait.

Entre-temps, Marguerite avait pris les devants avec les autres jeunes gens de la société et Ohngelt s'était également joint à ce petit groupe bien qu'il eût de la peine à suivre à cause de ses jambes trop courtes.

Chacun se montra de nouveau exceptionnellement aimable avec lui, car, pour ces plaisantins, ce petit être craintif avec ses regards énamourés était une bonne aubaine. La jolie Marguerite se mit aussi de la partie et, avec un sérieux apparent, attira son adorateur dans la conversation, de sorte que, cédant à une joyeuse excitation et avalant force fragments de phrases, Andreas devint tout à fait passionné.

Mais le plaisir fut de courte durée. Peu à peu, le pauvre diable s'aperçut que l'on riait derrière son dos, et quand bien même il se serait résigné à son sort il était de toute façon vaincu et vit une nouvelle fois sombrer ses espérances. Néanmoins, il ne laissa presque rien voir de ses sentiments. La folle gaieté des jeunes gens montait d'un cran tous les quarts d'heure et Andreas riait avec eux d'autant plus bruyamment qu'il voyait plus clairement que plaisanteries et allusions s'adressaient à lui-même. Pour couronner le tout, le plus impertinent des jeunes, une grande perche d'aide-pharmacien, mit fin aux taquineries en improvisant une farce grossière.

On passait justement devant un beau et vieux chêne. Le pharmacien se proposa d'atteindre avec ses mains la branche la plus basse de cet arbre immense. Il se plaça au bon endroit et sauta à plusieurs reprises aussi haut qu'il le pouvait, sans arriver à saisir la branche, de sorte que les spectateurs rangés en cercle commencèrent à lui rire au nez. Il eut alors l'idée de sauver son honneur grâce à une plaisanterie, en mettant quelqu'un d'autre à la place de celui qui était la risée de tous. Brusquement, il saisit le petit Ohngelt à bras-le-corps, l'éleva dans les airs et lui ordonna d'attraper la branche et de s'y tenir ferme. Le jeune homme, surpris, fut indigné et n'aurait certainement pas obéi à l'injonction si, dans sa position aérienne, il n'avait eu peur de tomber. C'est pourquoi il agrippa la branche et s'y cramponna; aussitôt que l'autre remarqua son effroi, il le lâcha et Ohngelt resta donc désespérément accroché à sa branche sous les rires de ces jeunes qui le voyaient agiter les jambes et pousser des cris de colère.

«Je veux descendre! criait-il avec véhémence. Faites-moi tout de suite descendre!»

Sa voix se brisa, il se sentit complètement réduit à

néant et livré à une honte éternelle. Alors le pharmacien lui suggéra de se racheter en payant une rançon, ce qui provoqua des applaudissements et des cris de joie unanimes.

« Vous devez vous racheter ! » s'écria aussi Marguerite Dierlamm.

Vu les circonstances, il ne pouvait faire opposition.

« Oui, oui, mais vite ! »

Son tortionnaire fit alors un petit discours dans lequel il constatait qu'Ohngelt était membre de la société *Chant sacré* depuis trois semaines déjà sans que quiconque l'ait jamais entendu chanter ; en conséquence, il ne pourrait être libéré de sa dangereuse position que lorsqu'il aurait chanté quelque chose devant la présente assemblée.

À peine le pharmacien eut-il fini de parler qu'Andreas commença à chanter, car il sentait ses forces l'abandonner. Avec des sanglots dans la voix, il chanta : *« Te souviens-tu encore de cet instant »* — et il n'avait pas terminé la première strophe qu'il dut lâcher prise et tomba lourdement sur le sol en poussant un cri. Tous furent effrayés, et s'il s'était cassé une jambe il eût été assuré de leur compassion et de leur repentir. Mais il se releva, très pâle il est vrai, quoique sans mal, prit son chapeau qui était posé sur la mousse près de lui, le remit soigneusement sur sa tête et partit sans dire un mot, en empruntant le chemin par lequel ils étaient venus. Après le premier tournant, il s'assit au bord de la route et essaya de se remettre de ses émotions.

C'est là que le pharmacien le trouva, après l'avoir suivi, poussé par sa mauvaise conscience. Il présenta ses excuses sans obtenir la moindre réponse.

« Je regrette vraiment beaucoup, dit-il encore une fois d'un ton suppliant, je n'avais certainement pas de mauvaise intention. Je vous prie de me pardonner et de revenir parmi nous.

— Ce n'est rien », dit Ohngelt en faisant un signe de dénégation.

L'autre s'en alla insatisfait.

Peu après, la seconde partie de la société arriva lentement avec les personnes plus âgées et les deux mères. Andreas alla vers la sienne et lui dit :

« Je veux rentrer.

— Rentrer ? Pourquoi donc ? Il est arrivé quelque chose ?

— Non, mais ce n'est plus la peine, j'en suis sûr maintenant.

— Comment ? Tu as été éconduit ?

— Non, mais je sais parfaitement que... »

Elle l'interrompit et l'entraîna à l'écart.

« Maintenant, pas de bêtises ! Tu viens avec moi et tout ira bien. Écoute, au café, je te place à côté de Marguerite. »

Chagriné, Andreas secoua la tête, obéit cependant et suivit sa mère. La Kircherspäule essaya d'amorcer un dialogue avec lui mais elle dut y renoncer car il regardait fixement devant lui, sans dire un mot, avec une expression irritée et amère que personne ne lui avait jamais vue.

Une demi-heure plus tard, la société atteignit le but de son excursion, un hameau dans la forêt dont l'auberge était réputée pour son excellent café et dans les environs de laquelle se trouvaient les ruines d'un château, autrefois repaire de chevaliers-brigands. Dans le jardin de l'auberge, les jeunes, déjà sur place depuis longtemps, se livraient à des jeux animés. On sortit des tables de la maison, on les poussa l'une contre l'autre, les jeunes gens apportèrent des chaises et des bancs ; on déplia des nappes propres et les tables se couvrirent de tasses, de pots, d'assiettes et de pâtisseries. Mme Ohngelt réussit à placer son fils à côté de Marguerite. Il ne profita cependant pas de son avantage ; désespéré, il commençait à avoir un sentiment plus clair de son infortune. Sans penser à rien, il tournait sa cuiller dans son café refroidi et se taisait obstinément, malgré les regards que sa mère lui lançait.

Après la seconde tasse de café, les meneurs de la bande décidèrent de faire une promenade jusqu'aux ruines et d'y organiser des jeux. La jeunesse masculine se leva bruyamment, suivie par les jeunes filles. Marguerite se leva aussi et confia à Ohngelt, qui persistait dans son mutisme et son découragement, son joli sac brodé de perles, en lui disant :

« S'il vous plaît, gardez-moi cela soigneusement, monsieur Ohngelt. Nous allons jouer. »

Il acquiesça et posa le sac près de lui. Elle trouvait donc naturel qu'il restât en compagnie des personnes âgées et ne prît aucune part à leurs jeux, et la cruauté qu'elle montra en admettant cette idée n'étonna plus Andreas. La seule chose qui le surprît encore, c'est qu'il n'eût pas remarqué cela dès le début, l'étrange amitié qu'on lui témoignait aux répétitions, l'histoire de la caissette et tout le reste.

Quand les jeunes furent partis et que les personnes restées à l'auberge eurent repris du café et lié conversation, Ohngelt quitta sa place sans être vu, sortit par une porte du jardin et, à travers champs, se dirigea vers la forêt. Le joli sac qu'il portait dans sa main scintillait joyeusement dans la lumière du soleil. Il s'arrêta devant un tronc d'arbre fraîchement coupé, tira un mouchoir de sa poche, l'étala sur le bois encore clair et humide, et s'assit. Il se prit la tête entre les mains et commença à ruminer de tristes pensées ; quand son regard tomba de nouveau sur le petit sac bigarré et qu'en même temps un coup de vent lui apporta l'écho des cris et des joyeux appels de la jeunesse qui s'amusait, il inclina sa lourde tête plus bas encore et, silencieusement, se mit à pleurer comme un enfant.

Il resta bien une heure assis au même endroit. Ses yeux avaient fini par sécher et son agitation s'était calmée, mais la tristesse de sa situation et le caractère désespéré de ses efforts lui apparaissaient dès lors plus clairement que jamais. Soudain, il entendit le bruit léger d'un pas qui s'approchait, le frôlement d'une robe et, avant qu'il ait eu le temps de bondir de son siège, il vit Paula Kircher debout à ses côtés.

« Tout seul ? » demanda-t-elle, enjouée. Et comme il ne répondait pas et qu'elle le regardait plus attentivement, elle devint soudain grave et lui demanda avec une gentillesse bien féminine : « Qu'est-ce qui ne va pas ? Vous est-il arrivé un malheur ?

— Non, dit Ohngelt à voix basse, sans chercher à faire de phrases. Non, seulement j'ai compris que je ne suis pas fait pour vivre en société et que j'ai été un guignol entre leurs mains.

— Allons, ce n'est pas si grave.

— Si, justement. J'ai été leur guignol et surtout celui des jeunes filles. Parce que je me suis montré bon enfant et que j'ai toujours été sincère. Vous aviez raison, je n'aurais pas dû entrer à la société de chant.

— Vous n'avez qu'à en sortir et tout ira bien.

— Je peux en sortir, et aujourd'hui plutôt que demain. Mais tout ne sera pas arrangé pour autant, loin de là.

— Pourquoi pas ?

— Parce que je suis devenu un objet de moquerie pour vous. Et parce que, désormais, jamais plus aucune... »

Il faillit être repris par ses sanglots. Elle demanda amicalement : « et parce que, désormais, jamais plus aucune... ? »

Il acheva d'une voix tremblante :

« Parce que, désormais, aucune jeune fille ne pourra plus m'estimer ni me prendre au sérieux.

— Monsieur Ohngelt, dit lentement la Päule, n'êtes-vous pas injuste en ce moment ? Ou bien voulez-vous dire que je ne vous estime pas et que je ne vous prends pas au sérieux ?

— Si, je crois que vous m'estimez encore. Mais il ne s'agit pas de cela.

— De quoi donc, alors ?

— Mon Dieu, je ne devrais pas parler de ça, mais je deviens fou quand je pense que le premier venu est plus heureux que moi ; je suis pourtant, moi aussi, un être humain, non ? Mais moi, aucune fille ne veut m'épouser ! »

Il y eut une pause prolongée. Puis la Päule reprit :

« Avez-vous déjà demandé à l'une ou l'autre si elle voulait ou non ?

— Demandé ? Non, je ne l'ai pas fait. À quoi bon ? Je sais depuis longtemps qu'aucune ne voudrait.

— Ainsi, vous demandez que les jeunes filles viennent à vous et vous disent : Monsieur Ohngelt, excusez-moi, j'aimerais tellement que vous m'épousiez! Dans ce cas, vous pourriez attendre encore longtemps!

— Je sais, soupira Andreas. Vous savez ce que je veux dire, mademoiselle Päule. Si je savais qu'une d'entre elles me voulût du bien et pût tant soit peu me supporter, alors...

— Alors vous seriez peut-être assez bon pour lui faire un clin d'œil ou un signe de la main. Mon Dieu, vous êtes... vous êtes... »

En disant ces mots, elle s'enfuit, sans rire du tout, par exemple, mais les yeux pleins de larmes. Ohngelt n'avait pu voir cela, cependant, il avait bien remarqué quelque chose de bizarre dans sa voix et dans sa fuite inattendue. C'est pourquoi il courut après elle et, lorsqu'il fut arrivé à sa hauteur, ils ne trouvèrent rien à se dire; ils se jetèrent dans les bras l'un de l'autre et se donnèrent un baiser. C'est ainsi que le petit Ohngelt se trouva fiancé.

Lorsque, un peu gêné et cependant très fier, il rentra bras dessus, bras dessous avec sa fiancée dans le jardin de l'auberge, tout le monde se préparait à partir et l'on n'attendait plus que les deux retardataires. Au milieu du tumulte général, des étonnements, des hochements de tête, des vœux de bonheur, la jolie Marguerite s'avança vers Ohngelt et lui demanda : « Eh bien, où avez-vous donc laissé mon sac? »

Consterné, le fiancé lui expliqua ce qu'il en était et retourna en hâte à l'orée de la forêt, accompagné de la Päule. À la place où il s'était si longuement assis et où il avait pleuré, la bourse scintillante gisait dans les feuilles brunies. Et la fiancée de dire : « Heureusement que nous sommes revenus, ton mouchoir est encore là. »

*(1908)*

*Une soirée sur le lac*

*Titre original de la nouvelle :*
SEENACHT

Depuis quelques jours, l'été avait atteint son zénith et ses somptueuses couleurs flambaient avec l'ardeur passionnée d'une beauté fugace. Chaque journée naissait dans une vapeur légère, chaude et bleutée, brillait pendant les heures cristallines du matin, flamboyait dans la magnificence de midi et resplendissait vers le soir, s'épuisant langoureusement en des teintes exquises et suaves, tandis que la soudaine fraîcheur des nuits et l'épais brouillard du petit matin annonçaient déjà l'automne. Chaque journée, l'une après l'autre, se levait puis s'éteignait dans un ciel éclatant, toujours bleu, journée qui ressemblait à la suivante comme une sœur jumelle, chacune d'elles cependant marquée par une nuance imperceptiblement plus automnale et moins riche en beauté que la précédente.

Arriva le jour où, comme chaque année, le pays commémore solennellement et avec reconnaissance les origines de sa Constitution. Au soir de cette journée et sur toutes les hauteurs environnantes brûlent de grands feux de simples fagots, préparés par les communes rurales, tandis que les villes, plus riches, se distinguent par leurs illuminations et leurs fanfares.

Cependant, il faut bien convenir que c'est la soif d'amusements et l'amour du luxe qui, ce soir-là, flambent avec le plus d'ardeur sur les rives célèbres de ce merveilleux lac, lorsque de riches bourgeois et des hôteliers empressés rivalisent de divertissements et que la foule estivale des touristes étrangers se presse aux festivités de tout genre. Il arrive que, parmi cette masse de désœuvrés et de flâneurs, il circule quelques bons mots sur ce petit peuple et ce petit pays dont la fierté se manifesterait de préférence par des fêtes pittoresques qui retombent en pluie d'or dans la bourse des hôteliers et renforcent à nouveau la sécurité et l'honorabilité du pays, toutes deux fondées sur son aisance matérielle. Plus d'un homme prétendument perspicace, mais qui ne connaît ce pays que par son côté spectaculaire, s'imagine après cela avoir dit quelque chose de significatif et de pertinent. Tous ces estivants, comme la plupart des citadins amateurs de luxe et de fêtes, n'ont jamais entendu l'appel naïf et plein de beauté que font entendre les petites cloches d'église dans les villages pauvres des Alpes, ces cloches qui, ce soir-là, à travers les ténèbres et le brouillard, de montagne en montagne, par-dessus les gorges et les pierriers désolés, carillonnent la paix et proclament la concorde; ils n'ont jamais vu non plus, sinon de très loin et avec indifférence, les feux rougeoyer silencieusement sur les hauts sommets, ces feux dont le bois est transporté sur de longues distances et pendant des heures par les gamins des villages, les vachers et les gardeurs de chèvres à travers les rochers et les éboulis, ces feux à la clarté desquels des hommes simples, forts et peu exigeants célèbrent sans fracas leur modeste fête annuelle.

Sur la rive d'un lac célèbre, où habitaient, dans d'imposantes demeures anciennes entourées de jardins, nombre de bourgeois aisés sans compter des milliers d'étrangers installés dans de bons hôtels, la cérémonie patriotique du soir avait été préparée avec un éclat tout particulier, voire avec une certaine prodigalité. Le crépuscule commençait à peine que des détonations isolées s'étaient fait entendre prématurément un peu partout, et lorsqu'à la nuit tombante les cloches, comme dans toutes les églises du pays, se mirent solennellement en branle, le rivage, déjà éclairé jusque-là par les nombreuses fenêtres illuminées, brilla soudain d'une lumière éclatante, les détonations retentirent partout, les feux de Bengale s'élevèrent, d'un rouge vaporeux ou d'un vert pâle et fantomatique et à peine les cloches se furent-elles tues que le bruit des corps de musique, grands et petits, se fit entendre partout dans les jardins des hôtels.

C'est à cette heure-là que, descendant les marches d'un escalier au bas du jardin d'une modeste maison de campagne située à une heure environ de la ville, un petit groupe de personnes montait à bord d'une légère embarcation à deux paires de rames. Les deux jeunes hommes, un étudiant et un peintre venu d'Allemagne, avaient fixé en travers du bateau, au-dessus de la place de celui qui tenait le gouvernail, un arceau fait de baguettes de noisetier et qu'ils avaient délicatement enlacé de roses grimpantes d'un rouge vif en pleine floraison ; au centre de l'arceau légèrement oscillant, ils avaient suspendu une grosse lanterne ronde de papier rouge qui répandait une douce lumière. La place d'honneur, sous cette construction décorée de feuillages, fut offerte à la jeune fille, une blonde d'une vingtaine d'années, originaire de Styrie, une douce créature enjouée, avec de lourdes tresses bien fournies arrangées en torsades sur sa jolie tête, un regard clair et étonné et une petite bouche enfantine en forme de cœur. Elle ôta son grand chapeau de paille blanche, le posa derrière elle sur la large banquette et s'assit en souriant sous la lanterne qui se balançait ; étonnée et pleine de curiosité, elle contemplait le spectacle étrangement mouvementé du lac nocturne dans lequel se reflétaient des milliers de lumières tremblotantes. Son frère occupait la dernière place, à la pointe du canot. C'était un bel homme aux cheveux d'un blond foncé, d'une trentaine d'années, mince, de haute taille, et qui portait avec lui sa guitare, suspendue à son épaule par un vieux ruban aux couleurs vives.

Les deux autres, qui étaient les plus jeunes, plongèrent les rames dans l'eau et l'embarcation décorée sortit silencieusement de la baie pour gagner au large les eaux noires du lac et se diriger vers la ville dont le scintillement, vu de loin, avait quelque chose de magique. La vaste étendue de l'eau, calme et parfaitement lisse, reflétait fidèlement chacune des milliers de lumières qui brillaient à sa surface. Du rivage lointain, on voyait courir sur la surface obscure du lac d'innombrables raies de lumière blanches, rouges, bleues, vertes, jaunes que chaque coup de rame faisait onduler et qui étaient tranchées net par le sillage des bateaux, mille fois dispersées en étincelles et sans cesse recomposées. Infatigables, les fusées jaillissaient à tout moment de la surface lumineuse de l'eau et s'élançaient joyeusement vers les hauteurs. Beaucoup de ces fusées sifflaient en montant, rapides et bizarrement obliques contre le ciel dont personne ne regardait les étoiles pâlies, puis expiraient tout à coup, avec une légère et lointaine détonation. D'autres fusées, en des courbes gracieuses, projetaient en l'air des boules incandescentes qui prenaient des teintes rouge foncé et ressemblaient à des joyaux de feu, puis s'éteignaient sans aucun bruit et beaucoup trop tôt. D'autres encore ne s'élevaient que faiblement, flottaient quelques secondes vers les hauteurs, comme exténuées, puis, tandis qu'elles s'abîmaient lentement, déployaient de grandes étoiles, des anneaux ou d'immenses calices de fleurs composés de mille gouttelettes lumineuses et dorées. Et quelques-unes de ces fusées, invention d'ambitieux insatisfaits traversaient la nuit en suivant de grotesques trajectoires, tout à fait inattendues, à la manière dont les désirs des hommes sans volonté fouillent dans l'avenir, absurdement et à l'étourdie.

Pendant un long moment, personne ne dit mot dans le bateau qui avançait rapidement, à la cadence régulière des rames. Les trois jeunes hommes, qui s'étaient liés d'amitié durant les brèves semaines des vacances d'été, avaient tous, chacun pour des raisons particulières, rompu avec la gaieté et l'insouciance de la jeunesse, et avaient été contraints au silence. Le plus âgé des trois, l'officier originaire de Styrie, avait perdu, dès la première et heureuse année de son mariage, la femme qu'il avait longuement désirée et assidûment courtisée. L'étudiant, pour sa part, n'était pas d'un naturel heureux et avait cédé, pendant ses années d'adolescence solitaire, à la résignation d'un pessimisme prématuré. Quant au peintre, homme agréable, délicat et d'une sensibilité raffinée, il était atteint d'une maladie incurable qui pesait sur sa jeune existence. Il avait appris à renoncer à beaucoup de choses avec sérénité, à aimer la beauté sans la convoiter et, bien que le plus jeune des trois, il était devenu le maître à penser des deux autres.

Ainsi naviguaient-ils les quatre dans cet esquif, et la jeune fille était la seule à considérer avec insouciance la beauté de cette nuit étincelante et à jouir d'une espérance de vie normale. Dans le petit cercle lumineux tracé par la lanterne, elle était assise, seule, nonchalante et ravie sous son arceau de roses, dans le doux éclat de sa robe blanche, satisfaite de vivre cette heure privilégiée avec le sentiment vague et encore un peu enfantin de sa propre beauté. Les trois hommes regardaient avec un joyeux attendrissement la belle et claire silhouette encadrée par les roses et ils avaient l'impression, chacun à sa manière, d'avoir devant eux l'incarnation même de l'innocence juvénile et de la force vitale qui ne doutent de rien, qualités précieuses qu'ils avaient eux-mêmes perdues et qui n'existaient plus pour eux que dans un passé lointain et mélancolique.

Ils firent halte à proximité du port qui rayonnait de mille feux, à quelque distance de la cohue des canots et des bateaux de toute sorte et rentrèrent les rames. L'Autrichien avait accordé sa guitare et commença à chanter. C'était une ancienne et spirituelle chanson à boire composée par de pieuses nonnes, et dont le texte et la mélodie, pénétrés d'une sensualité retenue et d'une ardente nostalgie des choses célestes, avaient cet éclat d'or assourdi que l'on voit aux figures coloriées ornant les vitraux des vieilles églises. Cette chanson exprimait en termes brûlants la plénitude d'une vie faite pour le plaisir et qui, en cours de route, se tourne vers les réalités étrangères aux sens mais qui, néanmoins, est obligée d'emprunter au domaine réjouissant de la nature et des sens toutes les images évoquant la béatitude tant désirée. Ce beau chant mystérieux, qui s'épanouissait pareil à un îlot fleuri au milieu du vacarme de ces multiples festivités, attira bien des auditeurs qui, dans leurs petits bateaux, finirent par entourer sans bruit le canot décoré de roses. Même ceux que le chant ne touchait pas particulièrement étaient néanmoins heureux de pouvoir admirer la belle jeune fille sous son dais de feuillage et dont l'esquif voguait dans une pénombre rosée, au son d'une douce musique.

Cependant, ils s'étaient beaucoup plus approchés de la cohue qu'ils n'en avaient eu l'intention et le charmant spectacle avait fini par attirer aussi quelques malotrus. Des fleurs avaient bien été jetées dans le petit canot par quelques admirateurs, mais à présent arrivaient de toute part des barques dont les occupants étaient déjà ivres et qui ne pouvaient pas supporter la vue d'une jolie femme sans s'approcher grossièrement d'elle en faisant de lourdes plaisanteries et des compliments déplacés. Une puissante pièce, mise à feu beaucoup trop près de la foule, crépita en s'élançant vers les hauteurs et le rivage tout entier, dont l'illumination vue de loin avait été un si merveilleux spectacle, se transforma en un lieu de plaisir assourdissant où se déchaînait l'exubérance populaire la plus débridée.

Déçu, le frère de la jeune fille avait depuis longtemps cessé de chanter et caché sa guitare. Alors, comme il n'était pas possible de tenir en respect la curiosité ni d'échapper, par une manœuvre rapide, à l'encombrement provoqué par un aussi grand nombre de bateaux rassemblés au même endroit, le jeune homme fit un signe au peintre qui aussitôt éteignit la lanterne.

Se voyant privés de leur plaisir, les indiscrets ne tardèrent pas à disparaître et les quatre amis cherchèrent à regagner le large. Cependant, comme il y régnait une grande confusion et que personne ne se rangeait correctement devant leur bateau sans lumière, ils n'avancèrent que très lentement.

Parmi les diverses apparitions déplaisantes de cette foule en liesse, ils avaient depuis longtemps remarqué un grand bateau à moteur dont les occupants avinés, du haut de leur pont surélevé, s'efforçaient d'accroître le vacarme général en s'adonnant aux plaisirs de l'ivresse. Ils avaient emporté avec eux, dans leur rapide embarcation, une de ces mécaniques inventées par le diable et qu'on appelle un gramophone et ils faisaient retentir tour à tour, au milieu des éclats de rire, les sons criards d'une fanfare militaire, d'un quatuor de jodleurs et d'autres morceaux de ce genre.

« Ah les salauds ! s'écria à la fin l'étudiant, exaspéré.

— Laisse-les donc, dit l'officier. C'est notre faute, si nous nous sommes risqués là-dedans. »

Le grand bateau de plaisance était justement tout proche et semblait vouloir se diriger vers le large. Les deux rameurs prirent la même direction afin de profiter de son sillage pour se dégager plus facilement. Les deux embarcations se trouvèrent donc si rapprochées que les jeunes gens, dans leur canot sans lumière, pouvaient voir les faces congestionnées des fêtards sur le pont illuminé.

À cet instant, le grand bateau vira de bord d'une manière inattendue, son moteur haleta soudain tout près du canot et les autres barques s'éloignèrent en hâte de tous côtés. Mais le petit canot sans lumière, que l'homme à la barre ne pouvait apercevoir, se trouva brusquement placé en travers de la route du grand bateau ; l'officier lança un bref cri d'alarme que personne n'entendit. Déjà, la rame du peintre qui, effrayé, forçait l'allure afin de tourner plus rapidement, heurtait la coque du bateau à moteur, lequel, dans les secondes qui suivirent, passa par-dessus le canot renversé, tandis qu'à son bord, le gramophone déversait toujours sa provocante musique.

En un clin d'œil, ce fut l'effroi et la panique générale ; un jeune homme, sans même enlever son chapeau, plongea du haut du pont. Les canots à rames affluaient de tous côtés, il y eut des klaxons stridents que personne ne comprit, des nageurs apparurent à la surface de l'eau et furent hissés à bord du grand bateau. En l'espace de quelques minutes, avant même que la nouvelle de l'accident eût atteint le rivage, tout était terminé, les nageurs sauvés, le canot endommagé pris en remorque, et on retrouva même la guitare et la casquette du peintre.

Il fallut plus de temps, néanmoins, pour que les naufragés, qui avaient été recueillis par différentes embarcations, se retrouvassent à bord du bateau à moteur dont la musique s'était enfin tue. Ils se retrouvaient là, pâles et trempés, mais sains et saufs : le peintre, l'étudiant, l'officier. Il y avait aussi la guitare, le chapeau de l'étudiant, la casquette du peintre, et pour finir on retrouva aussi la grande capeline de paille claire de la demoiselle.

Il ne manquait rien excepté la demoiselle elle-même. Personne, il est vrai, n'avait encore perdu l'espoir de la retrouver; d'un bateau à l'autre, les questions fusaient, on lançait des appels, son nom courait avec insistance dans tout le port. Elle-même, pendant ce temps, la belle et noble jeune fille blonde sous son arceau de roses avait silencieusement et rapidement sombré, au son de la musique et dans la fumée de la poudre, parmi l'étincellement des fusées et le bienheureux épanouissement des sphères lumineuses, quittant ainsi le pays du plaisir et de la plénitude juvénile dont elle avait été la seule, parmi les quatre amis, à saluer les riantes et lumineuses couleurs d'un regard serein et avec des espérances intactes. Et de ces trois hommes, il n'y en avait pourtant pas un seul qui n'eût volontiers disparu lui-même dans les profondeurs s'il avait pu savoir cette aimable et gracieuse jeune fille au regard d'enfant revenue à la vie et à la lumière.

C'est à bord du bateau des noceurs, dont les hôtes bruyants avaient disparu, que les trois rescapés furent reconduits, tard dans la nuit, jusqu'à leur maison de campagne. Ils parlèrent peu, chacun se tenant à l'écart des autres, absorbé dans ses pensées, le regard perdu au loin sur le lac nocturne. Le ciel était plein d'étoiles brillantes, au loin la ville s'éteignait peu à peu, lumière après lumière. On n'entendait plus qu'à de longs intervalles le faible éclat isolé et retardataire d'une dernière salve et, pour finir, comme ils s'engageaient déjà dans l'obscurité de la baie qui bordait le jardin, une ultime fusée monta, solitaire, dans le ciel. Elle y traça un arc d'une merveilleuse élégance, se reposa un instant dans les hauteurs, comme si elle était fatiguée, puis, en retombant, déploya une grande fleur silencieuse, ruisselante de gouttelettes dorées et incandescentes qui s'éteignit sans bruit, comme toute la fête, dans le calme de la nuit.

*(1909)*

# *Le conteur*

*Titre original de la nouvelle :*

DER ERZÄHLER

Dans un monastère haut perché des Apennins toscans dont il était l'hôte, un dignitaire ecclésiastique déjà âgé était assis à la fenêtre de sa confortable chambre. Au-dehors, le soleil brûlant du commencement de l'été inondait les murailles, l'étroite cour fortifiée, les escaliers de pierre et la route escarpée et pavée, fatigante par la grosse chaleur, qui montait de la vallée verdoyante jusqu'au monastère. Au loin s'étendait un paysage de vallons fertiles, dont les jardins produisaient en abondance olives, maïs, fruits et vignes ; on apercevait de petits hameaux baignés de lumière, aux murs clairs, aux clochers graciles, puis, derrière eux, de hautes montagnes dénudées et rosissantes sur les pentes desquelles se détachaient ici et là une métairie enceinte de murs ainsi que quelques petites maisons de campagne toutes blanches.

Le vieil homme avait posé son livre devant lui, sur le large rebord de la fenêtre. C'était un livre relié dans un fragment de manuscrit en parchemin et dont les initiales de cinabre brillaient intensément. Il venait de lire quelque chose dans cet ouvrage et s'amusait à présent à le caresser doucement de sa main blanche, souriant d'un air pensif et hochant légèrement la tête. Ce petit volume ne provenait pas de la bibliothèque du monastère ; de toute façon, il n'aurait pas été en accord avec l'esprit de la maison, car il ne contenait ni prières, ni méditations, ni *Vitae patrum*, mais une collection de nouvelles. C'était un *Novellino*, écrit en langue italienne et qui venait de paraître ; sur ses feuillets bien imprimés, on pouvait lire pêle-mêle les choses les plus fines et les plus grossières, de tendres histoires d'amitié chevaleresque à côté de petits récits malicieux et coquins et de truculentes histoires de cocus.

En dépit de son aspect lénifiant et de ses hautes dignités ecclésiastiques, messire Piero n'avait aucune raison de se formaliser de ces histoires salaces et de ces contes drolatiques. Il avait vu lui-même pas mal de choses au cours de son existence et goûté aux plaisirs de la vie mondaine ; d'ailleurs, il était aussi l'auteur de nombreuses nouvelles dans lesquelles la licence du sujet rivalisait avec la délicatesse de l'évocation. Grâce aux mêmes aptitudes qu'il avait montrées pendant sa jeunesse dans l'art de faire la cour à de jolies femmes et d'escalader les fenêtres interdites, il avait appris plus tard à raconter à la perfection et de manière convaincante ses propres aventures et celles des autres. Quoiqu'il n'eût jamais publié de livre, il était néanmoins connu, ainsi que ses histoires, dans toute l'Italie. Il préférait une présentation plus raffinée : il faisait élégamment copier ses opuscules, chaque petite histoire séparément, et envoyait tel feuillet ou cahier à ses amis, sans oublier d'y ajouter une dédicace flatteuse ou amusante. Ces précieux parchemins passaient d'abord de mains en mains dans les cours et les évêchés, puis leur contenu était raconté et recopié à plusieurs reprises, de sorte qu'ils se frayaient une voie jusque dans les châteaux isolés et silencieux, dans les coches et les navires, dans les couvents et les presbytères, dans les ateliers de peintres et les masures.

Il y avait bien quelques années déjà que la dernière de ses histoires galantes avait quitté son pupitre et pris son essor au loin, et, dans plusieurs villes d'Italie, des imprimeurs, pareils à des loups, attendaient sa mort afin de pouvoir, aussitôt après, publier des recueils de ses nouvelles. Messire Piero avait vieilli et le travail de rédaction lui était devenu insupportable. D'autre part, avec l'âge, son esprit s'était peu à peu détourné des sujets galants ou comiques et si, effectivement, il n'inclinait pas à l'ascétisme, il était néanmoins attiré par une contemplation méditative et plus approfondie des rapports qui existent entre l'Universel et le Particulier. Grâce à une vie heureuse et bien remplie, son intelligence avait été jusque-là comblée par la réalité et s'était tenue éloignée de toute réflexion trop subtile. Puis arriva le moment où son regard, à la place du petit univers bigarré des choses temporelles, embrassa les grands espaces où se déploie l'idée d'éternité et s'absorba dans une silencieuse admiration devant l'étrange et indissoluble implication du Fini dans l'Infini. C'est avec un esprit aussi serein et enjoué qu'autrefois qu'il se livra à ces considérations; sans se plaindre, il sentit que le moment du repos était arrivé et que l'automne avait commencé pour lui, puisque le fruit mûr était arrivé à son terme et, lassé de son effort, penchait vers la terre, notre mère.

C'est ainsi que son regard, quittant le livre qu'il lisait, erra, méditatif, sur ce paysage estival plein de sérénité. Il voyait des paysans travailler dans les champs, des chevaux attelés à des charrettes à moitié chargées stationner devant les portes des jardins, il voyait un mendiant hirsute cheminer sur la longue route blanche de poussière. En souriant, il se promit de donner quelque chose à ce miséreux s'il venait jusqu'au monastère et, se levant de son siège, il embrassa d'un coup d'œil, avec une compassion amusée, le large tournant que faisait la route autour du ruisseau et du moulin, ainsi que le chemin pavé, raide et brûlant qui aboutissait à l'entrée principale et sur lequel une poule solitaire se promenait, incertaine et rêveuse; le long des murailles surchauffées jouaient des lézards qui couraient ici et là avec précipitation, s'arrêtaient brusquement pour respirer, remuaient leur cou gracile et leurs yeux durs et sombres, en quête de quelque proie, avalant avec volupté l'air qui vibrait dans la chaleur; puis ils se précipitaient tout à coup ailleurs, poussés par des résolutions inconnues et, rapides comme l'éclair, disparaissaient dans les fentes de la pierre en laissant pendre leur longue queue au-dehors. Là-dessus, le contemplateur eut soif. Il quitta sa chambre, traversa le dortoir plein de fraîcheur et pénétra dans le cloître où tout dormait. Serviable, le frère jardinier fit remonter le seau pesant des profondeurs froides de la citerne dans laquelle les gouttes, en retombant, rejaillissaient sur une invisible surface liquide. Messire Piero se remplit un gobelet, cueillit un fruit jaune bien mûr à la branche d'un citronnier soigneusement entretenu et en pressa le jus dans l'eau de son gobelet. Puis il but lentement et à longs traits.

Revenu dans sa chambre et après avoir repris sa place à la fenêtre, il laissa errer son regard tranquillement réjoui sur les vallons, les jardins et les chaînes de montagnes qui s'offraient à sa vue. S'il apercevait une ferme délicatement posée au flanc d'un coteau, il imaginait aussitôt une porte cochère sous laquelle passaient des valets portant des corbeilles pleines, il voyait des chevaux de trait couverts de sueur, des bœufs au large mufle, des enfants piaillants, des poules pressées, des oies insolentes, des servantes aux joues roses entrant et sortant de la ferme. S'il remarquait, dressés sur une crête, deux magnifiques cyprès, droits comme des flammes, il se voyait lui-même se reposant à leur pied comme un voyageur, une plume au chapeau, un livre amusant dans la poche et une chanson sur les lèvres. Si l'ombre d'une lisière de forêt se découpait en zigzag sur une prairie inondée de soleil, son regard se délassait à imaginer une réunion estivale : il voyait des jeunes gens étendus parmi les anémones, passant leur temps en causeries et propos galants ; à l'orée du bois, on avait déposé de grands paniers plats préparés pour la collation et qui contenaient des mets froids et des fruits, tandis qu'à demi enfouies dans la terre fraîche de la forêt, reposaient des cruches de vin au col étroit dans lesquelles on avait, avant de partir, introduit des morceaux de glace.

Il était habitué à se divertir au spectacle du monde visible de telle sorte que, lorsque d'autres distractions lui manquaient, il trouvait un agréable passe-temps à observer chaque détail d'un paysage ou d'une société qu'il apercevait de sa fenêtre ou par la portière de sa voiture ; c'est ainsi qu'il était amené à sourire, en spectateur averti, des multiples occupations et intrigues auxquelles il voyait les hommes se livrer. Car il n'enviait pas ce que chacun possédait et valait personnellement, mais il avait aussi de bonnes raisons de croire que, devant Dieu, un prince de l'Église n'a guère plus d'importance que n'importe quel pauvre valet ou enfant de paysan. Et, tandis que, ayant quitté la ville depuis peu de temps, il laissait son regard se repaître en toute liberté dans la verte nature, son esprit délié, après toutes sortes d'évasions, revenait aux heureuses contrées de sa jeunesse, comme si, dans les lumineux tableaux que le paysage lui présentait, il lui était donné de contempler une sorte de rétrospective de ses jeunes années, agréablement déployée devant lui. C'est avec une joie ravivée qu'il se rappelait maintes journées consacrées au plaisir, mainte joyeuse partie de chasse, alors qu'il ne portait pas encore l'habit monacal ; il pensait à ces chevauchées rapides et brûlantes sur les routes ensoleillées, à ces nuits retentissantes de chansons, de joyeux propos et du bruit des gobelets entrechoqués, il songeait à l'orgueilleuse donna Maria, à Marietta la meunière, et aux soirs d'automne où il allait au Prato rendre visite à la blonde Giuglietta.

Assis à sa fenêtre, il ne quittait pas des yeux la crête rouge-brun des montagnes, comme si, là-bas, quelque éclat ou parfum d'autrefois demeurait perceptible, comme si, là-bas, continuait à resplendir un soleil couché depuis longtemps. Sa mémoire remontait le cours du temps, alors qu'il n'était plus un petit garçon et pas encore un jeune homme. Il avait le sentiment que la seule chose qu'il eût perdue sans retour, qui ne se fût jamais répétée dans sa vie, enfin l'unique chose que sa mémoire n'était plus en mesure d'évoquer dans toute sa plénitude, c'était précisément cette ardente et juvénile impression d'« exister ». Ah ! comme il était alors avide de savoir, comme il aspirait à une connaissance certaine de la vie du monde et des hommes, de la nature de la femme et de l'amour ! Et comme il avait été comblé et heureux sans le savoir dans cet état de douloureux désir et en proie à cette soif ! Ce qu'il lui fut donné de voir et ce dont il put jouir plus tard avait été beau et délectable ; mais les rêves, les pressentiments et les fantastiques désirs de ce temps-là avaient été plus beaux, plus suaves, plus heureux encore.

Un besoin nostalgique de revenir à cette époque de sa vie s'insinua dans l'âme du vieil homme. Pouvoir revivre une seule de ces heures-là, alors qu'il se tenait, tâtonnant, devant le rideau fermé de la vie et de l'amour, encore ignorant de ce qui se trouvait là-derrière et si cet inconnu était à craindre ou à désirer ! Pouvoir encore une fois surprendre en rougissant les conversations des amis plus âgés et, chaque fois que l'on recevait le salut d'une femme dont on connaissait ou pressentait quelque chose de sa vie amoureuse, trembler jusqu'au tréfonds de son âme !

Piero n'était pas homme à se laisser attrister par des souvenirs ni à sacrifier son bien-être à la chasse aux chimères. Il fit tout à coup une grimace et se mit à siffler entre ses dents la mélodie d'une ancienne et amusante *canzone.* Puis il reprit la lecture de son *Novellino* et son imagination trouva facilement de quoi se délecter en se promenant dans les jardins diaprés de l'écrivain, où brillaient de splendides costumes, tandis que les bassins des fontaines à jets d'eau retentissaient des cris des jeunes baigneuses et qu'on entendait les couples d'amoureux se bécoter sous les charmilles. Il faisait ici et là un signe d'approbation lorsqu'il avait le plaisir de reconnaître au passage un bon jeu de mots, ou qu'il remarquait un trait spécialement réussi, un gros mot bien amené, une petite phrase lascive adroitement et joliment mise en lumière, sous une apparente réserve ; de temps à autre, il pensait, en faisant un geste restrictif : « Cela, je l'aurais fait autrement. » Il lut maintes phrases à mi-voix pour en éprouver le rythme. Une expression de gaieté éclairait son visage intelligent et allumait de petites flammes joyeuses dans ses yeux.

Comment peut-il se faire que, sans le vouloir, une part de notre âme, tandis que nous faisons ceci ou cela, s'égare dans des régions éloignées et s'attarde à des images qui sont plus que de simples fantaisies et moins que de véritables souvenirs — tel était, pour une part, l'objet de ses réflexions, sans qu'il fût vraiment au clair là-dessus, car il en était resté à l'époque de l'avant-printemps de sa lointaine jeunesse et ses pensées voltigeaient, incertaines, autour de ses souvenirs enfouis, comme les papillons de nuit qui battent des ailes contre une fenêtre éclairée, mais close.

Lorsque, une heure plus tard, Piero déposa une nouvelle fois sur une chaise son amusant petit livre, ses pensées vagabondes n'étaient pas encore rentrées au bercail et, pour les rappeler, il dut les poursuivre si loin dans le passé qu'il lui prit l'envie de s'y reposer encore un moment. D'une main badine, il saisit une feuille de papier qui se trouvait sur la table, choisit une plume sur son bureau et commença à dessiner quelques beaux traits à l'encre. Une longue et mince silhouette de femme apparut bientôt sur le papier et la main douce et blanche de l'ecclésiastique goûtait une joie secrète à passer amoureusement sur les plis et les ourlets du vêtement qu'il dessinait ; seul le visage n'était et ne demeura qu'un masque inexpressif : il ne pouvait faire mieux. Tandis qu'en hochant la tête, il voyait les lignes de la bouche et le contour des yeux non pas prendre vie, mais devenir au contraire de plus en plus durs et charbonnés, la lumière du jour avait progressivement changé et, levant enfin les yeux, messire Piero aperçut les montagnes illuminées d'une teinte rouge. Il se pencha à la fenêtre : sur la route scintillante d'une poussière dorée, il vit le bétail, les chars, les paysans et les femmes rentrer au logis ; il entendit les carillons s'ébranler dans les villages voisins, puis, lorsqu'ils eurent fini de sonner, il perçut un bourdonnement profond, très beau et très lointain, en provenance d'une ville éloignée, peut-être Florence. Une légère vapeur du soir, un peu rosée, emplissait la vallée et, avec l'arrivée du crépuscule, les sommets devinrent subitement d'un bleu velouté et le ciel prit une teinte d'opale. Messire Piero fit un signe d'adieu aux montagnes qui s'obscurcissaient là-bas et songea tout à coup qu'il devait être l'heure du dîner ; il gravit d'un pas mesuré l'escalier qui conduisait à la salle à manger de l'abbé.

En approchant, il entendit des éclats de voix joyeux et inhabituels qui annonçaient la présence de visiteurs et, dès qu'il eut franchi le seuil, deux étrangers se levèrent et quittèrent leurs sièges. L'abbé se leva également.

« Tu arrives tard, Piero, dit-il. Messires, voici celui que nous attendions. Piero, si tu permets, je te présente Messire Luigi Giustiniani de Venise et son cousin, le jeune Giambattista. Ces messieurs viennent de Rome et de Florence et auraient eu du mal à trouver mon nid d'aigle si ta présence illustre, qu'on leur avait révélée à Florence, ne les avait attirés jusqu'ici.

— Vraiment? dit Piero en riant. Peut-être est-ce tout de même un peu différent et ces messieurs ont-ils simplement obéi à la voix de leur sang, qui leur fait un devoir de ne pas passer devant un monastère sans y entrer.

— Et pourquoi donc? demanda l'abbé étonné, tandis que Luigi riait.

— Messire Piero semble être omniscient, dit gaiement ce dernier, pour nous régaler ainsi à l'improviste d'anciennes histoires de famille.»

Il raconta brièvement à l'abbé la curieuse histoire de son bisaïeul. Alors qu'il était encore très jeune et qu'il venait de prendre l'habit, cet ancêtre s'était vu un jour rester l'unique descendant mâle à porter son nom, puisque la souche masculine entière des Giustiniani avait péri devant Byzance. Afin que la famille ne s'éteignît point, le pape le délia de ses vœux et le maria à la fille du doge. Il en eut trois fils; mais à peine ceux-ci furent-ils élevés et unis à des filles appartenant aux plus puissantes maisons de Venise, que le père réintégra son couvent où il vécut dans la plus stricte pénitence.

Piero s'était assis à la place d'honneur qui lui était réservée et répondit avec sa distinction naturelle aux amabilités que lui débitaient les deux Vénitiens dans leur souple et onctueux dialecte. Il se sentait un peu fatigué mais n'en laissa rien paraître, et lorsque la volaille, accompagnée d'un vieux chianti plein de vigueur, succéda au poisson et au rude vin clairet de Bologne, il avait visiblement retrouvé sa vivacité coutumière.

Quand les plats furent desservis et que seuls la cruche de vin et les gobelets demeurèrent sur la table auprès d'une coupe de fruits, on s'aperçut que la salle était devenue presque obscure. Par les étroites fenêtres en ogive solidement maçonnées pénétrait le bleu profond du ciel nocturne et, lorsqu'on eut allumé les flambeaux, sa douce lueur resta visible longtemps encore. Sous les fenêtres, on percevait de temps à autre, venant du fond de la vallée, la rumeur d'une nuit d'été : c'était tantôt l'aboiement d'un chien, tantôt, du côté du moulin, des rires, une chanson ou les accords d'un luth, tantôt encore le pas lent et jumelé d'un couple d'amoureux cheminant sur la route. L'air embaumé du parfum des prairies pénétrait en vagues paisibles dans la pièce et de petits papillons de nuit aux ailes de velours gris recouvertes d'une poussière argentée tournoyaient, égarés, autour des bougies dont la cire coulait en formant d'épaisses barbes.

Autour de la table, on en était aux plaisanteries, aux jeux de mots et aux anecdotes. La conversation, qui avait commencé avec les nouvelles de la politique et les derniers mots d'esprit en provenance du Vatican pour obliquer ensuite vers la littérature, finit par rouler exclusivement sur les problèmes de l'amour et les expériences amoureuses ; dans ce domaine, les jeunes hôtes citaient un exemple après l'autre, tandis que l'abbé hochait silencieusement la tête et que Piero, de son côté, faisait des remarques et donnait des aperçus d'ensemble dont la substance révélait autant de profondeur et de compétence que la forme en était précise. Cependant, il accordait plus de poids à une plaisante diversité qu'à une stricte logique, et à peine avait-il osé affirmer qu'un connaisseur pouvait, dans la plus profonde obscurité et à certains indices infaillibles, reconnaître si une femme était blonde ou brune, qu'il sembla se contredire en énonçant un nouvel axiome selon lequel, avec les femmes et en amour, il existe précisément une troisième possibilité, c'est que le clair soit le foncé.

Les Vénitiens brûlaient de lui soutirer quelque historiette et usèrent de tous les artifices pour l'amener, sans qu'il s'en aperçût, à leur raconter quelque chose. Mais le vieil homme demeura silencieux et se contenta de jeter ici et là dans la conversation quelques théories et maximes, ce qui lui permit, en se jouant, de subtiliser à ses hôtes une histoire après l'autre et de les ranger, avec amusement, dans le trésor d'une mémoire prodigieusement riche. Il eut ainsi l'occasion d'entendre traiter bien des sujets qu'il connaissait depuis longtemps et qui lui étaient présentés sous de nouveaux déguisements personnels, mais il ne voulut pas démasquer le plagiaire ; il était assez âgé et assez perspicace pour savoir que les bonnes vieilles histoires ne sont jamais aussi belles et aussi amusantes que lorsqu'un novice croit les avoir vécues lui-même.

Cependant, le jeune Giambattista finit par s'impatienter. Il but une gorgée de vin rouge, posa bruyamment son gobelet sur la table et, se tournant vers le vieillard :

« Très honoré seigneur, s'écria-t-il, vous savez aussi bien que moi que nous mourons tous de l'envie d'entendre un récit de votre bouche. Vous avez usé de votre séduction pour nous faire raconter au moins une douzaine d'histoires et nous l'avons fait chaque fois dans l'espoir que vous nous en serviriez une meilleure, ne fût-ce que pour nous humilier. Faites-nous ce plaisir et réjouissez-nous en nous racontant n'importe quelle histoire ancienne ou récente. »

Piero mangeait pensivement une tranche de figue trempée dans du vin et se mit à réfléchir tout en sirotant sa boisson.

« Vous oubliez, cher monsieur, que je ne suis plus un nouvelliste frivole, mais un vieil homme auquel il ne reste plus qu'à composer une épigramme pour sa pierre tombale !

— Permettez, interrompit Giambattista, vous avez dit, il n'y a qu'un instant, des choses au sujet de l'amour dont n'importe quel jouvenceau pourrait être fier. »

Luigi joignit également ses prières à celles de son cousin. Piero souriait d'une manière étrange. Il était résolu à agréer leur demande et à raconter une histoire, mais qui serait telle qu'il en pût attendre qu'elle déçoive les jeunes invités. Il repoussa tranquillement le candélabre à trois branches qui était placé trop près de lui, se recueillit quelques instants, attendit que le silence fût établi et que les gobelets fussent remplis, puis il commença à parler.

Les bougies jetaient des ombres anguleuses sur la large table où étaient dispersés des figues brunes et vertes et des citrons jaunes. Par les hautes fenêtres cintrées pénétraient les souffles fraîchissants de la nuit qui, entre-temps, avait assombri le ciel lumineux et l'avait parsemé d'étoiles. Les trois auditeurs s'étaient appuyés au dossier de leurs profonds fauteuils et regardaient devant eux le carrelage rouge du sol sur lequel l'ombre de la nappe ondulait légèrement. Tout bruit avait cessé au moulin et dans la vallée ; la nuit était si tranquille que l'on pouvait entendre au loin le pas d'un cheval fatigué sur la route caillouteuse — un pas si lent qu'on ne pouvait distinguer s'il se rapprochait ou s'il s'éloignait.

Piero se mit à raconter ce qui suit.

« Ce soir, nous avons à plusieurs reprises parlé du baiser et débattu la question de savoir quelle espèce de baiser procurait le plus de plaisir. Il appartient à la jeunesse d'y répondre, nous autres, vieilles gens, nous avons passé l'âge des tentatives et des épreuves dans ce genre de choses ; nous ne pouvons qu'interroger notre mémoire défaillante, dans cet important domaine. Je vous raconterai donc, tirée de mes modestes souvenirs, l'histoire de deux baisers dont chacun m'a semblé être à la fois le plus doux et le plus amer de toute mon existence.

« À l'époque où j'avais entre seize et dix-sept ans, mon père possédait encore, sur le versant bolonais des Apennins, une maison de campagne dans laquelle j'ai passé la plus grande partie de mon enfance et notamment cette période qui se situe entre la petite enfance et l'adolescence et qui, aujourd'hui — que vous le compreniez ou non — m'apparaît comme la plus belle de toute ma vie. Il y a longtemps que j'aurais cherché à revoir cette maison ou même à l'acquérir pour m'en faire un lieu de retraite, si, à la suite d'un fâcheux héritage, elle n'était tombée entre les mains d'un cousin avec lequel, depuis mon enfance déjà, je m'accordais assez mal, et qui d'ailleurs joue un rôle important dans ce récit.

«Il faisait un été magnifique, pas trop chaud, et mon père habitait la petite maison de campagne avec moi et avec ce cousin précisément, qu'il avait invité pour un séjour chez lui. À ce moment-là, ma mère était déjà morte depuis longtemps. Mon père était encore dans ses belles années, c'était un gentilhomme accompli qui nous servait, à nous autres jeunes, de modèle pour tout ce qui touchait à l'équitation, à la chasse, aux armes et aux jeux, comme *in artibus vivendi et amandi*. Il était encore presque aussi alerte qu'un jeune homme, il avait de la prestance et de la force et, à peu de temps de là, il se maria pour la seconde fois.

«Mon cousin, qui se nommait Alvise, avait alors vingt-trois ans et il était, je dois le reconnaître, un beau jeune homme. Svelte et bien bâti, avec un visage plein de fraîcheur, des joues roses encadrées de longues et belles boucles; il avait en outre de l'élégance et de la grâce dans ses manières; c'était un causeur et un chanteur apprécié, un excellent danseur et il était déjà réputé à cette époque comme l'un des favoris les plus enviés des femmes de notre région. C'était pour de bonnes raisons que nous ne pouvions pas nous souffrir : il me traitait avec hauteur ou avec une bienveillance ironique tout à fait insupportable, et comme j'étais plus intelligent que les garçons de mon âge, je me sentais offensé par le tour méprisant qu'il donnait à ses rapports avec moi et qui me plongeait dans une constante amertume. D'un autre côté j'avais découvert, en bon observateur que j'étais, plusieurs de ses intrigues et de ses secrets, ce qui lui était naturellement très désagréable. Une ou deux fois, il chercha à gagner ma confiance par une conduite hypocritement amicale, mais je ne m'y laissai pas prendre. Si j'avais été un peu plus âgé et un peu plus avisé, je l'aurais attiré par une gentillesse redoublée et, à la première occasion, je l'aurais fait tomber dans mon piège — les personnes gâtées par la fortune et le succès sont si faciles à tromper! Ainsi, j'étais déjà assez adulte pour le haïr et encore trop enfant pour utiliser d'autres armes que la pruderie et la bravade, et au lieu de lui renvoyer élégamment sa flèche empoisonnée je ne faisais, par mon impuissante indignation, que l'enfoncer plus profondément dans ma chair. Mon père, à qui notre aversion mutuelle n'était pas demeurée inaperçue, ne faisait qu'en rire et en profitait pour nous taquiner. Il aimait Alvise, qui était beau et élégant, et mon comportement hostile à son égard ne l'empêchait pas de l'inviter souvent à la maison.

« C'est ainsi que nous vécûmes ensemble encore cet été-là. Notre maison de campagne était agréablement située au flanc de la colline et la vue s'étendait, par-dessus les vignobles, jusqu'aux confins de la plaine. Pour autant que je le sache, cette demeure avait été construite par l'un des seigneurs Albizzi, ces Florentins exilés. Un joli jardin l'entourait, dont le mur d'enceinte avait été reconstruit par mon père et où il avait fait sculpter ses armoiries dans la pierre, au-dessus du portail, tandis que sur la porte de la maison figuraient encore les armoiries du premier propriétaire, travaillées dans une pierre friable et qui étaient à peine reconnaissables. Plus loin, en direction de la montagne, il y avait un très bon terrain de chasse ; je m'y rendais presque tous les jours, à pied ou à cheval, seul ou en compagnie de mon père qui, à ce moment-là, m'instruisait dans l'art de la fauconnerie.

« Comme je l'ai dit, j'étais encore un enfant, ou presque. Pourtant, je n'en étais plus un et me trouvais au milieu de cette courte et étrange période où les jeunes gens cheminent, lascifs sans raisons et tristes sans motifs, sur une route brûlante, entre la gaieté perdue de leur enfance et une virilité encore inachevée comme entre deux jardins fermés. Bien sûr, j'écrivais une quantité de tercets et d'autres poèmes, mais je n'étais encore jamais tombé amoureux d'autre chose que de chimères poétiques, quoique je prétendisse succomber au désir de connaître un véritable amour. Je me promenais ainsi en proie à une fièvre perpétuelle, je recherchais la solitude et me croyais indiciblement malheureux. Mes souffrances redoublaient du fait que je devais les tenir soigneusement cachées ; car ni mon père ni le détestable Alvise ne m'auraient épargné leurs moqueries, je le savais trop bien. Je cachais aussi mes beaux poèmes avec plus de soin qu'un avare cache ses ducats, et lorsque le coffre ne me semblait plus assez sûr je portais la boîte contenant mes papiers dans la forêt pour l'y enterrer, et je venais voir chaque jour si elle était encore là.

« C'est au cours de l'une de ces expéditions de chercheur de trésors que je vis un jour mon cousin attendre à la lisière de la forêt. Je pris immédiatement une autre direction, car il ne m'avait pas encore aperçu, mais je ne le perdis pas de vue car je m'étais habitué à l'observer constamment, autant par curiosité que sous l'effet des sentiments hostiles qu'il m'inspirait. Après quelques instants, je vis une jeune servante appartenant à notre maison s'avancer et s'approcher d'Alvise qui l'attendait. Il passa son bras autour de ses hanches, la pressa contre lui et disparut ainsi avec elle dans la forêt.

« Une certaine fièvre s'empara de moi et j'enviai ardemment ce cousin plus âgé que je voyais cueillir des fruits encore trop verts pour moi. Au repas du soir, je le regardai fixement dans les yeux, car je croyais que l'on devait découvrir par un signe quelconque dans son regard ou sur ses lèvres la preuve qu'il avait donné des baisers et joui des plaisirs de l'amour. Cependant, il avait son air habituel et se montra aussi gai et aussi loquace qu'à l'accoutumée. À partir de ce moment-là, je ne pus regarder cette servante ni Alvise sans éprouver un frisson de convoitise qui me faisait autant de mal que de bien.

« Environ en ce temps-là — on approchait de la mi-été — mon cousin apporta un jour la nouvelle que nous allions avoir de nouveaux voisins. Un riche seigneur de Bologne et sa belle jeune femme, qu'Alvise connaissait tous deux depuis assez longtemps, s'étaient installés dans leur maison de campagne, située à une petite demi-heure de la nôtre et un peu en contrebas de la colline.

« Ce seigneur était également une connaissance de mon père et je crois même qu'il était un parent éloigné de ma mère, qui descendait de la famille des Pepoli ; cependant, je n'en suis pas tout à fait certain. À Bologne, sa maison se trouvait proche du Collège d'Espagne. Toutefois, la maison de campagne était une propriété de sa femme. Elle et lui, ainsi que leurs trois enfants, dont aucun n'avait encore vu le jour à cette époque, sont tous morts à l'heure qu'il est; et à part moi, mon cousin Alvise est aujourd'hui le seul survivant de tous ceux qui étaient alors réunis; encore lui et moi sommes-nous à présent des vieillards sans que nous nous en aimions davantage pour autant.

«Le lendemain déjà, nous rencontrâmes le Bolonais au cours d'une sortie à cheval. Nous le saluâmes et mon père l'invita, ainsi que sa femme, à venir bientôt nous voir. Ce seigneur ne me sembla pas plus âgé que mon père, cependant on ne pouvait comparer ces deux hommes entre eux car mon père était de haute taille et de la plus belle stature, l'autre petit et disgracieux. Il se montra très aimable avec mon père, m'adressa également quelques mots et promit de nous rendre visite le lendemain, sur quoi mon père l'invita tout de suite très aimablement à déjeuner. Le voisin remercia et nous nous séparâmes avec beaucoup de compliments et à la plus grande satisfaction de chacun.

«Le jour suivant, mon père commanda un bon repas et pour honorer la Dame étrangère, il fit placer une couronne de fleurs sur la table. Joyeux et pleins d'impatience nous attendîmes nos invités et, lorsqu'ils arrivèrent, mon père alla à leur rencontre jusque sous le porche et aida lui-même la Dame à descendre de cheval. Après quoi nous prîmes gaiement place à table et, pendant le repas, je ne pus m'empêcher d'admirer Alvise encore plus que mon père. Il savait raconter aux étrangers, spécialement à la Dame, tant de choses drôles, flatteuses et divertissantes que tout le monde s'amusait et que la conversation et les rires ne faiblirent à aucun moment. À ce propos, je me promis d'étudier, moi aussi, cet art inappréciable.

« Cependant, j'étais avant tout occupé à regarder la jeune et noble Dame. Elle était exceptionnellement belle, grande et élancée, magnifiquement vêtue, et ses gestes étaient pleins de naturel et de charme. Je me rappelle encore exactement qu'elle portait trois anneaux d'or à sa main gauche qui se trouvait être de mon côté, et, autour du cou, une triple chaîne d'or agrémentée de petites plaques ciselées dans le style florentin. Vers la fin du repas et après l'avoir suffisamment contemplée, j'étais bien sûr tombé amoureux d'elle à en mourir et, pour la première fois, j'éprouvai dans sa réalité cette douce et funeste passion dont j'avais déjà beaucoup rêvé et qui m'avait inspiré tant de poèmes.

« Après qu'on eut débarrassé, nous prîmes un moment de repos. Puis, nous étant rendus au jardin, nous nous installâmes à l'ombre, tout en nous divertissant par des propos variés au cours desquels j'eus l'occasion de réciter une ode latine et de recueillir quelques louanges. Le soir, nous prîmes un repas dans la loggia et lorsque la nuit commença à tomber, nos hôtes se préparèrent à rentrer chez eux. Je m'offris aussitôt à les accompagner ; mais Alvise avait déjà fait amener son cheval. On se dit au revoir, les trois chevaux se mirent au pas et j'en fus pour mes frais.

« C'est ce soir-là et pendant cette nuit-là que j'eus pour la première fois l'occasion d'éprouver quelque chose de la véritable nature de l'amour. Dès l'instant où cette Dame quitta notre maison, je me sentis aussi misérable et inconsolable que j'avais été transporté de bonheur en la regardant tout au long de la journée.

C'est avec douleur et un sentiment d'envie que j'entendis mon cousin rentrer, une heure plus tard, refermer la porte de la maison et gagner sa chambre à coucher. Après cela, je demeurai toute la nuit étendu sur mon lit, agité et poussant des soupirs, sans pouvoir trouver le sommeil. Je cherchais à me rappeler avec précision les traits de la Dame, ses yeux, ses cheveux, ses lèvres, ses mains, ses doigts et chaque parole qu'elle avait prononcée. Tendrement et avec tristesse, je me chuchotais à moi-même plus de cent fois le nom d'Isabella et ce fut un miracle que personne, le lendemain, ne remarquât mon air hagard. Pendant toute la journée, je ne pus rien faire d'autre que réfléchir aux ruses et aux moyens qui me permettraient de revoir la Dame et peut-être d'obtenir d'elle une faveur quelconque. Naturellement, je me tourmentai en vain, je ne possédais aucune expérience, et, en amour, chacun, même le plus chanceux, commence nécessairement par une défaite.

« Le lendemain j'osai m'aventurer jusqu'à cette fameuse maison de campagne, ce qu'il me fut très facile de faire discrètement car elle était située en bordure de la forêt. Arrivé à la lisière du bois, je me cachai avec précaution et guettai pendant plusieurs heures sans rien apercevoir d'autre qu'un paon obèse et indolent, une servante qui chantait et un vol de colombes blanches. Je me rendis pieusement tous les jours au même endroit et, deux ou trois fois, j'eus la joie de voir donna Isabella à sa fenêtre ou se promenant au jardin.

« Peu à peu je m'enhardis et pénétrai plusieurs fois à l'intérieur du jardin dont la porte restait toujours ouverte et était protégée par de hauts buissons. Je me dissimulai dans ce feuillage de façon à pouvoir surveiller plusieurs chemins et à me trouver tout près d'un petit pavillon de plaisance où Isabella aimait à se tenir le matin. Je restai là des demi-journées sans souffrir de la faim ni de la fatigue, tremblant de ravissement et d'angoisse dès qu'il m'arrivait d'apercevoir la belle Dame.

« Un jour, je rencontrai le Bolonais dans le bois et, doublement heureux, je courus à mon poste, sachant que le maître de la maison n'était pas chez lui. C'est pourquoi j'osai, cette fois-ci, m'avancer plus loin que d'habitude dans le jardin, et je me cachai directement à côté du pavillon, dans un épais buisson de lauriers. Comme j'entendais du bruit à l'intérieur, je compris qu'Isabella devait être là ; à un certain moment, je crus même entendre sa voix, mais elle parlait si doucement que je n'en fus pas très sûr. Dans ma pénible embuscade, j'attendis patiemment le moment où j'apercevrais la Dame et, en même temps, j'éprouvais une crainte continuelle que son époux ne rentrât et ne me découvrît là par hasard. À mon grand regret et pour ma plus vive contrariété, la fenêtre du pavillon qui donnait du côté où je me trouvais était masquée par un rideau de soie bleue, de telle sorte que je ne pouvais pas voir l'intérieur de la chambre. En revanche, je fus un peu tranquillisé en constatant qu'à la place où j'étais je ne pouvais pas être vu de la villa.

« Après plus d'une heure d'attente, il me sembla que le rideau bleu commençait à bouger, comme si quelqu'un se tenait là-derrière et, par l'entrebâillement, cherchait à regarder dans le jardin. Je me tins soigneusement caché et attendis, très ému, ce qui allait se passer, car je me trouvais à moins de trois pas de cette fenêtre. La sueur coulait sur mon front et mon cœur battait si fort que je craignais qu'on ne l'entendît.

« Ce qui se produisit alors m'atteignit plus cruellement qu'une flèche qui eût transpercé mon cœur inexpérimenté. Le rideau fut brusquement tiré de côté et, rapide comme l'éclair, mais absolument silencieux, un homme sauta par la fenêtre. À peine étais-je revenu de mon indicible consternation que je tombai dans une autre, car, l'instant d'après, je reconnus dans ce personnage téméraire mon cousin et mon ennemi. En l'espace d'un éclair, j'avais tout compris ; j'étais tremblant de fureur et de jalousie et je faillis bondir hors du buisson pour terrasser mon rival.

« Alvise s'était relevé, souriant, et regardait prudemment autour de lui. Au même moment, Isabella, qui était sortie du pavillon par la porte principale, apparut à l'angle de la maisonnette, s'approcha de mon cousin en riant et lui chuchota tendrement : « Va maintenant, Alvise, va ! Addio ! »

« En même temps, elle se pencha vers lui, l'entoura de ses bras et pressa ses lèvres sur les siennes. Ils ne s'embrassèrent qu'une seule fois, mais si longuement, avec une telle avidité et une telle ardeur que mon cœur a bien dû battre mille coups pendant cette minute-là. Jamais encore je n'avais vu la passion amoureuse de si près, moi qui ne la connaissais qu'à travers les poèmes et les récits, et la vue de ma Donna, dont les lèvres rouges, avides et assoiffées d'amour, étaient appliquées sur la bouche de mon cousin, me fit quasiment perdre la raison.

« Ce baiser, messires, fut pour moi tout ensemble plus doux et plus amer que tous ceux que j'ai jamais donnés ou reçus moi-même — à l'exception peut-être d'un seul, dont vous allez tout de suite entendre parler. »

« Ce même jour, tandis que mon âme tremblait encore comme un oiseau blessé, nous fûmes invités chez les Bolonais pour le lendemain. Je ne voulais pas y aller, mais mon père me l'ordonna. Je passai ainsi une nouvelle nuit d'insomnie pleine de tourments. Enfin, nous enfourchâmes nos chevaux et, gagnant sans nous presser l'habitation de nos hôtes, nous traversâmes le jardin dans lequel j'avais si souvent pénétré en cachette. Tandis que je ressentais une angoisse et une détresse extrêmes, Alvise contemplait le pavillon et le buisson de lauriers avec un sourire qui me rendait fou.

« S'il est vrai que, cette fois-là également, mes yeux, pendant le repas, restèrent fixés sur donna Isabella, chacun de mes regards, cependant, me préparait des tourments infernaux, car l'odieux Alvise était assis en face d'elle à table et je ne pouvais plus regarder la belle Dame sans me représenter dans tous ses détails la scène de la veille. Néanmoins, je continuai à regarder ses ravissantes lèvres. La table était garnie de mets et de vins exquis, les propos allaient leur train avec gaieté et animation ; mais aucune nourriture ne me faisait plaisir et je n'osais placer le moindre mot dans la conversation. Tandis que les autres convives étaient tous si joyeux, l'après-midi me parut aussi longue et sinistre qu'une semaine de pénitence.

« Pendant le souper, le maître d'hôtel vint annoncer qu'un messager, dans la cour, désirait parler au maître de la maison. Celui-ci présenta ses excuses, promit de revenir bientôt et sortit de la salle. Mon cousin reprit d'autorité le fil de la conversation. Cependant mon père qui, je crois, avait deviné ce qui se passait entre mon cousin et Isabella, se fit un malin plaisir de les taquiner quelque peu par des allusions et des questions bizarres. Il demanda, entre autres, à la Dame, en manière de plaisanterie : « Dites-nous donc, donna, auquel de nous trois aimeriez-vous le mieux donner un baiser ? »

« La belle Dame éclata de rire et répondit avec empressement : "De préférence à ce joli garçon là-bas !" Elle avait déjà quitté son siège, m'avait attiré à elle et me donna un baiser — il ne fut pas prolongé et ardent comme celui de la veille, mais délicat et frais.

« Je crois que ce baiser fut, de tous ceux que je reçus jamais d'une femme aimée, celui qui me causa le plus de plaisir et le plus de souffrance à la fois. »

Piero vida son gobelet, se leva et répondit aimablement aux politesses des Vénitiens ; puis il saisit l'un des chandeliers, souhaita une bonne nuit à l'abbé et quitta la salle. Il se faisait tard, et les deux étrangers ne tardèrent pas à aller aussi se coucher.

« Comment l'as-tu trouvé ? demanda Luigi, lorsqu'ils furent étendus dans l'obscurité.

— C'est dommage, il a vieilli, dit Giambattista en bâillant. Je suis vraiment déçu. Au lieu d'une histoire intéressante, il nous déballe des souvenirs d'enfance !

— Oui, c'est ce qui arrive avec les gens âgés, répliqua Luigi en s'allongeant entre ses draps. Quoi qu'il en soit, il parle merveilleusement bien, et ce qui est étonnant aussi, c'est son excellente mémoire ! »

Au même moment, le vieux Piero se mettait au lit. Il se sentait fatigué. Par vanité, il se repentait à présent de ne pas leur avoir raconté quelque chose d'autre, ce qu'il lui eût été très facile de faire.

Néanmoins, ce qui le réjouissait et le fit sourire de bon cœur, c'était de constater que ses dons d'improvisateur n'avaient rien perdu de leur efficacité. Car son histoire de maison de campagne, de cousin, de donna, de buisson de lauriers et des deux baisers n'avait rien été d'autre qu'une fable, inventée en un instant et pour cet instant seulement.

*(1902)*

*Wärisbühel*

*Titre original de la nouvelle :*
WÄRISBÜHEL

Hawang est un petit village dont on n'aurait jamais entendu parler si une importante tuilerie à vapeur ne s'était installée à cet endroit. Ce fut aussi à cause de cette fabrique que la ligne du chemin de fer local de Bitrolfingen à Kempflisheim fut prolongée jusqu'à Hawang. Et comme j'avais déjà auparavant une préférence pour les petits villages qui dépendent finalement de lignes locales inconnues, je débarquai un jour, à l'approche de l'été, à Hawang, où je louai une chambre chez des paysans et pris mes dispositions pour un séjour de quelque durée. Je voulais écrire une œuvre qui ne pouvait prendre forme que dans le calme, à l'abri de tout dérangement, et dont je conserve aujourd'hui encore les différents plans et ébauches comme souvenir des belles années de ma jeunesse.

Naturellement, il s'avéra bientôt que Hawang n'était pas non plus l'endroit dans lequel je pourrais achever mon œuvre. Par ailleurs, ce pays me plaisait et comme il n'est jamais agréable de faire ses bagages, de partir et de prendre congé, je restai provisoirement où j'étais et résolus de passer à Hawang les beaux jours de l'été. J'allais souvent m'étendre à la lisière de la forêt, je regardais les paysans occupés aux travaux du mois de juin, je pêchais clandestinement dans le ruisseau de la vallée, j'observais le fonctionnement de la tuilerie et, le soir, je racontais mes voyages à mes paysans fatigués et je leur exposais mes projets jusqu'à ce qu'ils en eussent assez et cessassent de prêter l'oreille à mes discours.

Ensuite, il y eut une période d'ennui. Une fois sorti de mon lit, le matin vers sept heures, je parcourais le village, réfléchissant longuement avant de décider quel chemin j'allais prendre. Parfois je montais jusqu'à la forêt, d'autres fois je prenais à gauche et descendais le cours du torrent jusqu'à la tuilerie, ou bien j'allais pêcher en amont et il m'arrivait aussi quelquefois de faire demi-tour au bout de la rue du village, de rentrer chez moi et de m'asseoir dans le verger où je voyais dans le feuillage mûrir les petites pommes vertes et où j'entendais vrombir les abeilles et les bourdons dans les herbes De temps à autre, j'allais jusqu'à la gare, un bâtiment de trois mètres de long en tôle ondulée; j'assistais à l'arrivée et au départ de l'unique train quotidien, je voyais quelqu'un en descendre, ou bien je constatais que personne n'en descendait, selon les jours, et c'est précisément là, dans cette gare, que le sentiment de l'ennui s'emparait de moi le plus souvent. Une fois, j'amorçai une conversation avec le chef de gare et c'est ainsi que j'appris le tarif du transport des marchandises, les distances en kilomètres qui séparaient chacune des stations et que je lui demandai finalement s'il existait aussi des abonnements sur cette ligne, pour l'unique raison que le temps me paraissait très long et que je ne voulais pas recommencer un entretien du même genre ; il me renseigna avec beaucoup de précision. Il existait des billets pour Bitrolfingen qui étaient valables pour vingt-quatre courses et pour un certain nombre de kilomètres La réduction, que calcula pour moi le chef de gare, était très importante par rapport au prix ordinaire des billets et chaque habitant de ce village qui avait affaire de temps à autre à Bitrolfingen possédait bien entendu un abonnement de ce genre. Je ne sais plus très bien comment cela se fit, mais, pour finir, je sentis qu'il était de mon devoir d'acheter un abonnement, ne fût-ce que pour avoir recouru si longtemps aux bons offices de ce fonctionnaire. Désormais, je pourrais me rendre chaque jour à Bitrolfingen, si j'en avais envie, mais pas ce jour-là précisément, car le train était déjà parti.

Le lendemain matin j'apparus à la gare, soutenu par l'agréable sentiment d'avoir quelque chose à faire, un but à poursuivre et j'attendis le départ du train. Il n'y avait aucun autre voyageur que moi ; cependant, deux wagons chargés de tuiles furent accrochés au convoi et, après que la voiture où je me trouvais eut été chauffée à point par le soleil de midi, nous partîmes dans un grand vacarme. Le contrôleur se montra aussitôt et perfora pour la première fois ma carte d'abonnement, qui était jaune, et comme j'étais désormais un habitué, il engagea avec moi une conversation qui devait me distraire fort agréablement jusqu'à Kempflisheim. Là, nous fîmes halte et prîmes deux passagers. L'un s'endormit aussitôt dans son coin ; l'autre, que j'estimai être un marchand de bétail, accapara le contrôleur, lequel, sans plus faire attention à moi, se lança avec un tel empressement dans la conversation avec ce client régulier plus âgé que je perdis tout espoir de le captiver une nouvelle fois et que je me mis à regarder par la fenêtre.

Là, j'appris à connaître bien des choses nouvelles pour moi. Aujourd'hui encore, je pourrais citer par cœur les noms des nombreuses stations jusqu'à Bitrolfingen. Quelques-unes des autres gares étaient aussi en tôle ondulée ; cependant, trois d'entre elles étaient construites en pierre, et en particulier celle de Wärisbühel dont il va être bientôt question. Notre wagon se remplit peu à peu, cependant personne ne vint s'asseoir près de moi, car j'étais un étranger et je continuai mon voyage en regardant la campagne, les forêts et les villages. Dans chacune des gares, il y avait une auberge et toutes ces auberges portaient la même enseigne : *Café du Chemin de fer.* Chaque station avait son chef de gare coiffé de la casquette rouge et, derrière l'étroit carreau poussiéreux de la fenêtre de son minuscule bureau, on voyait un appareil télégraphique composé d'une petite roue de laiton et d'une mince et interminable bande de papier, fixée à cette roue.

Pendant ce trajet, je vis beaucoup de choses que je ne peux pas décrire par le menu. J'en ai oublié quelques-unes, d'autres ne sont déjà plus qu'un vague souvenir et, avec le temps, elles vont se couvrir de poussière, s'enfoncer dans l'oubli. Toutefois, il en est une que je n'ai pas oubliée et que je n'oublierai jamais, c'est la gare de Wärisbühel.

Cette gare attirait d'abord l'attention par le fait qu'elle était en pierre et qu'elle ne possédait pas seulement un rez-de-chaussée, comme les autres gares, mais un étage avec quatre fenêtres. En bas, se trouvait le chef de gare ; derrière sa porte vitrée, on voyait briller mystérieusement la petite roue de laiton ; à côté de la porte, il y avait une boîte aux lettres sous laquelle un marmot était assis par terre avec un loulou blanc. Toutefois, je ne remarquai tout cela que d'un regard distrait. Ensuite, je levai les yeux vers les quatre fenêtres dont l'aspect était riant. C'était un vrai plaisir de les regarder : sur le rebord de chacune d'elles, il y avait au moins six pots de plantes vertes d'où jaillissait un foisonnement d'œillets de toutes les couleurs, mais surtout blancs et rouges. On croyait presque sentir leur parfum à travers l'atmosphère empoussiérée et lourde de la gare.

C'était la plus jolie chose que j'eusse vue au cours de ce trajet. Depuis un moment, j'avais le cœur serré et je ressentais un poids qui ressemblait d'une manière inquiétante à l'ennui que j'avais laissé derrière moi à Hawang, et je me tracassais en pensant aux vingt-trois billets de train que j'avais encore à utiliser. À la vue de la magnifique gare et de ses fenêtres garnies d'œillets, la joie et le plaisir de vivre prirent un nouvel essor dans mon âme. Je donnai libre cours à mes fantaisies plus ou moins philanthropiques et je ne considérai plus rien comme perdu.

Et comme un plaisir ne vient jamais seul, un autre enchantement me captiva, à l'arrière-plan du prodige des œillets, bien qu'un assez long moment se fût écoulé avant que je le découvrisse. Par une heureuse chance, l'arrêt à cette importante station dura plus d'un quart d'heure et, après avoir eu tout le loisir de me rafraîchir la vue au spectacle de ces charmantes fleurs, quelque chose d'encore plus beau apparut à mes yeux. À la troisième fenêtre, à moitié dissimulée derrière les pots de fleurs, une belle jeune fille aux cheveux noirs, au visage clair se tenait mystérieusement dans la chambre obscure et abaissait sur nous son regard attentif et curieux. « Voilà une charmante enfant, pensai-je, qui passe son temps à regarder chaque train qui arrive et elle s'ennuie, elle cherche à apercevoir un nouveau visage, elle guette quelque reflet du monde extérieur, afin de pouvoir y penser pendant la longue journée silencieuse et d'avoir ainsi quelque chose à quoi rêver. » Elle me plaisait et me faisait pitié, bien que je ne susse rien d'elle, et j'avais du plaisir à la voir regarder au-dehors, derrière son petit jardin suspendu.

Cependant, son regard tomba aussi sur moi et je détournai modestement le mien, puis, après un moment, je me risquai de nouveau à la regarder ; elle était toujours à la même place et c'était moi qu'elle regardait justement. Je ne parvins pas à détourner immédiatement les yeux, mais, pendant quelques secondes, je plongeai mon regard dans ses yeux sombres. Elle resta immobile et soutint mon regard sans cligner des paupières, de sorte que je fus le premier à me sentir embarrassé et à regarder ailleurs. Puis le train repartit allégrement et prit de la vitesse, tandis qu'assis en silence sur ma banquette, je songeai à toutes sortes de belles choses. J'étais de nouveau ravi de ma journée, du trajet et de ma carte d'abonnement. Je cherchais à me rappeler si les cheveux de la jeune fille étaient noirs ou seulement bruns et j'essayais d'imaginer ce qu'elle pouvait bien faire en ce moment ; peut-être était-elle en train d'arroser ses fleurs ou d'en faire un bouquet qu'elle poserait sur la table, là où elle gardait ses affaires de couture et les menus objets qu'elle possédait : un livre, quelques photographies, un étui à aiguilles en ivoire, un carlin ou un lion en marbre.

Les stations se succédaient, et c'est à peine si je les remarquais, comme si j'avais été dans un express. Nous arrivâmes finalement à Bitrolfingen et tout le monde fut obligé de descendre. Là, je disposais de trois heures pour visiter la petite ville, boire une chope de bière et apprendre que la sacristie où se trouvaient les anciennes sculptures sur bois était fermée ce jour-là et que le sacristain n'était pas chez lui. Que m'importait d'ailleurs, puisque j'allais bientôt revenir. Je bus ma chope de bière dans le jardin d'une auberge, sous la cime arrondie des marronniers et, afin de ne pas manquer le train du retour, je me rendis assez tôt à la gare, où j'observai, derrière sa lucarne, le préposé au télégraphe. Je remarquai cependant bientôt qu'ici les rapports étaient moins familiers qu'à Hawang. Le chef de gare me lança à plusieurs reprises des regards indignés, car ma curiosité l'irritait, et comme je persistais à rester là, il ouvrit brusquement sa fenêtre et s'écria :

« Qu'est-ce que c'est ? Voulez-vous un billet ? Le train ne part que dans une demi-heure ! »

Je soulevai mon chapeau et lui dis :

« Non merci, j'ai un abonnement. »

Alors il devint plus poli et toléra ma présence à sa fenêtre pendant qu'il pointillait ses bandes de papier. Le temps passa et ce fut le moment de monter en voiture. C'était déjà le soir quand nous partîmes, mais les journées sont longues en juin, et lorsque nous arrivâmes à Wärisbühel le soleil n'était pas encore couché et répandait un éclat chaleureux et doré sur les fenêtres de la gare et sur les œillets aux vives couleurs. La jeune fille que, cette fois, je cherchai du regard sans perdre de temps, n'était pas là, de sorte que tout cet éclat de lumière me sembla superflu et prodigué en vain. Mais à l'instant même où la locomotive se mit à haleter et à chuinter et où le contrôleur, qui allait finir sa journée, refermait les portières avec un zèle redoublé, la jeune fille aux cheveux foncés apparut, grande et belle, à la troisième fenêtre ; elle adressa un sourire au train qui s'ébranlait dans un nuage de vapeur et raviva en moi la petite flamme du bonheur. Ses cheveux ne me semblèrent pas, cette fois-ci, tout à fait noirs, mais il s'y mêlait un reflet plus clair, presque doré, quoique cet effet pût aussi simplement provenir du soleil couchant.

Satisfait de mon voyage et de l'emploi de ma demi-journée, j'arrivai à Hawang, où j'étais de nouveau le seul passager du train et où le chef de gare me salua avec une sorte de collégialité, comme si, grâce à mon abonnement, j'avais désormais des accointances avec la compagnie de chemin de fer. De retour dans ma chambre de paysan, tout me sembla plutôt désolant, comme si j'avais été absent fort longtemps, et, avant de m'endormir, je projetai de retourner un autre jour à Bitrolfingen. Alors la sacristie avec ses trésors artistiques serait probablement ouverte, la bière servie à l'ombre des marronniers serait de nouveau excellente, le fonctionnaire de la gare reconnaîtrait un habitué et se montrerait plus amical envers moi, peut-être même me ferait-il une démonstration de ce télégraphe qui excitait depuis si longtemps ma curiosité. Et il était possible qu'à Wärisbühel la demoiselle apparût une nouvelle fois derrière ses giroflées ; en tout cas, les œillets seraient là et le déplacement ne me coûtait presque rien.

Néanmoins, je restai à Hawang le jour suivant. Il m'était venu à l'idée que cette demoiselle pourrait finir par penser que c'était à cause d'elle que je revenais si promptement et qu'elle pourrait s'en offenser ou se faire de moi une idée fausse. En conséquence, je restai où j'étais, je visitai la tuilerie à vapeur et, l'après-midi, j'allai me coucher dans le foin avec un petit livre des éditions Reclam, jusqu'à ce que la faim me ramenât au village.

Le lendemain, à midi, il me sembla pourtant que le voyage était possible. Au cas où la jeune fille me ferait grise mine, je pourrais toujours me retirer à l'intérieur du wagon et ne la contempler qu'à la dérobée. J'étais également décidé à voir, cette fois, les antiquités de Bitrolfingen et à profiter de l'occasion que m'offrait mon billet pour connaître à fond cette région où je comptais faire différentes études et observations. C'est ainsi que je partis, la conscience tranquille ; je revis le dormeur et le marchand de bétail monter dans le wagon, ainsi que la plupart de mes compagnons de voyage de l'avant-veille ; j'offris un cigare au contrôleur et me sentis déjà bien introduit dans ce train qui m'était devenu familier. Peu avant l'arrêt de Wärisbühel, je me mis à l'affût et vis bientôt apparaître le bâtiment de pierre, la boîte aux lettres et la fenêtre avec ses fleurs où j'avais aménagé, dans le secret de mon cœur, une sorte de petit refuge et de foyer pour mes pensées intimes. Aussi ne quittai-je pas du tout ma place lorsque la jeune fille apparut à l'endroit habituel et qu'elle se mit à examiner le train. Elle fixa d'abord son regard sur le petit coupé, d'ailleurs vide, qui se trouvait dans le wagon de tête et constituait notre seconde classe, puis sur les fenêtres de notre wagon, et là elle me découvrit bel et bien, me regarda de nouveau en face et il me sembla qu'elle esquissait un très léger et charmant sourire que je ne pouvais nullement, il est vrai, rapporter à ma personne, mais que je n'hésitai pas à célébrer en silence comme un événement plein de joie et de beauté. Elle se tenait de nouveau quelque peu retirée au fond de la chambre, de sorte que n'importe qui ne pouvait pas la voir ; ses cheveux, en ce moment, me parurent être absolument noirs et ses yeux, également, d'une sombre profondeur dans son clair et pâle visage. Quand le train repartit, je continuai à regarder là-haut et ne la perdis pas de vue tandis qu'elle aussi resta à sa fenêtre, et je la vis encore jusqu'à ce que la distance la fît devenir toute petite et indistincte. J'eus l'impression qu'elle souriait à ce moment-là d'une façon particulièrement délicieuse et sincère et que ce sourire s'adressait précisément à moi ; mais ce devait être davantage un jeu de mon imagination plutôt que la vérité, car son visage était dans un tel éloignement qu'il n'apparaissait plus que comme une tache claire.

Comme j'ignorais son nom et que je n'osais pas m'en informer, je pus méditer là-dessus pendant tout le trajet, lui attribuant les beaux noms que me dictait ma fantaisie. Pour commencer, Edwige me parut le plus approprié et le plus beau ; cependant, je reconnus bientôt que Gertrude était encore plus beau et plus convenable et c'est ainsi que, pour moi, elle s'appela désormais Gertrude, et si j'ajoutais à mes pensées de l'avant-veille les évocations et le nom d'aujourd'hui, j'obtenais déjà un très bon portrait de l'inconnue.

À Bitrolfingen, j'allai voir la sacristie et les anciennes stalles sculptées ainsi que les pierres tombales ciselées de seigneurs et d'ecclésiastiques disparus, sans pouvoir tenir bien longtemps dans cet endroit, et je retournai à la gare assez tôt pour voir le mécanicien huiler notre locomotive et remplir d'eau la chaudière. Le chef de gare répondit poliment à mon salut et alla jusqu'à me demander si je venais de Wärisbühel. Quand je répondis négativement et lui dis que je venais de Hawang, il se répandit en éloges sur le développement de la tuilerie et conjectura que je travaillais dans cette entreprise. Je le lui laissai croire, ce qui ne pouvait m'être que favorable, et lorsque je montai dans le train, il me sembla que je le faisais pour la centième fois et que j'avais réellement quelque chose à faire dans cette région et sur la ligne du train local.

Le soleil couchant répandait une lumière dorée sur les prairies et sur les toits rouges lorsque nous arrivâmes à Wärisbühel ; le petit garçon était de nouveau là, cette fois sans son loulou et, à l'étage, la jeune fille attendait déjà ; sa chevelure était effleurée par un rayon de soleil dont un reflet jouait sur son visage, de sorte que je pus l'observer très distinctement. Je lui donnai une vingtaine d'années. Et, cette fois, ce n'était pas de l'imagination : quand le train s'ébranla et se mit à rouler, un lumineux et gentil sourire s'épanouit sur ses lèvres incarnadines et, tout en souriant, elle m'avait regardé dans les yeux, au point que j'en riais et tremblais intérieurement. « Tu vois, me dis-je, elle te reconnaît et elle ne t'en veut pas ! » Et je me sentis tout réjoui de pouvoir désormais me figurer que cette jeune fille pensait peut-être à moi comme je pensais à elle et qu'elle imaginait des choses à propos de ce jeune étranger.

Ainsi donc, j'étais amoureux, bien que ce ne fût pas la première fois, et cette constatation me plut extrêmement. Tout sentiment d'ennui s'était dissipé et j'avais honte de moi-même à l'idée que je n'avais fait encore que de brèves et paresseuses incursions dans cette magnifique contrée. Maintenant, les forêts s'étendaient si royalement dans la paix du matin derrière les champs baignés de lumière que le poète le plus brillant n'aurait pu l'exprimer, et les montagnes, dans le lointain, apparaissaient si paisibles et si pensives que j'avais constamment de quoi regarder et réfléchir et que le jour suivant s'écoula plus vite et plus facilement qu'aucun autre jour passé dans ce village. Partout, la création de Dieu était à l'œuvre et toute chose étincelait de lumière et de joie de vivre.

Cependant, cette splendeur ne me suffit pas très longtemps et deux jours plus tard je refis le trajet accoutumé. Oui, elle était à sa fenêtre, et, si je voyais bien, elle m'avait presque attendu et était heureuse de me revoir. Du moins sa physionomie exprimait-elle une joie silencieuse et fixait-elle sur moi ses yeux sombres de telle manière que je sentis ce regard effleurer ma peau, comme si elle m'avait donné un baiser. À peine eus-je pensé cela que je ressentis l'aiguillon du désir et résolus en moi-même d'obtenir tôt ou tard un baiser de cette belle créature, ce qui me paraissait être le sommet de la félicité et cependant n'exprimait peut-être pas un souhait d'une hardiesse excessive. Être embrassé sur la bouche par une belle et grave jeune fille avait toujours été pour moi comme un rêve merveilleux caressé par mon âme ; néanmoins, ce rêve n'avait jamais voulu se réaliser. Désormais, tout me parut possible et j'eus le sentiment que cette affaire était sur le point de se transformer en une véritable aventure. Certes, j'aurais pu tout de suite lui faire un petit signe de la main ou lui adresser un clin d'œil à la dérobée, mais, tout compte fait, cela me sembla bien osé ; je décidai donc d'attendre le retour et de réfléchir avant de faire ce nouveau pas.

J'avais là un sujet de méditation suffisant pour la durée du trajet, pour l'arrêt à Bitrolfingen, ainsi que pour le retour. Finalement, j'en restai à la décision de la saluer ce jour-là d'un signe de la main quelconque ou d'un clin d'œil. Si elle me répondait, ce serait de bon augure et je pourrais alors envisager la suite. Si elle ne me répondait pas, c'était précisément parce qu'elle ne pouvait pas me souffrir et il me faudrait donc, pour des années encore, courir le monde sans être embrassé.

Je réussis tout de même à tenir ma résolution. À vrai dire, j'avais à peine aperçu Gertrude que je lui fis un signe de tête, accompagné d'un geste de la main pour la saluer, tous deux très prudents et assez peu clairs, mais qui, cependant, ne lui échappèrent point et, à ma grande joie, elle y répondit par un sourire et par deux signes de tête consécutifs.

Mon premier mouvement eût été de descendre aussitôt du train, de franchir le seuil et de gravir en hâte l'escalier qui me conduirait vers elle. Une fois encore, je l'interrogeai du regard et, de nouveau, elle arbora son lumineux sourire, comme on déploie un joyeux drapeau de fête. Alors je sentis grandir en moi, comme une délicieuse clarté matinale, la certitude qu'elle agréait ma présence et qu'elle pourrait accepter mes hommages; j'étais prêt, si elle le désirait, à me jeter sous les roues du train. Pendant que celui-ci s'ébranlait, je pris congé d'elle en lui adressant un silencieux salut et fis le trajet du retour dans la splendeur du crépuscule, comme à travers un pays transfiguré.

Ce fut un beau moment, l'un des plus beaux auxquels je puisse penser. C'était un rayonnement de joie, un scintillement doré qui échauffait mon jeune cœur et donnait à mes pensées des ailes roses avec lesquelles je volais, léger et bienheureux, vers tous les paradis de la jeunesse. Puis cette félicité déclina sans que j'y prisse garde et disparut avant que j'en eusse conscience, comme tous les moments de bonheur.

Cette aventure avait enflammé mes sens et, au paisible sentiment de bonheur et de plénitude, succéda la phase des projets qu'on échafaude et des exigences qui se précisent; en même temps, j'éprouvais de l'angoisse et du découragement, car je n'avais aucune expérience des choses de l'amour. Je perdis deux jours en réflexions stériles. Mon désir était de prendre le train pour Wärisbühel, de descendre à cette station et, d'une manière ou d'une autre, de rencontrer la jeune fille. Sans concevoir d'espérances trop hardies, je pensais devoir vivre ce moment où une belle jeune fille m'accueillerait et me donnerait un baiser. Cependant, aussitôt que je pensais à ce qui se passerait ensuite, une fois que je serais là-bas, à la gare, au moyen de parvenir jusqu'à elle et à ce que je devrais lui dire, au fait que son père et peut-être sa mère seraient auprès d'elle, toutes ces circonstances se dressaient devant moi comme une montagne et la rencontre me paraissait impossible. Ma certitude même m'abandonna cette fois tout à fait. Assurément, l'inconnue m'avait fait un signe amical et elle m'avait souri, oui, mais qu'est-ce que cela voulait dire ? Finalement, elle s'était déjà comportée de la même manière à l'égard de bien des voyageurs, en toute innocence, et si j'arrivais là et demandais plus que les autres, de quoi cela aurait-il l'air ? Et puis, elle ne savait rien de moi, bien moins encore que je n'en savais sur elle. Était-elle donc responsable de mes rêves audacieux ? Elle m'avait fait le don qu'elle faisait volontiers : un salut et un reflet de son charme et, à présent, je voulais aller chez elle et faire valoir mes prétentions !

Trois jours plus tard, je ne vis pas d'autre parti à prendre que de refaire le voyage. J'aurais toujours la possibilité de descendre à Wärisbühel ou de poursuivre ma route, selon les circonstances. Plein d'inquiétude, j'allai à la gare et attendis le train. Je montai dans le wagon, le contrôleur me salua familièrement et fit un nouveau petit trou rond dans ma carte d'abonnement ; le marchand de bétail réapparut et derrière les vitres défilèrent les images bien connues, dont l'une paraissait promettre le bonheur, tandis que la suivante ne présageait rien que de funeste.

Si long que fût pour moi le voyage, nous arrivâmes finalement à Wärisbühel. Là, mon cœur faillit s'arrêter de battre lorsque, sur le quai, je vis Gertrude vêtue d'une robe brune et tenant à la main un grand sac de voyage ; près d'elle se trouvaient le chef de gare, le bambin et une petite femme maigre, probablement la mère. Elle-même et sa fille étaient en costume de voyage ; la jeune fille avait les yeux rouges et des larmes sur les joues.

Elle embrassa le chef de gare à la barbe blonde et monta dans le train avec sa mère. Et ce fut dans mon wagon qu'elles montèrent et prirent place tout près de moi. Je n'osai pas la regarder avant que le train fût en marche et qu'elle eût fait des signes d'adieux par la fenêtre ouverte. Je pus alors la regarder et je vis qu'elle était en effet merveilleusement belle. Ses cheveux étaient d'un brun foncé, comme ses yeux ; à travers les larmes des adieux, elle souriait de nouveau de ces mêmes lèvres incarnadines qui m'avaient naguère adressé un sourire. Une fois assise, elle se mit à bavarder avec sa mère ; elle ne me regarda pas ou du moins sembla ne pas me connaître. J'écoutai une partie de leur conversation et appris qu'elle était réellement la fille de la maison ; ensuite elle parla d'un certain Robert, puis de son époux, et je compris peu à peu qu'elle était mariée et qu'elle avait été en visite chez ses vieux parents.

À Bitrolfingen, elle disparut avec sa mère dans la salle d'attente réservée aux voyageurs de deuxième classe, bien qu'elle eût un billet de troisième classe, et je me rappelai m'être souvent mis en colère en voyant des voyageurs de troisième classe attendre dans la salle réservée à ceux de seconde. Il est vrai qu'elle était la fille d'un employé des chemins de fer.

Lorsque, la fois suivante, je fis le même trajet, j'avais emporté ma valise et je poursuivis mon voyage vers une autre région. Quant à mon abonnement, j'en avais fait cadeau à mon logeur. Puis le temps a passé, j'oubliai presque tout, sauf le nom des stations et la fenêtre aux œillets. En outre, je n'avais toujours pas été embrassé et, bien qu'entre-temps les choses eussent changé sur ce point, néanmoins la belle Gertrude et mes folles rêveries de voyageur ne devaient pas s'effacer entièrement de mon âme mais y demeurer cachées. Et aujourd'hui encore, elles se rappellent à moi assez souvent, à peu de chose près, comme un épisode réel de mes amours et comme un bonheur réellement vécu pendant mes années de jeunesse.

*(1909)*

# *L'apprentissage de Hans Dierlamm*

*Titre original de la nouvelle :*

HANS DIERLAMMS LEHRZEIT

## 1

Le commerçant en cuirs Ewald Dierlamm, que l'on n'osait plus, depuis bien longtemps, traiter de tanneur, avait un fils nommé Hans qu'il poussait beaucoup à l'étude et qui fréquentait le collège supérieur scientifique de Stuttgart. Si, dans cette école, ce robuste et alerte jeune homme accrut effectivement le nombre de ses années, il ne progressa point en sagesse ni en bonne réputation. Tandis qu'il devait redoubler chacune de ses classes et menait par ailleurs une existence satisfaite, ponctuée de soirées au théâtre et au cabaret où il buvait de la bière, il atteignit enfin sa dix-huitième année et devint un jeune monsieur de belle prestance, alors que ses camarades de classe n'étaient encore que des adolescents imberbes et sans aucune maturité. Étant donné que, au cours de la dernière année scolaire, il s'était laissé distancer par ses camarades, mais qu'en revanche il recherchait constamment comme théâtre de ses plaisirs et de son ambition un milieu mondain où l'on mène la grande vie et qui était très éloigné de toute culture scientifique, son père comprit qu'il devait retirer ce jeune homme insouciant de l'école où il se corrompait lui-même et dépravait les autres. C'est ainsi que, par une des plus belles journées du printemps, Hans fit le voyage de retour à Gerbersau, en compagnie d'un père assez morose et la question se posa alors de savoir ce qu'on allait faire de ce fils dévoyé. Car il était déjà trop tard, ce printemps-là, pour l'envoyer au service militaire, comme le conseil de famille l'eût souhaité.

Au grand étonnement de ses parents, le jeune Hans prit lui-même les devants et demanda qu'on lui fît faire un stage pratique dans un atelier de mécanique, car il se sentait du goût et des dons pour le métier d'ingénieur. Pour l'essentiel, cette proposition était tout à fait sérieuse, mais, à côté de cela, Hans nourrissait le secret espoir d'être envoyé dans une grande ville, où se trouvaient les meilleures fabriques et où, en dehors du métier, il pensait de plus pouvoir trouver maintes occasions de se distraire et de s'amuser agréablement. En quoi il se trompait néanmoins ; car, après les délibérations d'usage, son père lui fit savoir qu'il était en effet résolu à exaucer son souhait, mais qu'il jugeait plus opportun, pour le moment, de le garder à Gerbersau, où ne se trouvaient peut-être pas les meilleurs ateliers ni les meilleurs postes d'apprentissage, mais où, en revanche, il n'y aurait ni tentations, ni écarts à redouter. Il est vrai que ce dernier point ne se révéla pas tout à fait exact, comme on le verra plus tard, mais l'intention était bonne ; ainsi, Hans Dierlamm dut se décider à commencer sa nouvelle existence sous la surveillance paternelle dans la petite ville où il était né. Le mécanicien Haager se déclara disposé à le prendre chez lui et Hans, un peu gêné, dut faire quotidiennement le trajet de la Münzgasse à l'île inférieure, vêtu d'une salopette de toile bleue comme en portent tous les serruriers. Au début, ces trajets le firent un peu souffrir, car, jusque-là, il avait été habitué à paraître devant ses concitoyens dans des vêtements plutôt élégants. Cependant, il sut bientôt se plier à cette obligation et fit comme s'il portait son vêtement de toile en quelque sorte par plaisanterie, à la manière d'un déguisement. Quant au travail lui-même, il lui fit grand bien, à lui qui avait si longtemps traîné inutilement sur les bancs d'école, et même il lui plut et commença par éveiller sa curiosité, puis son ambition et finalement lui procura une joie sincère.

L'atelier de Haager était situé tout près de la rivière, au pied d'une fabrique assez importante dont les machines, avec leur entretien et leurs réparations, fournissaient l'essentiel du travail et du gain du jeune maître Haager. L'atelier était modeste et ancien ; le père Haager, artisan obstiné et sans aucune instruction, y avait régné jusqu'à une époque récente et gagné pas mal d'argent. Le fils, qui possédait et dirigeait à présent l'entreprise, avait bien fait quelques plans de rénovation et d'agrandissement, mais, en tant que fils prudent d'un artisan rigoureusement conservateur, il commença modestement avec de petits moyens. Quoiqu'il parlât volontiers, il est vrai, de fonctionnement à la vapeur, de moteurs et de salle des machines, il n'en continuait pas moins à travailler avec zèle dans l'ancien style et, à part un tour mécanique de fabrication anglaise, il n'avait encore fait l'acquisition d'aucun nouvel équipement de valeur. Il travaillait avec deux compagnons et un apprenti, et disposait encore d'une place à l'établi et d'un étau pour le nouveau stagiaire. L'espace restreint de l'atelier était ainsi largement occupé par ces cinq personnes, et les collègues en tournée qui passaient par là et demandaient du travail n'avaient pas besoin d'avoir peur qu'on les prît au mot.

L'apprenti, pour commencer par le bas, était un gamin de quatorze ans, complaisant et craintif, que le nouveau stagiaire crut à peine nécessaire de remarquer. L'un des deux aides s'appelait Johann Schömbeck. C'était un homme maigre aux cheveux noirs, économe et ambitieux. L'autre aide était un bel homme robuste de vingt-huit ans nommé Nicolas Trefz, ancien camarade de classe du maître, ce qui lui permettait de le tutoyer. En toute amitié, et comme s'il ne pouvait en aller autrement, Nicolas dirigeait la maisonnée en communauté avec le patron ; car il n'était pas seulement fort et impressionnant par sa stature et sa manière d'être, mais il était aussi un mécanicien habile et diligent qui avait assurément l'étoffe d'un maître. Haager lui-même, le propriétaire, prenait un air soucieux et préoccupé en présence d'autres personnes, mais au fond il se sentait fort satisfait et avait aussi réalisé une bonne affaire avec Hans, car le vieux Dierlamm devait verser une somme considérable pour l'apprentissage de son fils.

Tels étaient les personnages qui étaient devenus les compagnons de travail de Hans Dierlamm ; du moins lui apparaissaient-ils sous ce jour-là. Son nouveau travail l'occupa d'abord plus que les nouvelles personnes auxquelles il avait affaire. Il apprit à battre une lame de scie, à se servir de la pierre à aiguiser et de l'étau, à différencier les métaux ; il apprit à chauffer la forge, à brandir le gros marteau, à manier sa première lime d'essai. Il cassa des vilebrequins et des ciseaux, s'évertuait avec la lime sur des fers de mauvaise qualité, se salissait avec le noir de fumée, la limaille et l'huile de machine, se tapait sur les doigts et se blessait avec le marteau, ou se les coinçait dans le tour, tout cela dans le silence moqueur de son entourage qui voyait avec un certain plaisir le fils déjà adulte d'un homme riche condamné à débuter ainsi dans la vie. Mais Hans conservait son calme, observait attentivement les compagnons au travail, questionnait le maître pendant les pauses de l'après-midi, fit des essais et se remua si bien qu'il ne tarda pas à livrer des travaux simples, utilisables et proprement faits, au bénéfice et à l'étonnement de M. Haager, qui avait eu jusque-là peu de confiance dans les capacités de son stagiaire.

« J'avais toujours pensé que vous vouliez seulement jouer au serrurier pendant quelque temps, lui dit-il une fois en reconnaissant ses qualités. Mais si vous continuez ainsi, vous en deviendrez véritablement un. »

Hans, pour qui les louanges et les blâmes de ses maîtres avaient toujours été, pendant ses années d'école, un bruit de paroles vides de sens, savoura cette première reconnaissance de ses mérites comme un affamé savoure une bonne bouchée, et, voyant que peu à peu, ses compagnons admettaient sa présence et ne le prenaient plus pour un imbécile, il se sentit plus libre, plus à l'aise et commença à regarder son entourage avec une sympathie et une curiosité plus humaines.

Il avait une préférence pour Nicolas Trefz, le compagnon en chef, un géant blond et posé, aux yeux gris et intelligents. Il se passa quelque temps, cependant, avant que celui-ci permît au nouveau venu de se rapprocher de lui. En attendant, il restait silencieux et un peu méfiant vis-à-vis de ce fils de famille. Le second compagnon, Johann Schömbeck, se montra d'autant plus abordable ; de temps à autre, il accepta le cigare ou le verre de bière que Hans lui offrait, il l'initia à certains petits trucs du métier et s'efforça d'accaparer l'attention du jeune homme sans pour autant abandonner la moindre parcelle de sa dignité de compagnon.

Un jour que Hans l'avait invité à passer la soirée avec lui, Schömbeck accepta avec condescendance et lui donna rendez-vous pour huit heures dans un petit café situé près du pont central. Arrivés là, ils s'attablèrent, tandis que, par la fenêtre ouverte, on entendait gronder l'eau du barrage ; au second litre d'Unterländer, le compagnon devint loquace. Il fumait un bon cigare et, tout en buvant son vin rouge, doux et clairet, il se mit, d'une voix étouffée, à initier Hans aux secrets de famille et d'affaires de l'atelier Haager. Le maître lui faisait de la peine, disait-il, en s'abaissant à ce point devant Trefz, devant ce Nicolas. Celui-ci était un être violent : autrefois, lors d'une querelle, il avait battu Haager comme plâtre à l'époque où ce dernier travaillait encore sous la direction de son père. Certes, il était bon travailleur, du moins quand le travail le concernait personnellement, mais il tyrannisait tout l'atelier et se montrait plus orgueilleux qu'un maître, quoiqu'il ne possédât pas un pfennig.

« Mais il touche sans doute un gros salaire ? » dit Hans.

Schömbeck se mit à rire en se tapant sur la cuisse.

« Non, dit-il en clignant de l'œil, il n'a qu'un mark

de plus que moi, Nicolas. Et il y a à cela une bonne raison. Connaissez-vous Maria Testolini ?

— Une de ces Italiennes du quartier de l'île ?

— Oui, de cette racaille qui vit là-bas. Maria entretient depuis longtemps une liaison avec Trefz, vous savez. Elle travaille à la fabrique de textiles qui est en face de l'atelier. Je ne crois pas du tout qu'elle tienne tellement à lui, qui est un grand gaillard très stable et toutes les filles aiment ça, mais son amour pour lui n'a rien de particulièrement sacré, loin de là.

— Mais qu'est-ce que cela peut bien avoir à faire avec son gain ?

— Avec son gain ? Ah oui. Eh bien, Nicolas a donc une liaison avec elle et il pourrait depuis longtemps avoir une meilleure place, s'il ne voulait pas rester ici à cause d'elle. C'est naturellement tout à l'avantage du maître. Il ne le paie pas mieux et Nicolas ne donne pas son congé parce qu'il ne veut pas quitter la Testolini. À Gerbersau, un mécanicien n'a pas grand-chose à espérer ; moi-même, je compte partir l'année prochaine, mais Nicolas se cramponne ici et ne s'en va pas. »

Ensuite, Hans apprit des détails qui l'intéressèrent moins. Schömbeck en savait beaucoup sur la famille de la jeune Mme Haager, sur sa dot, dont le vieux père ne voulait pas restituer le solde, et sur la mésentente du couple qui en avait résulté. Hans écouta patiemment ces propos jusqu'à ce qu'il lui semblât que l'heure était venue de s'en aller et de rentrer à la maison. Il laissa Schömbeck finir son verre de vin et partit.

Sur le chemin du retour, dans la douceur de cette soirée de mai, il songea à ce qu'il avait appris au sujet de Nicolas Trefz et il ne lui vint pas à l'idée de le prendre pour un fou parce qu'il manquait prétendument son avancement à cause d'une liaison. Au contraire, cela lui sembla très plausible. Il ne croyait pas tout ce que le jeune compagnon noiraud lui avait raconté, mais il crut à l'histoire de cette jeune fille parce que cela lui plaisait et s'accordait avec ses pensées intimes. Car, depuis qu'il n'était plus exclusivement préoccupé, comme il l'avait été durant les premières semaines, par les difficultés et les espérances de son nouveau métier, le désir secret d'avoir une amourette le hantait avec insistance au cours de ces douces soirées de printemps. Lorsqu'il était encore écolier, il avait bien collectionné dans ce domaine quelques premières expériences de la vie masculine, qui, certes, étaient encore très innocentes. Mais à présent qu'il portait un bleu de travail et qu'il était descendu jusqu'aux profondeurs de la classe populaire, il lui semblait bon et attirant d'avoir lui aussi sa part des mœurs simples et fortes du peuple. Mais, avec cela, ses affaires n'en étaient pas plus avancées. Les filles de bourgeois qu'il avait connues par sa sœur ne pouvaient être abordées que dans des salles de danse ou éventuellement lors d'un bal de société, et encore sous la surveillance de leurs sévères mamans. Enfin, dans ce cercle d'artisans et d'ouvriers de fabrique, Hans n'était pas encore parvenu, jusqu'ici, à se faire accepter comme l'un des leurs.

Il chercha à se faire une idée de cette Maria Testolini, mais ne put se la rappeler. Les Testolini formaient une communauté familiale compliquée qui habitait un triste et pauvre quartier et leur innombrable troupe logeait avec plusieurs autres familles au nom méditerranéen dans une vieille et misérable bâtisse du quartier de l'île. Hans se souvenait d'avoir vu là-bas, lorsqu'il était jeune garçon, un fourmillement d'enfants qui, au Nouvel An et à d'autres moments aussi, venaient mendier dans la maison de son père. L'un de ces enfants abandonnés avait bien pu être Maria et il se représentait une Italienne brune, aux grands yeux, élancée et un peu échevelée, pas très proprement vêtue. Cependant, il ne pouvait imaginer cette Maria Testolini parmi les jeunes ouvrières qu'il voyait passer quotidiennement devant l'atelier et dont plusieurs lui avaient semblé très jolies.

C'est qu'elle était tout à fait différente de ce qu'il avait pensé, et deux semaines s'étaient à peine écoulées qu'il fit sa connaissance de manière inattendue.

Parmi les locaux plutôt délabrés contigus à l'atelier, se trouvait un réduit mal éclairé donnant sur la rivière et dans lequel on entreposait toutes sortes de matériaux de réserve. Par une chaude après-midi de juin, Hans eut quelque chose à faire dans ce réduit ; il devait vérifier le compte de quelques centaines de tringles de fer et n'était pas fâché de passer une demi-heure ou une heure entière au frais, loin de l'atelier surchauffé. Il avait rangé les tringles selon leur grosseur et commençait à les compter, tout en inscrivant de temps à autre les totaux à la craie sur la paroi de bois foncé. Il comptait à mi-voix entre ses dents : quatre-vingt-treize, quatre-vingt-quatorze, lorsqu'une voix féminine, douce et grave, s'éleva, à demi rieuse : quatre-vingt-dix-neuf, cent, mille.

Surpris et contrarié, Hans se retourna brusquement. Devant la fenêtre basse, dépourvue de vitres, se tenait une belle jeune fille blonde qui lui fit un signe de tête en riant.

« Qu'y a-t-il ? demanda-t-il bêtement.

— Beau temps, lança-t-elle. Alors, c'est toi le nouveau stagiaire ?

— Oui. Et qui êtes-vous donc ?

— Voilà qu'il me dit "vous" à présent ! Faut-il toujours être aussi cérémonieux ?

— Oh, si c'est permis, je peux bien dire "tu" ! »

Elle entra, inspecta le taudis, humecta son index et se mit à effacer les chiffres qu'il avait tracés à la craie.

« Arrête, cria-t-il. Que fais-tu là ?

— Ne peux-tu pas garder ces chiffres en tête ?

— Et pourquoi, puisqu'il y a de la craie. À présent, je dois tout recompter.

— Oh là là, faut-il t'aider ?

— Oui, volontiers.

— Je l'imagine, mais j'ai autre chose à faire.

— Vraiment ? On a de la peine à le croire.

— Tiens, le voilà qui devient grossier, à présent. Ne pourrais-tu être un peu plus gentil ?

— Oui, si tu me montres comment on s'y prend. »

Elle sourit, s'avança vers lui, passa sa main chaude dans ses cheveux, lui caressa la joue et le regarda dans les yeux, de tout près et en souriant toujours. Rien de pareil n'était jamais arrivé à Hans ; il se sentit oppressé et pris de vertige.

« Tu es un gentil garçon, un amour », dit-elle.

Il voulut dire « et toi aussi », mais les battements de son cœur l'empêchèrent d'articuler un seul mot. Il prit sa main et la pressa dans la sienne.

« Aïe ! pas si fort, dit-elle à voix basse, ça fait mal ! »

Alors il dit « pardon ». Elle posa un court instant sa tête aux épais cheveux blonds sur son épaule et leva sur lui un regard tendre, caressant. Puis elle se reprit à rire de sa voix chaude et grave, lui fit un petit signe de tête amical et candide et se sauva. Lorsqu'il sortit sur le seuil pour la suivre du regard, elle avait déjà disparu.

Hans resta encore longtemps en compagnie de ses tringles de fer. Au début, il se sentit si déconcerté, si brûlant et si troublé qu'il ne pouvait penser à rien et regardait fixement devant lui en respirant avec difficulté. Il surmonta bientôt cependant ce premier trouble et alors une joie effrénée, surprenante, le submergea. Une aventure ! Une belle et grande jeune fille était venue à lui, l'avait cajolé, l'avait aimé ! Et lui qui n'avait pas su se tirer d'affaire, qui n'avait rien dit, qui ne connaissait même pas son nom et ne lui avait pas donné un seul baiser ! Cela le tourmenta et l'irrita tout le long de la journée. À la fois courroucé et transporté de bonheur, il résolut de réparer cela la fois suivante et de ne plus se montrer aussi bête et aussi timide.

Il ne songeait plus maintenant à quelque Italienne que ce fût. Il pensait sans cesse à « la prochaine fois ». Le lendemain, il profita de toutes les occasions pour sortir quelques minutes devant l'atelier et regarder autour de lui. Toutefois la blonde ne se montra nulle part. Au lieu de cela, elle vint vers le soir à l'atelier avec une amie, d'un air parfaitement ingénu et indifférent ; elle apportait une petite glissière en acier, une pièce d'une machine à tisser, pour la faire polir. Elle fit comme si elle ne voyait ni ne reconnaissait Hans, plaisanta en revanche un peu avec le maître, puis alla vers Nicolas Trefz qui était occupé à la pierre à aiguiser et s'entretint avec lui quelques instants à voix basse. C'est seulement lorsqu'elle revint et eut déjà dit adieu qu'elle se retourna sur le seuil et jeta à Hans un bref et chaleureux coup d'œil. Puis elle fronça un peu les sourcils et cligna des paupières comme pour dire qu'elle n'avait pas oublié leur secret et qu'il devait bien le garder. Après quoi elle s'en alla.

Johann Schömbeck alla droit à l'étau de Hans, ricana silencieusement et murmura :

« C'était la Testolini.

— La petite ? demanda Hans.

— Non, la grande blonde. »

Le stagiaire se pencha sur son travail et se mit à limer furieusement une pièce. Il limait à faire siffler la lime et à faire trembler l'établi. C'était donc cela, son aventure ! Et maintenant, lequel des deux hommes était le dupé, le compagnon en chef ou bien lui-même ? Que faire à présent ? Il n'aurait jamais pensé qu'une histoire d'amour pût être, dès le début, aussi embrouillée. Il lui fut impossible de penser à rien d'autre au cours de la soirée et durant la moitié de la nuit.

Sa première idée avait été qu'il devait renoncer à tout espoir. Néanmoins, pendant vingt-quatre heures, il avait été uniquement absorbé par des pensées d'amour pour cette jolie fille, et le désir de l'embrasser et de se faire cajoler par elle avait puissamment grandi dans son cœur. Et puis, c'était la première fois qu'une main féminine l'avait ainsi caressé et que des lèvres de femme lui avaient procuré autant de plaisir. La raison et le sentiment du devoir succombèrent à la force de cette passion juvénile, que l'arrière-goût de sa mauvaise conscience ne rendait pas plus belle, mais non moins forte. Il laisserait les choses aller comme elles pouvaient ; en attendant, Maria l'aimait et il désirait l'aimer de nouveau.

En réalité, il ne s'accommoda pas si bien de cette situation. Lorsque, la fois suivante, il rencontra Maria dans l'escalier de la fabrique, il lui dit aussitôt :

« Eh bien, qu'y a-t-il entre Nicolas et toi ? Est-il vraiment ton bon ami ?

— Oui, répliqua-t-elle en riant. À part cela, tu n'as rien d'autre à me demander ?

— Si, justement. Si tu l'aimes, tu ne peux pas m'aimer moi aussi.

— Pourquoi pas ? Nicolas est ma liaison, tu comprends, cela dure depuis longtemps déjà et cela doit rester ainsi. Mais toi, je t'aime bien, parce que tu es un si gentil garçon. Nicolas est très strict et sévère, vois-tu, et je veux t'avoir pour les baisers et les caresses, petit gamin. Fais-tu des objections ? »

Non, il ne faisait aucune objection. Recueilli, il posa silencieusement ses lèvres sur cette bouche épanouie et, comme elle remarquait son inexpérience en matière de baisers, elle se mit à rire mais voulut le ménager et l'en aima davantage encore.

## 2

Jusqu'alors, et en tant que compagnon en chef et ami d'enfance du jeune maître, Nicolas Trefz s'était accordé au mieux avec celui-ci ; à vrai dire, il avait eu la plupart du temps la haute main sur la maison et l'atelier. Depuis quelque temps, cette bonne intelligence semblait un peu troublée et, à l'approche de l'été, Haager devint toujours plus acerbe dans son comportement à l'égard de son compagnon. Il lui faisait parfois sentir qu'il était le maître, ne lui demandait plus conseil et saisissait la moindre occasion pour lui faire comprendre qu'il ne souhaitait pas poursuivre leurs anciens rapports.

Trefz, qui avait le sentiment de sa supériorité, ne se montra pas susceptible vis-à-vis de Haager. Au début, cette froideur le surprit comme une lubie inhabituelle du maître. Il se contenta d'en sourire et accepta ce changement avec philosophie. Mais lorsque Haager devint plus impatient et plus capricieux encore, Nicolas se mit à observer ce qui se passait et crut bientôt avoir décelé la cause de leur désaccord.

Il se rendait compte, notamment, que tout n'allait pas pour le mieux entre le maître et sa femme. Il n'y avait pas de dispute bruyante, la femme était trop avisée pour cela. Mais les époux s'évitaient, la femme ne se montrait jamais à l'atelier et, le soir, le mari était rarement à la maison. Était-ce, comme Schömbeck prétendait le savoir, le fait que le beau-père ne se laissait pas convaincre de donner plus d'argent, ou bien étaient-ce des dissensions personnelles qui se cachaient là-derrière ? Toujours est-il qu'il régnait une atmosphère étouffante dans la maison ; la femme avait souvent l'air d'avoir pleuré et de s'être mise en colère tandis que le mari semblait avoir fait une fâcheuse expérience en goûtant à l'arbre de la connaissance du bien et du mal.

Nicolas était persuadé que cette discorde domestique était responsable de tout et ne voulut pas s'en prendre au maître de son caractère irritable et de sa grossièreté. Ce qui le fâchait et le tourmentait secrètement, c'était la manière feutrée et astucieuse dont

Schömbeck savait tirer profit de cette humeur massacrante. Ce dernier, notamment depuis qu'il avait vu Nicolas tomber en disgrâce, s'efforçait avec un zèle plein de douceur et d'humilité de se recommander auprès du maître, et le fait que Haager entrait dans ce jeu et favorisait ostensiblement le flatteur était pour Trefz une piqûre d'amour-propre à laquelle il était sensible.

Dans cette période de malaise, Hans Dierlamm prit résolument le parti de Trefz. D'une part, Nicolas lui en imposait par sa carrure puissante et sa virilité, d'autre part, le flagorneur Schömbeck éveillait peu à peu ses soupçons et lui inspirait du dégoût; enfin, il avait le sentiment, par son attitude, de réparer une faute commise envers Nicolas et qui était restée inavouée. Car, même si son commerce avec la Testolini se limitait à de brèves et hâtives entrevues, au cours desquelles on n'allait pas au-delà de quelques baisers et de quelques caresses, il se savait néanmoins engagé sur des chemins défendus et n'avait pas la conscience tranquille. C'est pourquoi il rejeta sans hésiter les commérages de Schömbeck et soutint avec d'autant plus d'admiration et de sympathie la cause de Nicolas. Ce dernier ne tarda pas à s'en apercevoir. Jusque-là, il s'était à peine soucié du stagiaire et n'avait vu en lui rien de plus qu'un fils de famille dont on ne peut rien faire. À présent, il le considérait avec plus d'amitié, lui adressait parfois la parole et permettait que Hans s'assît auprès de lui à l'heure du casse-croûte de l'après-midi.

Enfin, il l'invita même un soir à l'accompagner.

« C'est mon anniversaire, aujourd'hui, dit-il, il faut bien que je boive une bouteille avec quelqu'un. Le maître est ensorcelé, quant à Schömbeck, je ne peux pas le souffrir, le salaud. Si vous êtes d'accord, Dierlamm, venez donc avec moi aujourd'hui. Nous pourrions nous rencontrer dans l'Allée après le souper. Voulez-vous ? »

Hans fut enchanté et promit d'être ponctuel.

C'était par une chaude soirée du commencement de juillet. Hans se hâta d'avaler son repas à la maison, fit un brin de toilette et se dirigea d'un pas rapide vers l'Allée où Trefz l'attendait déjà.

Ce dernier avait mis son costume du dimanche et, lorsqu'il vit Hans arriver dans son bleu de travail, il lui demanda d'un ton gentiment réprobateur :

« Alors, vous avez gardé l'uniforme ? »

Hans s'excusa, disant qu'il avait dû se dépêcher, et Nicolas se mit à rire :

« Ça va ! Pas de phrases ! Ma foi, vous êtes stagiaire et vous trouvez du plaisir à porter un bleu de travail maculé, parce que vous ne le portez pas depuis longtemps. Nous autres, nous l'enlevons volontiers lorsque nous sortons après le travail. »

Ils descendirent côte à côte l'obscure allée de marronniers qui conduisait hors de la ville. Tout à coup, derrière le dernier arbre de l'allée, surgit une haute silhouette de jeune fille qui se suspendit au bras du compagnon. C'était Maria. Trefz ne la salua même pas et l'emmena tranquillement avec lui ; Hans ne savait pas s'il lui avait donné rendez-vous ou si elle était venue d'elle-même. Son cœur battait anxieusement.

« Voici le jeune monsieur Dierlamm, dit Nicolas.

— Ah oui, s'écria Maria en riant, le stagiaire. Vous venez aussi avec nous ?

— Oui, Nicolas m'a invité.

— C'est très gentil de sa part. Et c'est aussi gentil à vous d'être venu. Un jeune monsieur si distingué!

— En voilà des bêtises! s'écria Nicolas. Dierlamm est mon collègue. Et maintenant, allons fêter mon anniversaire.»

Ils avaient atteint l'auberge des *Trois Corbeaux* qui était située près de la rivière, dans un petit jardin. À l'intérieur, on entendait des voituriers converser et jouer aux cartes; dehors, il n'y avait personne. Trefz appela l'hôtelier par la fenêtre et lui demanda d'apporter de la lumière. Puis il s'assit à l'une des nombreuses tables de bois brut. Maria prit place à côté de lui et Hans en face d'eux. L'aubergiste sortit de la maison avec une lampe de palier qui brûlait mal et qu'il suspendit au-dessus de la table à un fil de fer. Trefz commanda un litre du meilleur vin, du pain, du fromage et des cigares.

«Mais c'est sinistre, dit la jeune fille déçue. Ne pourrions-nous pas aller à l'intérieur? Il n'y a personne ici.

— Nous sommes assez nombreux, il me semble», dit Trefz impatienté.

Il versa du vin dans les grands verres épais, poussa vers Maria du pain et du fromage, offrit des cigares à Hans et en alluma un pour lui-même. Puis ils trinquèrent; là-dessus, Trefz engagea avec Hans une conversation détaillée sur des questions techniques et fit comme si la jeune fille n'avait pas été là. Il était assis, penché en avant, un coude appuyé sur la table, tandis qu'à ses côtés Maria s'était complètement renversée en arrière sur la banquette, avait croisé les bras sur sa poitrine et, dans la demi-obscurité, regardait fixement le visage de Hans, posant sur lui un regard tranquille et satisfait. Le malaise de Hans ne fit que s'accroître et, pour masquer son embarras, il s'enveloppa d'un épais nuage de fumée. Il n'aurait jamais pensé qu'ils se trouveraient un jour assis tous les trois à la même table. Il était heureux de constater que le couple n'échangeait aucune cajolerie sous ses yeux et il s'absorba délibérément dans son entretien avec le compagnon.

Au-dessus du jardin, de pâles nuages nocturnes flottaient dans le ciel parsemé d'étoiles. Des éclats de voix mêlés de rires retentissaient de temps à autre dans l'auberge tandis que, toute proche, la rivière obscure glissait avec un léger bruissement au fond de la vallée. Maria était assise, immobile dans la demi-obscurité, écoutant le flot de paroles des deux amis et maintenant son regard attaché sur Hans. Il le sentait, ce regard, même s'il ne le voyait pas ; tantôt, ces yeux semblaient lui faire signe et vouloir le séduire, tantôt ils lançaient un éclair de gaieté railleuse, tantôt encore ils devenaient froidement observateurs.

Il s'écoula bien une heure ainsi ; la conversation ralentit progressivement, devint plus pesante, enfin elle cessa et, pendant un moment, personne ne dit plus rien. Alors la Testolini se leva. Trefz voulut lui verser à boire, mais elle retira son verre et dit froidement :

« Ce n'est pas la peine, Nicolas.

— Qu'y a-t-il donc ?

— Il y a un anniversaire. Et ta bonne amie est assise là et elle peut s'endormir. Pas un mot, pas un baiser, rien d'autre qu'un verre de vin et un morceau de pain ! Si mon bon ami était une statue de marbre, ce ne pourrait pas être plus beau !

— Eh bien va-t'en, dit Nicolas en riant mais fâché.

— C'est ça, va-t'en. Bien sûr que je vais m'en aller. Après tout, il y en a encore d'autres qui aiment me regarder. »

Nicolas sursauta :

« Que dis-tu ?

— Je dis ce qui est vrai.

— Ah ? Alors, si c'est vrai, dis-moi tout et à l'instant. Je veux savoir immédiatement qui est celui qui te fait de l'œil.

— Oh, il y en a plusieurs qui m'en font.

— Je veux savoir son nom. Tu m'appartiens, et si quelqu'un te court après, c'est un gredin et il aura affaire à moi.

— Soit ! Si je t'appartiens, tu dois aussi m'appartenir et ne pas te montrer aussi mesquin. Nous ne sommes pas mariés.

— Non, Maria, malheureusement pas et tu sais bien que je n'y peux rien.

— Bon, alors redeviens plus aimable et ne te mets pas tout de suite en fureur ! Dieu sait ce que tu as depuis quelque temps !

— J'ai des ennuis, tout le temps des ennuis. Mais nous allons vider encore un verre et nous réjouir un peu, sinon Dierlamm croira que nous sommes toujours aussi désunis. Eh, hôtelier des Corbeaux, holà, encore une bouteille ! »

Hans était sérieusement inquiet. Il avait vu avec surprise la querelle s'enflammer brusquement puis se calmer tout aussi vite, et il ne refusa pas de boire un dernier verre pour sceller joyeusement la paix revenue.

« Allons, santé ! » s'écria Nicolas en trinquant avec

les deux autres et en vidant son verre lentement, d'un seul trait. Il eut alors un petit rire bref et dit d'un ton changé : « Bien. Bien. Mais ce que je peux vous dire, c'est que le jour où ma bonne amie s'engagera avec un autre, il y aura un malheur.

— Idiot, s'écria Maria à voix basse, qu'est-ce qui te prend ?

— Ce n'est qu'une manière de parler », expliqua tranquillement Nicolas.

Il s'appuya confortablement en arrière, déboutonna sa veste et se mit à chanter : « *Un serrurier avait un compagnon...* »

Hans s'empressa de faire chorus ; mais à part lui, il avait décidé de ne plus rien avoir à faire avec Maria. Il avait senti la peur le gagner.

Sur le chemin du retour, la jeune fille s'arrêta près du pont :

« Je rentre à la maison, dit-elle, tu m'accompagnes ? »

Nicolas acquiesça d'un signe de tête et tendit la main à Hans.

Ce dernier leur souhaita le bonsoir et, soulagé, poursuivit son chemin. Une douloureuse terreur l'avait pénétré ce soir-là. Il ne pouvait s'empêcher d'imaginer sans cesse ce qui serait arrivé si le compagnon en chef l'avait surpris un jour avec Maria. Une fois que cette atroce évocation eut déterminé sa décision de ne plus revoir la jeune fille, il lui fut aisé de se représenter cette résolution sous un jour qui la transfigurait en un devoir moral. Une semaine plus tard, il imaginait déjà que, s'il avait renoncé au badinage avec Maria, c'était uniquement par noblesse de cœur et amitié envers Nicolas. L'essentiel était qu'à présent il évitât réellement la jeune fille. Ce n'est qu'après plusieurs jours qu'il la rencontra à l'improviste et il s'empressa alors de lui dire qu'il ne pourrait plus aller la voir. Elle en parut attristée et lui, de son côté, eut le cœur serré lorsqu'elle se suspendit à son cou et chercha à le convertir par des baisers répétés. Néanmoins, il ne lui en rendit pas un seul et se libéra d'elle en s'efforçant de conserver son calme. Toutefois, elle ne le lâcha pas avant que, l'angoisse au cœur, il l'eût menacée de tout raconter à Nicolas. Alors elle poussa un cri et dit :

« Toi, tu ne feras pas ça. Ce serait ma mort.

— Tu l'aimes donc tellement ? demanda Hans avec amertume.

— Eh bien quoi ! soupira-t-elle. Petit bêta, tu sais bien que je t'aime beaucoup plus. Non, mais Nicolas me tuerait. Il est comme ça. Donne-moi ta main et promets-moi que tu ne lui diras rien.

— Entendu, mais tu dois aussi me promettre que tu me laisseras en paix.

— Tu en as déjà tellement assez de moi ?

— Non, mais je ne pourrai jamais faire de cachotteries avec lui, je ne le peux pas, comprends-moi donc ! Allons, promets-le-moi. »

Elle lui tendit alors la main, mais il ne la regarda pas dans les yeux. Il s'en alla silencieusement et elle le suivit du regard avec des hochements de tête et un vif dépit. Quel imbécile, pensa-t-elle.

Pour Hans, les mauvais jours étaient revenus. Son besoin d'amour, violemment excité par Maria et qui ne se calmait que momentanément, devint de plus en plus brûlant et emprunta à nouveau les voies peu satisfaisantes d'un désir épuisant ; seul un travail acharné l'aida à vivre jour après jour. La chaleur croissante de l'été rendait ce travail doublement fatigant; à l'atelier, l'atmosphère était torride et accablante, on exécutait les gros travaux le torse nu et les fortes émanations de la sueur pénétraient l'éternelle odeur d'huile rance. Le soir, Hans, quelquefois en compagnie de Nicolas, allait se baigner dans l'eau froide de la rivière, puis se jetait sur son lit, mort de fatigue, et le lendemain on avait de la peine à le réveiller à temps pour son travail.

Excepté peut-être pour Schömbeck, la vie était aussi devenue difficile pour les autres travailleurs de l'atelier. L'apprenti se faisait gronder et gifler, le maître se montrait constamment bourru et énervé et Trefz avait de la peine à supporter sa précipitation et ses sautes d'humeur. Peu à peu, il commença, lui aussi, à devenir bougon. Il laissa encore quelque temps les choses aller comme elles pouvaient, puis il perdit patience et un jour, après le repas de midi, il aborda le maître dans la cour.

« Que veux-tu ? demanda Haager, maussade.

— J'aimerais te parler une bonne fois. Tu sais très bien pourquoi. Je fais mon travail aussi bien que tu peux l'exiger, oui ou non ?

— Oui, c'est vrai.

— Bon. Et tu me traites presque comme un apprenti. Il doit y avoir quelque chose de caché là-derrière, pour que tout à coup tu trouves que je ne vaux plus rien. Pourtant jusqu'ici, nous nous étions toujours bien accordés.

— Mon Dieu, qu'est-ce que tu veux que je te dise ? Je suis, ma foi, comme je suis et je ne peux pas être autrement. Tu as bien tes lubies, toi aussi ?

— Bien sûr, Haager, mais pas en ce qui concerne mon travail, c'est la différence. Tout ce que je peux te dire, c'est que tu ruines toi-même ton entreprise.

— Ce sont mes affaires et non les tiennes.

— Alors tu me fais de la peine. Je ne veux pas poursuivre cette discussion. Peut-être que les choses changeront encore une fois d'elles-mêmes. »

Là-dessus, il s'en alla. Devant la porte, il rencontra Schömbeck qui semblait avoir tout écouté et qui riait silencieusement. Nicolas eut bien envie de rosser le gaillard, mais il se contint et passa tranquillement devant lui.

Il comprenait à présent qu'entre Haager et lui il devait y avoir autre chose qu'un simple malaise, et il résolut d'en dépister la cause. À vrai dire, il eût préféré donner son congé le jour même, au lieu de poursuivre son travail dans ces conditions. Cependant, à cause de Maria, il ne pouvait et ne voulait pas quitter Gerbersau. Par contre, il semblait que le maître ne tînt guère à le garder, quoique son départ dût lui faire du tort. Comme une heure sonnait, il se dirigea vers l'atelier, plein de tristesse et de colère.

Dans l'après-midi, il y eut une petite réparation à faire à la fabrique de textiles située en face de l'atelier. Cela se produisait assez souvent, car le fabricant se livrait à des essais sur de vieilles machines transformées et Haager participait à l'opération. Précédemment, ces réparations et modifications étaient exécutées par Nicolas Trefz. Mais, depuis quelque temps, le maître allait toujours lui-même à la fabrique, et si un aide était nécessaire il prenait Schömbeck ou le stagiaire avec lui. Nicolas n'avait rien objecté à cela, mais il en était vexé comme d'une preuve de méfiance. Il avait toujours saisi ces occasions pour rencontrer la Testolini qui travaillait dans ce local, mais il ne voulut pas insister pour faire ce travail de peur d'avoir l'air d'y aller à cause d'elle.

C'est pourquoi, ce jour-là, le maître se rendit à la fabrique avec Schömbeck, laissant à Nicolas la surveillance de l'atelier. Une heure s'écoula, puis Schömbeck revint avec quelques outils.

« Sur quelle machine travaillez-vous ? demanda Hans que les essais pratiqués à la fabrique intéressaient.

— Sur la troisième, celle qui est près de la fenêtre d'angle, dit Schömbeck en regardant Nicolas. J'ai dû tout faire moi-même, parce que le maître n'a cessé de converser. »

Nicolas dressa l'oreille, car la Testolini était justement de service à cette machine-là. Il voulut se contenir et ne pas se commettre avec le compagnon, mais, malgré lui, la question jaillit de ses lèvres :

« Avec qui donc ? Avec Maria ?

— Tu as deviné juste, dit Schömbeck en riant. Il lui fait une cour dans les règles. Ce n'est pas étonnant, jolie comme elle est. »

Trefz ne répondit plus rien. Il n'aimait pas entendre le nom de Maria prononcé par cette bouche et sur ce ton-là. Il se remit à limer énergiquement, et lorsqu'il devait s'interrompre il contrôlait si minutieusement le calibre de la pièce qu'on eût dit que toutes ses pensées étaient centrées sur son travail. Cependant, c'était bien autre chose qu'il avait en tête. Un vilain soupçon le tourmentait, et plus il retournait la chose dans son esprit, plus les événements passés semblaient tous confirmer ce soupçon. Le maître poursuivait Maria de ses assiduités et c'est pourquoi, depuis quelque temps, il allait toujours lui-même à la fabrique et ne tolérait plus là-bas la présence de Nicolas ; voilà pourquoi il l'avait traité avec une grossièreté et une irritation si surprenantes. Il était jaloux et voulait pousser les choses jusqu'au point où il donnerait son congé et partirait.

Cependant, il ne voulait pas partir, surtout pas en ce moment.

Le soir venu, il alla voir Maria chez elle. Elle n'était pas là et il attendit devant la maison jusqu'à dix heures, assis sur le banc parmi les femmes et les jeunes garçons qui passaient là leur soirée. Lorsqu'elle arriva, il monta avec elle.

« As-tu attendu ? » demanda-t-elle dans l'escalier.

Il ne répondit pas. Silencieux, il la suivit jusque dans sa chambre et referma la porte derrière elle.

Elle se retourna et demanda :

« Alors, tu es de nouveau mécontent ? Qu'est-ce qui ne va pas ? »

Il la regarda.

« D'où viens-tu ?

— De dehors. J'étais sortie avec Lina et Christiane.

— Bon.

— Et toi ?

— J'ai attendu en bas. J'ai à te parler.

— De nouveau ! Eh bien, parle donc.

— C'est à propos de mon patron. Je crois qu'il te court après ?

— Lui ? Haager ? Bonté divine, laisse-le donc courir.

— Je ne le laisserai pas faire ça, non. Je veux savoir ce qu'il en est. Quand il y a quelque chose à faire chez vous, il y va toujours lui-même et aujourd'hui, il est resté de nouveau la moitié de l'après-midi avec toi près de ta machine. À présent dis-moi, qu'est-ce qu'il te veut ?

— Mais rien. Il bavarde avec moi et ça, tu ne peux pas le lui défendre. Si cela dépendait de toi, je devrais toujours me tenir dans une cage de verre !

— Écoute, je ne plaisante pas. C'est justement ce qu'il te dit en bavardant avec toi que j'aimerais savoir. »

Ennuyée, elle soupira et s'assit sur le lit.

« Laisse donc ce Haager tranquille ! s'écria-t-elle avec impatience. Ce qui se passe avec lui ? Il est un peu amoureux et me fait la cour.

— Tu ne lui as pas donné une gifle ?

— Bon Dieu, pourquoi ne devrais-je pas tout de suite le jeter par la fenêtre ? Ma foi, je le laisse parler et je me moque de lui ! Aujourd'hui il a dit qu'il voulait me donner une broche.

— Quoi ? Il a dit ça ? Et toi, que lui as-tu dit ?

— Que je n'avais pas besoin de broche et qu'il devait rentrer à la maison auprès de sa femme. À présent, en voilà assez ! Voyez-vous cette jalousie ! Toi-même tu ne crois pas sérieusement à ces bêtises !

— Non, non. Eh bien, bonne nuit, je dois rentrer. »

Il partit sans se laisser retenir davantage. Mais il n'était pas rassuré, bien qu'en fin de compte il ne se méfiât pas de la jeune fille. Seulement, ce qu'il ne savait pas tout en le devinant obscurément, c'est que la fidélité de Maria reposait pour moitié sur la peur qu'il lui inspirait. Tant qu'il serait sur place, il pourrait peut-être compter sur elle, mais non s'il devait voyager. Maria était vaniteuse et aimait qu'on lui contât fleurette ; il faut dire qu'elle avait commencé très jeune avec l'amour. Et puis, Haager était maître d'état et il avait de l'argent. Il pouvait lui offrir des broches, si économe qu'il fût par ailleurs.

Nicolas erra pendant au moins une heure dans les rues environnantes où les fenêtres s'obscurcissaient les unes après les autres et où finalement seules celles de l'auberge restèrent éclairées. Il essayait de se dire qu'après tout, rien de grave n'était encore arrivé. Mais il avait peur de l'avenir, peur du lendemain et de chacune des journées qu'il devrait passer aux côtés du maître, à travailler et à parler avec lui, alors qu'il savait que cet homme était épris de Maria. Qu'est-ce que tout cela allait donner ?

Fatigué et troublé, il entra dans une auberge, commanda une bouteille de bière et, à chaque verre qu'il vidait d'un seul trait, il lui semblait avaler une dose de fraîcheur et d'apaisement. Il buvait rarement, la plupart du temps lorsqu'il était en colère ou d'une humeur inhabituellement joyeuse, et il y avait bien une année qu'il ne s'était enivré. À présent, à demi inconscient, il se laissait aller à une beuverie irresponsable et il était sérieusement ivre lorsqu'il quitta l'auberge. Cependant, il eut encore assez de jugement pour éviter, dans ces circonstances, de regagner la maison de Haager. Il connaissait, en contrebas de l'allée, un pré qui avait été fauché la veille. Il s'y rendit d'un pas mal assuré et se jeta, pour y passer la nuit, sur une meule de foin où il s'endormit aussitôt.

## 3

Lorsque Nicolas, pâle et fatigué, arriva malgré tout ponctuellement à l'atelier le lendemain matin, le maître était par hasard déjà là avec Schömbeck. Trefz gagna tranquillement sa place et se mit au travail. Le maître lui cria alors :

« Eh bien, te voilà enfin ?

— J'arrive à la minute exacte, comme toujours. La pendule est là pour le prouver, dit Nicolas avec une indifférence qu'il eut de la peine à feindre.

— Et où t'étais-tu caché toute la nuit ?

— Est-ce que ça te regarde ?

— Je pense bien. Tu habites chez moi, dans ma maison et je veux qu'il y ait de l'ordre ici. »

Nicolas se mit à rire tout haut. Désormais, ce qui pouvait arriver lui était indifférent. Il en avait assez de Haager et de sa manie d'avoir toujours raison.

« De quoi ris-tu ? s'écria le maître en colère.

— Je ne peux pas faire autrement que de rire, Haager, ça m'arrive quand j'entends quelque chose d'amusant.

— Il n'y a rien d'amusant ici. Prends garde à toi.

— Peut-être que si. Sais-tu bien, monsieur le maître, qu'en parlant d'ordre tu as parlé d'or ! Je veux avoir de l'ordre dans la maison ! C'était crânement dit ! Mais ça me fait bien rire, ma foi, d'entendre quelqu'un parler d'ordre quand il n'en a point lui-même !

— Quoi ? Qu'est-ce que je n'ai pas ?

— De l'ordre dans la maison. Tu te chamailles avec nous et tu nous rudoies pour la moindre vétille. Et comment est-ce que ça se passe avec ta femme, par exemple ?

— Tais-toi, chien que tu es, oui, chien, je te dis. »

Haager avait bondi et se tenait, menaçant, devant le compagnon. Mais Trefz, qui était trois fois plus fort que lui, cligna des yeux en le regardant presque amicalement.

« Du calme, dit-il lentement. Il faut être poli quand on se parle : tu ne m'as pas laissé achever ce que j'avais à dire, tout à l'heure. Certes, les affaires de ta femme ne me regardent pas, bien qu'elle me fasse de la peine...

— Ferme ta gueule, sinon...

— Tout à l'heure, quand j'aurai fini. Donc, les affaires de ta femme ne me regardent pas, et cela ne me regarde pas non plus que tu coures après les jeunes ouvrières, espèce de singe lubrique. Mais, pour ce qui est de Maria, ça me regarde, tu le sais aussi bien que moi. Et si tu me la touches avec un seul doigt, il t'arrivera malheur, tu peux compter là-dessus. Voilà, maintenant, j'ai dit mon affaire. »

Le maître était blême de fureur, mais il n'osa pas porter la main sur Nicolas.

Entre-temps, Hans Dierlamm et l'apprenti étaient arrivés et restaient sur le seuil, étonnés d'entendre ces vociférations, ces paroles agressives et tout ce tapage dans la grisaille des premières heures de la matinée. Le maître jugea bon de ne pas laisser éclater le scandale. C'est pourquoi il lutta un moment avec lui-même pour avaler l'affront et retrouver le contrôle de sa voix tremblante de colère.

Puis il dit calmement et à haute voix :

« Maintenant, cela suffit. Tu pourras t'en aller la semaine prochaine, j'ai déjà un nouveau compagnon en vue. Au travail, les gars, en avant ! »

Nicolas fit un signe d'assentiment et ne répondit rien. Il ajusta soigneusement une lame d'acier brillant dans le tour, essaya l'acier de tournage, le dévissa de nouveau et se dirigea vers la pierre à aiguiser. Les autres se mirent aussi au travail avec une grande application et, de toute la matinée, il ne s'échangea pas dix mots dans l'atelier. Ce n'est qu'au moment de la pause que Hans s'approcha du compagnon en chef et lui demanda à voix basse s'il allait vraiment partir.

« Cela va de soi », répondit brièvement Nicolas en se détournant.

À midi, Nicolas ne vint pas à table et alla dormir sur un sac de copeaux dans le réduit. L'annonce de son licenciement se répandit vers midi par les soins de Schömbeck parmi les ouvriers de la fabrique et la Testolini l'apprit seulement dans l'après-midi, de la bouche d'une de ses amies.

« Eh bien, Nicolas s'en va. Il a été congédié.

— Trefz ? Non !

— Mais si, Schömbeck a colporté la nouvelle toute chaude. C'est dommage pour lui, non ?

— Oui, si c'est vrai. Mais Haager est une tête brûlée. Il y a longtemps qu'il essaie de m'enjôler.

— Moi, je l'enverrais bien promener, celui-là ! On ne doit surtout pas fréquenter un homme marié, ça ne peut donner que des histoires stupides et ensuite, personne ne veut plus de toi.

— Ce serait la moindre des choses. J'aurais pu me marier dix fois déjà, même avec un surveillant, si je l'avais seulement voulu. »

Avec le maître, elle avait décidé de courir le risque, elle pouvait provisoirement compter sur lui. Mais c'est le jeune Dierlamm qu'elle voulait avoir, lorsque Trefz serait parti. Dierlamm était si gentil, si spontané et avait de si bonnes manières. Qu'il fût aussi le fils d'un homme riche lui était indifférent. Elle pouvait facilement obtenir de l'argent en s'adressant à Haager ou n'importe où ailleurs. Mais elle aimait le stagiaire, il était joli garçon et vigoureux, bien qu'encore presque adolescent. Nicolas lui faisait de la peine et elle redoutait les quelques journées qui allaient précéder son départ. Elle l'avait aimé et continuait à le trouver merveilleusement imposant et beau, mais il avait souvent des lubies et se faisait inutilement du souci ; il rêvait constamment de mariage et, depuis quelque temps, il était devenu si jaloux qu'en somme elle perdrait peu lorsqu'il la quitterait.

Le soir, elle l'attendit dans le voisinage de la maison Haager. Tout de suite après le souper, elle le vit venir, lui dit bonsoir et s'accrocha à son bras ; ils se promenèrent lentement tous deux hors de la ville.

« Est-il vrai que tu as reçu ton congé ? demanda-t-elle, comme il n'en parlait pas.

— Alors, tu le sais déjà ?

— Oui. Et que comptes-tu faire ?

— Je vais partir pour Esslingen, on m'offre une place depuis longtemps là-bas. Et si ça ne marche pas, je partirai faire mon Tour.

— Et tu ne penseras plus à moi ?

— Plus que jamais. Je ne sais pas comment je vais pouvoir tenir ; ma foi, j'ai toujours pensé que tu devrais venir avec moi.

— Oui, ce serait très bien si c'était possible.

— Pourquoi est-ce que cela n'irait pas ?

— Allons, sois donc raisonnable ! Tu ne peux tout de même pas voyager à pied avec une donzelle comme les vagabonds !

— Non, bien sûr, mais si j'obtiens la place...

— Oui, si tu l'obtiens. Justement, c'est la question. Quand pars-tu ?

— Dimanche.

— Alors écris à l'avance pour t'annoncer. Et si tu trouves un logis et que le travail te convienne, alors tu m'écriras une lettre et on verra pour la suite.

— Tu devras me rejoindre immédiatement, alors.

— Non, d'abord, tu verras si la place est bonne et si tu peux rester. Et ensuite, tu pourrais peut-être me trouver un emploi à moi aussi, non ? Dans ce cas, je pourrais venir et te réconforter de nouveau. Ma foi, il nous faut avoir un peu de patience, maintenant !

— Oui, comme dans la chanson :

*Que faut-il aux jeunes gens ?*
*De la patience, de la patience, de la patience !*

« Au diable la patience, mais c'est vrai, tu as raison. »

Elle réussit à lui redonner confiance et n'épargna pas les bonnes paroles. En réalité, elle ne songeait pas du tout à le rejoindre, mais elle devait provisoirement lui en donner le ferme espoir, sinon les journées qui allaient suivre seraient insupportables. Et, tandis que dans son for intérieur elle l'avait en somme déjà laissé partir, persuadée qu'une fois à Esslingen ou n'importe où ailleurs il l'aurait bientôt oubliée et remplacée par une autre, elle se montra néanmoins impressionnée par la proximité des adieux, plus tendre et plus chaleureuse dans la mobilité de son cœur qu'elle n'avait été avec lui depuis bien longtemps. Finalement, il se sentit presque heureux.

Cette impression ne dura qu'autant que Maria fut

avec lui. À peine se retrouva-t-il chez lui, assis sur le bord de son lit, que toute sa confiance s'envola. Il recommença à se tourmenter et à remuer des pensées angoissantes et pleines de méfiance. Il remarqua tout à coup qu'au fond elle n'avait pas été troublée le moins du monde par la nouvelle de son renvoi ; elle avait pris la chose à la légère et ne lui avait même pas demandé s'il ne pouvait pas, malgré tout, rester à Gerbersau. Il ne le pouvait pas, en effet, mais elle aurait dû le lui demander. Et les plans qu'elle avait faits pour l'avenir lui semblaient à présent plus clairs que jamais.

Il aurait voulu écrire la lettre à Esslingen le jour même encore, mais sa tête était vide, il se sentait misérable et la fatigue le surprit si soudainement qu'il faillit s'endormir avant de pouvoir enlever ses vêtements. Il se leva, sans volonté, se déshabilla et s'étendit sur son lit. Mais il ne trouva pas le sommeil. La chaleur étouffante, qui, depuis plusieurs jours, stagnait dans l'étroit vallon où coulait la rivière, augmentait d'heure en heure ; des roulements de tonnerre éloignés s'entrechoquaient au-delà des montagnes et dans le ciel clignotaient de continuels éclairs de chaleur, sans toutefois qu'un orage ou une averse apportassent un peu d'air et de fraîcheur.

Le lendemain matin, Nicolas s'éveilla fatigué, dégrisé et mécontent. Son dépit de la veille avait aussi, en grande partie, disparu. Un lamentable avant-goût de mal du pays commença à l'oppresser. Partout il voyait des maîtres, des compagnons, des apprentis, des fabricants et des femmes de fabricants vaquer paisiblement à leurs affaires, ressortir le soir pour se promener, enfin le moindre chien qu'il rencontrait semblait heureux de jouir de son droit à la patrie et au foyer. Lui seul était obligé, contre sa volonté et contre toute raison, d'abandonner sa petite ville et le travail qu'il aimait et de solliciter ailleurs et à grand-peine ce qu'il avait depuis longtemps et tranquillement possédé à Gerbersau.

Cet homme plein de force finit par se laisser attendrir. Calme et consciencieux, il se rendit à son travail, adressa au maître et même à Schömbeck un bonjour amical et lorsque Haager passa près de lui, Nicolas lui jeta un regard presque suppliant. Il se disait à chaque instant que son départ faisait de la peine à son patron et que celui-ci annulerait le congé qu'il lui avait donné, voyant qu'il était devenu si docile. Cependant Haager esquivait son regard et faisait comme si Nicolas n'était déjà plus là et n'appartenait plus à la maison ni à l'atelier. Seul Hans Dierlamm le soutint et lui fit comprendre au moyen d'une mimique pleine de révolte qu'il se moquait du maître et de Schömbeck et qu'il n'acceptait pas cette situation. Mais Nicolas ne s'en trouva pas secouru pour autant.

Même la Testolini, chez laquelle Trefz, affligé et découragé, alla passer la soirée, ne lui apporta aucune consolation. Bien sûr, elle lui fit des cajoleries, lui donna des baisers, lui adressa de bonnes paroles, mais elle aussi évoquait son départ avec une réelle indifférence, elle en parlait comme d'une chose décidée et irrévocable ; et lorsqu'il en vint à énumérer les raisons qu'il avait de se réconforter et à parler des projets et des plans qu'elle avait elle-même exposés la veille, elle entra certes dans ses vues, mais sembla néanmoins ne plus prendre tout cela tellement au sérieux et avoir même visiblement oublié quelques-unes de ses propres suggestions. Nicolas aurait voulu passer la nuit chez elle, mais il changea d'idée et partit de bonne heure.

Dans son désarroi, il erra sans but à travers la ville. À la vue de la petite maison de banlieue dans laquelle il avait grandi, orphelin recueilli par des étrangers et où habitait maintenant une autre famille, il se sentit envahi par les souvenirs fugitifs de ses années d'école et d'apprentissage et par mainte belle chose d'autrefois ; tout cela lui apparaissait à une distance infinie derrière lui et ne le touchait plus que comme le faible écho des choses perdues et désormais étrangères. Pour finir, cet abandon inhabituel à de telles émotions sentimentales le dégoûta de lui-même. Il alluma un cigare, prit une expression insouciante et entra dans le jardin d'une auberge où il fut aussitôt reconnu et apostrophé par quelques-uns des ouvriers de la fabrique de textiles.

« Alors quoi, dit l'un d'eux, qui était déjà un peu trop gai, tu vas bien fêter ton départ et nous payer une tournée ? »

Nicolas se mit à rire et prit place parmi la petite société. Il promit d'offrir à chacun deux chopes, ce qui lui valut de s'entendre louer de tous les côtés : c'était bien dommage qu'il voulût s'en aller, il était un si bon garçon, si populaire, est-ce que, finalement, il ne pourrait pas rester à Gerbersau ? Il fit alors comme s'il avait donné lui-même son congé et se vanta d'avoir d'excellentes places en vue. On chanta un lied, on trinqua, on fit du bruit, on rit beaucoup et Nicolas se laissa aller à une gaieté artificielle et bruyante qui lui convenait très mal et dont, à vrai dire, il avait honte. Mais enfin, il voulut pour une fois jouer au chic type et en faire plus qu'il ne fallait ; il entra dans l'auberge et acheta une douzaine de cigares pour ses camarades.

Comme il revenait dans le jardin, il entendit prononcer son nom autour de la table. La plupart des jeunes gens qui se trouvaient là étaient légèrement ivres, ils discutaient en frappant sur la table et riaient comme des fous. Nicolas remarqua qu'on parlait de lui et resta caché derrière un arbre pour écouter ce qu'on disait. Lorsqu'il eut entendu les grossiers éclats de rire qui semblaient le concerner, sa gaieté tomba brusquement. Attentif et plein d'amertume, il se tenait debout dans l'obscurité et écoutait de quelle manière on parlait de lui.

« Il est cinglé, disait l'un des plus calmes parmi les buveurs, mais peut-être Haager est-il encore le plus bête des deux. Il est possible que Trefz soit content d'avoir l'occasion de quitter cette Italienne.

— Tu le connais mal, dit un autre, il est attaché à cette femme comme son ombre et il est si borné qu'il n'a peut-être même pas découvert le pot aux roses. Tout à l'heure, nous le mettrons à l'épreuve et le chatouillerons un peu.

— Fais quand même attention ! Nicolas peut devenir dangereux.

— Oh, celui-là, il ne remarque rien. Hier soir, il est allé se promener avec elle, et à peine était-il rentré chez lui pour se coucher que Haager est venu et est parti avec elle. Elle prend n'importe qui. J'aimerais bien savoir qui elle a chez elle aujourd'hui.

— Oui, et puis, elle a aussi cherché à se rapprocher de Dierlamm, le petit stagiaire. Il semble que ce doive toujours être un serrurier.

— Ou bien quelqu'un qui ait de l'argent ! Mais je

n'étais pas au courant à propos du petit Dierlamm. Les as-tu vus toi-même ?

— Et comment ! Dans la réserve et une fois dans l'escalier. Ils se sont embrassés que ça m'en a donné le frisson ! Le gamin commence de bonne heure, exactement comme elle l'a fait aussi. »

Nicolas en avait assez entendu. Il eut bien envie de fondre sur les jeunes gens et de leur administrer une raclée. Pourtant il ne le fit pas et s'éloigna sans faire de bruit.

Hans Dierlamm non plus n'avait pas bien dormi durant les dernières nuits. Les pensées d'amour qui l'obsédaient, les querelles à l'atelier et la chaleur étouffante le torturaient si bien que, le matin, il arrivait très souvent en retard à son travail.

Le lendemain, après avoir précipitamment bu son café et descendu en hâte l'escalier, il se trouva en face de Trefz, à son grand étonnement.

« Bonjour, s'écria Hans, quoi de neuf ?

— Il y a du travail à la scierie, tu dois m'accompagner. »

Hans s'étonna, d'une part, de cet ordre inhabituel, d'autre part, de ce que Trefz le tutoyait tout à coup. Il vit que celui-ci emportait un marteau et une petite caisse d'outils. Il lui prit la caisse des mains et ils remontèrent ensemble le cours de la rivière ; ils sortirent de la ville, longeant d'abord des jardins, puis des prairies. La matinée était brumeuse et chaude, un vent d'ouest semblait souffler dans les hauteurs, tandis qu'en bas, dans la vallée, régnait un calme absolu.

Le compagnon était sombre et semblait très fatigué, comme après une mauvaise nuit de beuverie. Au bout d'un moment, Hans commença à bavarder mais ne reçut aucune réponse. Nicolas lui faisait de la peine, pourtant il n'osa plus rien dire.

À mi-chemin de la scierie, là où la rivière sinueuse contourne une petite presqu'île plantée de jeunes aulnes, Nicolas s'arrêta tout à coup. Il descendit près des aulnes, s'étendit dans l'herbe et fit signe à Hans de venir près de lui. Hans le suivit avec plaisir et ils restèrent assez longtemps ainsi allongés l'un près de l'autre, sans dire un mot.

Pour finir, Dierlamm s'endormit. Nicolas l'observait et lorsque Hans fut plongé dans le sommeil, il se pencha sur lui et regarda son visage avec la plus grande attention, pendant un long moment. Il soupira et se murmura quelque chose à lui-même.

À la fin, il se dressa, furieux, et donna un coup de pied au dormeur. Effrayé et troublé, Hans se leva en chancelant.

« Qu'est-ce qu'il y a ? demanda-t-il d'un ton mal assuré, ai-je dormi si longtemps ? »

Nicolas le regarda comme il l'avait regardé un moment auparavant, d'un regard étonnamment changé. Il demanda :

« Es-tu réveillé ? »

Hans, inquiet, fit un signe affirmatif.

« Alors, écoute. Là, à côté de moi, il y a un marteau. Tu le vois ?

— Oui.

— Sais-tu pourquoi je l'ai pris avec moi ? »

Hans le regarda dans les yeux et fut pris d'une terreur indicible. D'épouvantables pressentiments s'élevèrent dans son cœur oppressé. Il voulut s'enfuir, mais Trefz le retint fermement de sa puissante main.

« Il ne faut pas t'enfuir ! Tu dois m'écouter. Donc,

le marteau, je l'ai apporté, parce que — ou bien alors... le marteau... »

Hans comprit tout et se mit à hurler de peur. Nicolas secoua la tête.

« Tu ne dois pas crier. Veux-tu m'écouter, à présent ?

— Oui.

— Tu sais bien de quoi je veux parler. Eh bien oui, je voulais te frapper à la tête avec ce marteau. Sois tranquille ! Écoute-moi ! — Eh bien, ça n'a pas marché. Je ne peux pas. Et en plein sommeil, ce n'est pas juste, pas loyal. Mais à présent, tu es réveillé et j'ai posé le marteau là-bas. Maintenant, je te dis ceci : nous allons nous battre, tu es fort, toi aussi, après tout. Nous nous battrons et celui de nous deux qui aura mis l'autre à terre pourra prendre le marteau et frapper. Toi ou moi, l'un de nous doit en passer par là. »

Mais Hans secoua la tête. La peur mortelle qu'il avait ressentie s'était évanouie et il n'éprouvait plus qu'une tristesse cuisante et âpre ainsi qu'un sentiment de pitié presque intolérable.

« Attendez encore un moment, dit-il à voix basse. J'aimerais vous dire d'abord quelque chose. Nous pouvons bien nous rasseoir, non ? »

Nicolas obéit. Il sentit que Hans avait quelque chose à lui dire et que tout n'était pas tel qu'il l'avait entendu et tel qu'il l'avait pensé.

« C'est à cause de Maria ? » commença Hans, et Trefz acquiesça.

Alors Hans raconta tout. Il ne dissimula rien et ne chercha pas à se disculper. Mais il ne ménagea pas non plus la jeune fille, car il sentait bien que toute la question était de le détourner d'elle. Il parla de la fameuse soirée où Nicolas avait fêté son anniversaire et de sa dernière rencontre avec Maria.

Lorsqu'il se tut, Nicolas lui tendit la main en disant :

«Je sais que vous n'avez pas menti. Retournons-nous à l'atelier à présent ?

— Non, dit Hans. Moi, oui, mais pas vous. Vous devriez partir tout de suite, ce serait le mieux.

— Je veux bien. Mais j'ai besoin de mon livret de travail et d'un certificat signé par le maître.

— Je m'en occuperai. Venez me voir ce soir, je vous apporterai tout cela. En attendant, vous pouvez toujours emballer vos affaires, n'est-ce pas ?»

Nicolas réfléchit.

«Non, dit-il, ce ne serait pas correct. Je vous accompagne à l'atelier et je demande à Haager qu'il me laisse partir aujourd'hui même. Je vous remercie de vouloir tout liquider à ma place, mais il vaut mieux que j'y aille moi-même.»

Ils firent ensemble le chemin du retour. Lorsqu'ils arrivèrent à l'atelier, plus de la moitié de la matinée était déjà écoulée et Haager les accueillit avec de violents reproches. Nicolas le pria, au moment de prendre congé, de lui permettre de parler une fois encore avec lui, calmement et en toute cordialité et l'emmena devant la porte. Quand ils revinrent, chacun regagna tranquillement sa place et se remit au travail. Mais, l'après-midi, Nicolas était parti et la semaine suivante le maître engagea un nouveau compagnon.

*(1909)*

# *Ladidel*

*Titre original de la nouvelle :*

LADIDEL

# 1

Dès l'enfance, le jeune Alfred Ladidel avait su prendre la vie du bon côté. Son désir avait été de faire des études supérieures, mais lorsque, avec quelque retard, il eut obtenu des résultats à peine suffisants à l'examen d'entrée en terminale du collège classique, il se résolut sans trop de peine à suivre le conseil de ses maîtres et de ses parents et à renoncer à cette voie. À peine eut-il pris cette décision et fut-il entré comme élève dans l'étude d'un notaire qu'il se rendit compte combien l'état d'étudiant et la science étaient la plupart du temps surestimés et combien la véritable valeur d'un homme dépendait peu de la réussite de ses examens et des semestres passés à l'université. Ce point de vue ne tarda pas à prendre racine en lui, à influencer sa mémoire, et l'amena plus d'une fois à raconter à ses collègues comment il avait, après mûre réflexion et contre le désir de ses maîtres, choisi cette carrière apparemment plus facile. Il ajoutait que cette décision était la plus intelligente qu'il eût jamais prise dans sa vie, malgré le sacrifice qu'elle lui avait coûté. Il saluait d'un signe de tête condescendant les camarades de son âge restés à l'école qu'il rencontrait chaque jour dans la rue avec leur serviette bourrée de livres, et il s'amusait de les voir ôter leur chapeau devant leurs maîtres. Il travaillait patiemment toute la journée sous la direction du notaire, lequel ne facilitait pas la tâche des débutants. Le soir, il s'exerçait avec des camarades à l'art de fumer le cigare et de flâner avec insouciance dans les rues de la ville ; le cas échéant, il vidait un verre de bière en compagnie de ses pareils, bien qu'il eût préféré dépenser chez le confiseur l'argent de poche mendié auprès de sa maman ; aussi, au bureau, à l'heure du casse-croûte, alors que les autres mangeaient des beurrées et buvaient du cidre, grignotait-il toujours quelque douceur, à cette nuance près que les jours où il était désargenté il se contentait d'un petit pain avec des fruits secs, ou bien, dans les temps de prospérité, il s'offrait une tête de nègre, un croissant au beurre ou un macaron.

Cependant, il était arrivé au terme de sa première année d'apprentissage et, tout fier, était allé s'établir dans la capitale qui lui plut au-delà de toute expression. Là seulement, le dynamisme de sa nature put enfin se déployer librement. De bonne heure, le jeune homme avait été attiré par les beaux-arts et s'était épris de gloire et de beauté. Dès lors, il passa incontestablement, parmi les plus jeunes de ses collègues et de ses amis, pour un type remarquable, un gaillard très doué et fut considéré, pour tout ce qui touchait au goût et à l'usage du monde, comme un guide auquel on demande conseil. Il faut dire que, petit garçon déjà, il avait chanté, sifflé, déclamé et dansé avec art et sentiment et, depuis lors, il était passé maître dans ces beaux exercices et avait même appris à en pratiquer de nouveaux. Mais surtout il possédait une guitare dont il s'accompagnait pour chanter des lieds et des petits couplets satiriques qui lui valaient des applaudissements partout où il allait. De plus, il composait parfois des poésies qu'il récitait en improvisant un accompagnement sur la guitare d'après des mélodies connues, et, sans porter atteinte à la dignité de son état, il avait une façon de s'habiller qui le faisait remarquer par quelque chose de particulier et de génial. Par exemple, il nouait sa cravate avec un chic et une désinvolture que personne n'aurait pu égaler et il savait donner à sa coiffure, en peignant ses jolis cheveux bruns, un style noble et cavalier. Celui qui avait vu, lors d'une soirée amicale de la société « Quodlibet », Ladidel danser et s'entretenir avec les dames, ou, au cours d'une réunion de « Fidelitas », le même Ladidel, appuyé contre le dossier de son fauteuil, chanter ses petits couplets humoristiques en pinçant délicatement les cordes de sa guitare attachée à son épaule par un ruban vert, puis s'interrompre pour détourner modestement les applaudissements nourris, continuer à effleurer les cordes de l'instrument jusqu'à ce que le public lui réclame bruyamment une nouvelle chanson, celui-là ne pouvait s'empêcher de le tenir en haute estime et même de l'envier. Comme il touchait un salaire très honorable, en dehors des petites sommes reçues chaque mois de la maison, il pouvait se livrer sans souci à ces plaisirs de société et le faisait en toute tranquillité et sans préjudice pour lui, car, malgré son usage du monde, il était, pour bien des choses, demeuré presque encore un enfant. C'est ainsi qu'il préférait boire du sirop de framboise plutôt que de la bière et remplaçait volontiers certains repas par une tasse de chocolat et quelques tranches de gâteau chez le confiseur du coin. C'est pourquoi ceux de ses camarades qui étaient des arrivistes et des envieux — et il n'en manquait naturellement pas — l'appelaient «le bébé» et ne le prenaient pas au sérieux, en dépit de tous ses talents. C'était la seule chose qui lui fît de la peine à certains moments.

Avec le temps, il est vrai, une autre préoccupation vint obscurcir son existence. Le jeune Ladidel commençait à jeter un regard songeur sur les jolies filles — c'était de son âge — et il s'éprenait constamment de l'une ou de l'autre. Ce penchant ne tarda pas à lui causer plus de tourment que de joie, car, à mesure que s'accroissait son désir amoureux, son courage et son esprit d'initiative diminuaient d'autant. Certes, il chantait chez lui, dans sa chambrette, en s'accompagnant sur la guitare, maintes romances d'une sentimentalité débordante, mais lorsqu'il était en présence de ravissantes jeunes filles, le courage lui manquait. Il était toujours excellent danseur, mais son art de la conversation l'abandonnait quand il essayait d'exprimer quelques-uns de ses sentiments. Il n'en était que plus étourdissant dans ses discours et ses chansons, et brillait de tous ses feux, dans le cercle de ses amis il est vrai; néanmoins, il eût volontiers sacrifié leurs applaudissements et tous ses lauriers pour un baiser donné par une belle jeune fille.

Cette timidité, qui ne paraissait pas en accord avec le reste de sa nature, prenait son origine dans une pureté de cœur dont ses amis ne le croyaient pas capable. Ceux-ci trouvaient leurs plaisirs amoureux ici et là, quand le besoin s'en faisait sentir, et se contentaient de brèves relations avec des servantes et des cuisinières, chez lesquelles il s'agissait bien d'amour mais où il n'était pas question de passion, d'amour idéal, de fidélité éternelle ou de lien conjugal pour l'avenir. Or, le jeune Ladidel ne pouvait imaginer l'amour en dehors de cela.

Cependant, les jeunes filles le regardaient d'un œil favorable, sans qu'il osât le remarquer. Sa jolie figure leur plaisait, ainsi que ses talents de danseur et de chanteur, et elles appréciaient chez lui la timidité même de ses désirs; elles sentaient que, sous cette beauté et cette éducation soignée, se cachait un cœur intact et à demi enfantin.

Mais, en attendant, il ne retirait rien de cette secrète sympathie, et bien qu'il fût toujours aussi admiré à « Fidelitas », il sentait néanmoins que l'ombre s'épaississait sur son existence, devenait plus angoissante et menaçait presque de l'enténébrer progressivement. Durant cette mauvaise période, il s'appliqua à son travail avec un zèle dévorant; il fut, par moments, un clerc de notaire modèle et, chaque soir, se préparait assidûment à l'examen d'entrée dans le notariat, d'une part afin de contraindre ses pensées à suivre un autre cours, d'autre part dans l'intention de parvenir d'autant plus vite et plus sûrement à la situation si ardemment désirée, celle d'un homme capable de paraître dans le monde en qualité de prétendant, et même, avec un peu de chance, en qualité de fiancé. Bien entendu, ces périodes ne duraient jamais longtemps, car l'état de rond-de-cuir et le rude travail intellectuel n'étaient pas à la mesure de son tempérament. Dès que son zèle s'apaisait, le jeune homme reprenait sa guitare, allait se promener, élégant et mélancolique, dans les rues de la capitale, ou bien écrivait des poèmes dans son calepin. Ceux qu'il avait écrits en dernier lieu étaient, en majeure partie, du genre passionné et sentimental et ils consistaient en dictons, en vers et en rimes, en jolies tournures qu'il avait rencontrés ici et là dans des recueils de mélodies et conservés dans sa mémoire. Il réunit tout cela sans rien y ajouter et constitua ainsi une charmante mosaïque d'expressions usuelles tirées des poètes élégiaques préférés du public. Il avait plaisir à mettre au net ces petits couplets en les transcrivant de sa belle écriture de chancellerie, et cette occupation lui faisait souvent oublier ses soucis pendant une heure au moins. D'ailleurs, son heureuse nature l'inclinait, dans les bons comme dans les mauvais moments, à cultiver son penchant pour le jeu et à oublier l'important et le réel. Déjà, les soins quotidiens qu'il apportait à son aspect extérieur lui procuraient un agréable passe-temps ; il avait une certaine façon de passer le peigne et la brosse dans ses cheveux mi-longs, de cirer et de lisser sa petite moustache clairsemée, de nouer savamment sa cravate, de brosser minutieusement son veston, de se nettoyer les ongles et de les polir. En outre, il s'occupait souvent à ranger et à contempler ses trésors qu'il conservait dans un coffret d'acajou. Parmi ces précieux objets se trouvaient une paire de boutons de manchettes en métal doré, un petit livre relié en velours vert qui portait cette suscription : « Ne m'oublie pas ! » dans lequel il demandait à ses amis les plus proches d'inscrire leur nom et leur date de naissance. Il y avait encore un porte-plume en ivoire gravé d'ornements gothiques aussi fin qu'un travail de filigrane ; un minuscule éclat de verre qui, lorsqu'on le tenait devant une lumière et qu'on regardait au travers, contenait une vue du monument de Niederwald ; puis un cœur en argent que l'on pouvait ouvrir avec une clé infiniment petite ; un couteau de poche en ivoire sur lequel étaient incrustées des fleurs d'edelweiss ; enfin une broche endommagée qui avait appartenu à une jeune fille et dont plusieurs grenats s'étaient détachés de leur monture. Son propriétaire se proposait de la faire transformer plus tard, pour quelque occasion solennelle, en un bijou qu'il destinait à son propre usage. Il va de soi qu'il possédait en outre une élégante canne de promenade dont le pommeau représentait une tête de lévrier, ainsi qu'une épingle de cravate en or figurant une lyre.

De même que le jeune homme conservait ces objets rares et ces bijoux qu'il tenait pour précieux, de même gardait-il fidèlement en lui une petite flamme d'amour toujours vivace qu'il considérait, selon les circonstances, avec joie ou mélancolie, et qu'il espérait pouvoir consacrer dignement et faire partager un jour.

Sur ces entrefaites, un nouveau centre d'intérêt apparut chez ses collègues, intérêt qui déplut à Ladidel et ébranla fortement l'autorité et la faveur dont il avait joui jusque-là. Un jeune privat-docent de l'école technique supérieure entreprit de donner des cours du soir d'économie politique, lesquels furent suivis avec assiduité par les employés des secrétariats et les fonctionnaires subalternes notamment. Les connaissances de Ladidel s'y rendirent toutes sans exception et désormais, au cours de leurs réunions, s'élevèrent des discussions passionnées sur les affaires sociales et la politique intérieure, débats auxquels Ladidel ne voulait ni ne pouvait prendre part. Il s'ennuya à ces réunions, se fit du mauvais sang et, comme ses dons artistiques étaient presque oubliés par ses camarades qui leur préféraient les nouvelles tendances et comme, d'autre part, ses amis ne lui demandaient plus guère de montrer ses talents, il quitta les hauteurs de jadis et tomba progressivement dans une obscurité sans gloire. Au début, il se défendit encore et rapporta plusieurs fois des livres chez lui, mais il les trouva désespérément ennuyeux, les mit de côté en soupirant et renonça aussi bien à la science qu'à la renommée.

Pendant cette période où il avait perdu son air avantageux, il oublia, un vendredi, de se faire raser, ce qu'il avait toujours eu l'habitude de faire ce jour-là, ainsi que le mardi. Le soir, sur le chemin du retour il avait depuis longtemps dépassé la rue où logeait son barbier — il entra donc dans une modeste boutique de coiffeur, proche du restaurant où il prenait ses repas, afin de réparer cet oubli ; car même oppressé par les soucis, il ne pouvait être infidèle à aucune de ses habitudes. De toute façon, le quart d'heure qu'il passait chez le barbier était toujours une petite fête pour lui ; il n'était pas fâché de devoir attendre un moment, s'asseyait alors, ravi, dans son fauteuil, feuilletait un journal et considérait, affichées contre la cloison, les réclames illustrées de savon, de lotion capillaire et de cire pour la barbe. Quand son tour arrivait, il inclinait avec plaisir la tête en arrière et sentait sur ses joues les doigts précautionneux du garçon, le contact froid du rasoir et, pour finir, le frôlement doux de la houppette sur son visage.

Une fois de plus, une sensation de bonne humeur l'envahit lorsqu'il pénétra dans la boutique, posa sa canne contre le mur, accrocha son chapeau à la patère, s'installa dans le large siège de cuir et entendit le bruissement de la mousse savonneuse et parfumée. Ce fut un jeune apprenti qui le servit avec la plus grande attention, qui le rasa, lui lava le visage, lui présenta le miroir ovale, lui sécha les joues, le poudra d'un geste plein de fantaisie et demanda poliment : « Ce sera tout ? » Puis il suivit d'un pas feutré le client qui s'était levé, lui brossa le col de son habit, encaissa l'argent bien mérité et lui tendit sa canne et son chapeau. Cela avait mis le jeune monsieur dans de bonnes et aimables dispositions. Il arrondissait déjà les lèvres pour siffler un joyeux refrain en sortant dans la rue lorsqu'il entendit le garçon coiffeur, qu'il avait à peine regardé, lui poser cette question : « Pardon, ne vous appelez-vous pas Alfred Ladidel ? »

Il regarda attentivement cet homme et reconnut aussitôt son ancien camarade de classe Fritz Kleuber. En d'autres circonstances, il lui eût été peu agréable de reconnaître cette ancienne relation et il se fût gardé d'entrer en rapport avec un garçon coiffeur dont il aurait eu à rougir devant ses collègues. À ce moment-là, toutefois, il se sentait bien disposé et, d'autre part, sa fierté et son orgueil de classe avaient depuis quelque temps considérablement diminué. Aussi, tant sous l'effet de la bonne humeur que par besoin d'amitié et d'estime, il tendit la main au coiffeur et s'écria : « Tiens, Fritz Kleuber ! On peut encore se tutoyer, non ? Comment vas-tu ? » Le camarade de classe serra la main tendue et accepta, enchanté, le *tu* ; comme il était de service et n'avait pas de temps libre ce jour-là, ils fixèrent un rendez-vous pour le dimanche après-midi.

Le barbier se réjouit fort à la pensée de cette rencontre. Il était reconnaissant à son vieux camarade de ce qu'il eût bien voulu se souvenir de leur amitié, malgré la position distinguée qu'il occupait dans la société. Fritz avait toujours éprouvé un certain respect pour le fils de ses voisins, son camarade de classe, car ce dernier avait toujours été supérieur à lui en ce qui touchait au savoir-vivre et l'élégante apparition de Ladidel l'avait, une fois de plus, profondément impressionné. C'est pourquoi, le dimanche venu, dès qu'il eut achevé son service, il se prépara avec soin à cette visite et endossa ses plus beaux vêtements. Il essuya ses bottines avec un vieux journal avant d'entrer dans la maison où habitait Ladidel, gravit allégrement l'escalier et frappa à la porte sur laquelle il avait vu se détacher la carte de visite d'Alfred.

Celui-ci s'était également livré à quelques préparatifs, car il avait bien envie de faire une brillante impression sur son compatriote et ami d'enfance. Il le reçut avec une grande cordialité. Sur la table, il avait disposé un excellent café avec de la pâtisserie, collation à laquelle il invita Kleuber en toute simplicité.

« Sans cérémonie, mon vieux, n'est-ce pas ? Prenons notre café et ensuite, nous ferons une promenade, si cela te convient. »

Certes, cela lui convenait parfaitement ; il s'installa avec plaisir, but du café, mangea des gâteaux, puis accepta une cigarette et ne dissimula pas la joie que lui causait cette charmante hospitalité. Bientôt, reprenant les anciennes tournures de langage de leur province natale, ils parlèrent du passé, de leurs maîtres et de leurs camarades de classe et de ce qu'il était advenu d'eux. Le coiffeur dut raconter en peu de mots ce qu'avait été sa vie depuis lors et comment ses déplacements l'avaient conduit un peu partout. Puis ce fut le tour de l'autre et Ladidel rendit un compte détaillé de sa vie et de ses espérances. Pour finir, il décrocha sa guitare de la paroi, l'accorda, pinça les cordes et se mit à chanter lied sur lied, uniquement des chansons gaies, de sorte que le coiffeur, à force de rire, en eut les larmes aux yeux. Ils renoncèrent à la promenade et préférèrent examiner quelques-uns des trésors de Ladidel. Là-dessus, ils en vinrent à discuter de ce que chacun d'eux entendait par une existence réussie ; les prétentions au bonheur du barbier étaient beaucoup plus modestes que celles de son ami, cependant il mit sans le savoir un atout dans son jeu qui lui valut l'estime et l'envie de Ladidel : en effet, il lui raconta qu'il avait une fiancée en ville et invita son ami à l'accompagner une fois chez elle où il serait le bienvenu.

« Voyez-vous cela ! s'écria Ladidel, tu as une fiancée ! Malheureusement, je n'en suis pas encore là. Savez-vous déjà quand vous pourrez vous marier ?

— Ce n'est pas encore tout à fait fixé, mais nous n'attendrons pas plus de deux ans ; il y a déjà plus d'une année que nous avons échangé nos promesses. J'ai hérité trois cents marks de ma mère et si je travaille sérieusement encore un an ou deux, en faisant des économies, nous pourrons probablement ouvrir notre propre boutique. Et je sais déjà où : à Schaffhouse, en Suisse ; j'ai déjà travaillé là pendant deux ans. Le patron m'aime bien, il est âgé et m'a encore récemment écrit pour me dire que si j'étais d'accord, c'est à moi qu'il remettrait de préférence son commerce et à un prix raisonnable. Je connais son affaire de longue date, elle marche à merveille, elle se trouve à côté d'un hôtel très fréquenté par les étrangers et, en plus, il y a encore un commerce de cartes postales illustrées qui en dépend. »

Ayant fouillé dans la poche intérieure de son veston brun du dimanche, il en retira un portefeuille dans lequel il avait mis non seulement la lettre du patron schaffhousois, mais encore une carte postale enveloppée de papier de soie qu'il montra à son ami.

« Ah, les chutes du Rhin ! » s'exclama Alfred en examinant la vue avec le coiffeur.

C'était, en effet, les chutes du Rhin sous une lumière empourprée comme celle d'un feu de Bengale. Kleuber se lança dans une description détaillée, car il connaissait chaque coin de ce paysage et le commentait, évoquant aussi la foule d'étrangers qui venaient visiter cette merveille de la nature. Puis il revint à son patron et à son affaire, lut sa lettre à haute voix et se montra si gai et si enthousiaste que son camarade finit par se demander quand il pourrait de nouveau placer un mot et se mettre tant soit peu en valeur. C'est pourquoi il se mit à parler du monument du Niederwald qu'il n'avait pas, il est vrai, vu de ses propres yeux mais qu'un de ses oncles connaissait et, ouvrant son coffret aux trésors, il en tira le porte-plume en ivoire et invita son ami à regarder à travers le petit morceau de verre qui recelait une splendeur secrète. Fritz Kleuber reconnut volontiers que cette vue n'était pas moins belle que celle de la rougeoyante cascade et laissa modestement l'autre reprendre la parole, lequel demanda à son invité divers renseignements sur son métier. La conversation s'anima, Ladidel posait question sur question tandis que Kleuber fournissait consciencieusement et fidèlement les informations demandées. On parla de la façon de faire glisser le rasoir, du tour de main que requiert la coupe des cheveux, des pommades et des huiles capillaires et, à cette occasion, Fritz sortit de sa poche une petite boîte en porcelaine contenant une très fine pommade qu'il offrit à son hôte en reconnaissance de son hospitalité. Après quelques hésitations, celui-ci accepta le cadeau, la boîte fut ouverte, on en respira le contenu dont on fit un essai avant de poser finalement le tout sur le lavabo.

Pendant ce temps, le soir était venu. Fritz devait aller dîner chez sa fiancée et prit congé, non sans remercier cordialement son ami pour la petite collation. De son côté, Alfred trouva que cela avait été une belle après-midi, bien employée, et ils tombèrent d'accord de se revoir le mardi ou le mercredi suivant dans la soirée.

## 2

Entre-temps, Fritz Kleuber s'avisa qu'il devait prendre sa revanche pour l'invitation du dimanche précédent et le café offert chez Ladidel, et décida de lui rendre la politesse. Le lundi, il lui écrivit donc une lettre ornée de filets d'or et estampée d'une colombe, pour l'inviter à dîner le mercredi soir chez sa fiancée, Mlle Meta Weber, à la Hirschengasse.

Alfred Ladidel se prépara avec le plus grand soin à cette soirée. Il avait pris des renseignements sur Mlle Meta Weber et découvert qu'elle descendait, ainsi qu'une sœur également célibataire, d'un certain secrétaire de chancellerie Weber, depuis longtemps décédé, de sorte qu'elle était fille de fonctionnaire et qu'il pouvait être son hôte en toute honorabilité. Cette considération, s'ajoutant à la pensée que la sœur était encore célibataire, le détermina à se faire particulièrement beau ce soir-là et même à penser à l'avance à d'éventuels sujets de conversation.

Tiré à quatre épingles, il apparut vers huit heures dans la Hirschengasse, où il ne tarda pas à repérer la maison. Cependant, il n'y entra point et fit les cent pas dans la rue jusqu'au moment où, un quart d'heure plus tard, il vit arriver son ami Kleuber. Il se joignit à lui et ils gravirent l'un derrière l'autre les escaliers de la maison où se trouvait le logement haut perché des deux demoiselles. La porte vitrée s'ouvrit et ils furent accueillis par la veuve Weber, une petite dame timide au visage souffreteux et vieilli par les soucis, et dont l'expression ne sembla rien annoncer de très gai au candidat notaire. Il salua, fut présenté et introduit dans un corridor obscur où flottaient des odeurs de cuisine. Puis on pénétra dans une pièce beaucoup plus spacieuse, plus claire et plus gaie qu'on ne se fût attendu à trouver. Quittant alors la fenêtre où les géraniums, illuminés par le soleil couchant, se détachaient comme sur un vitrail, les deux filles de la veuve s'avancèrent d'un pas alerte. L'une et l'autre surprirent agréablement Ladidel, car elles dépassaient de beaucoup ce qu'on pouvait attendre de mieux de la petite vieille dame.

« Bonjour, dit l'une des deux en tendant la main au coiffeur.

— Ma fiancée », dit celui-ci à Ladidel qui s'approcha de la jolie jeune fille en s'inclinant impeccablement. Puis il retira la main qu'il tenait cachée derrière son dos et présenta à la demoiselle un bouquet de muguet qu'il avait acheté en chemin. Elle sourit, remercia et poussa devant elle sa sœur qui riait elle aussi ; c'était une jolie blonde et elle s'appelait Martha. On prit place sans plus attendre autour de la table où on avait préparé du thé accompagné d'une omelette entourée d'une salade de cresson. On ne dit pas grand-chose pendant le repas. Fritz était assis à côté de sa fiancée qui lui beurrait des tartines ; la vieille mère, tout en mastiquant avec peine, observait ce qui se passait autour d'elle, de ce regard immuablement soucieux qui dissimulait, au fond, un parfait bien-être, mais qui fit une impression inquiétante sur Ladidel, de sorte qu'il mangea peu et demeura silencieux et abattu.

Après le repas, la mère resta, il est vrai, dans la chambre, mais elle disparut dans un fauteuil placé près de la fenêtre dont elle avait préalablement tiré les rideaux et parut sommeiller. Les jeunes s'en donnèrent alors joyeusement et les demoiselles entortillèrent leur hôte dans une conversation espiègle et d'une piquante agressivité au cours de laquelle Fritz vint au secours de son ami. De la cloison où il était accroché dans son cadre en cerisier, feu M. Weber contemplait la scène ; exception faite de ce portrait, tout était joli et avenant dans cette pièce accueillante, depuis les géraniums dont l'éclat s'éteignait peu à peu dans le crépuscule, jusqu'aux robes et aux petits souliers des jeunes filles et jusqu'à la mandoline suspendue contre un étroit panneau de la tapisserie. C'est sur cet instrument que tomba le regard de l'invité lorsque la conversation commença à devenir brûlante pour lui. Regardant avec insistance les personnes qui lui faisaient face, il manœuvra de façon à obtenir la réponse dont il avait besoin pour savoir laquelle des deux sœurs était la musicienne et jouait de la mandoline. C'était l'affaire de Martha. Aussitôt sa sœur et son beau-frère se moquèrent gentiment d'elle, car depuis l'époque désormais envolée de ses années d'adolescence pleine d'enthousiasme, c'est à peine s'il était sorti quelques notes de cet instrument. Ladidel insista cependant pour que Martha leur joue quelque chose et confessa qu'il était lui-même un amateur de musique impénitent. Comme la demoiselle demeurait intraitable, Meta finit par décrocher l'instrument et le posa devant sa sœur, qui se défendit en riant et en rougissant. Ladidel prit alors la mandoline et se mit à gratter doucement les cordes pour faire sonner quelques accords.

« Eh bien ! Vous savez donc en jouer, s'écria Martha ; vous êtes vraiment drôle, vous mettez les autres dans l'embarras, et ensuite on s'aperçoit que vous en savez plus qu'eux. »

Il expliqua avec modestie qu'il n'en était rien, qu'il n'avait pour ainsi dire jamais eu un instrument de ce genre entre les mains, mais qu'en revanche il jouait de la guitare depuis plusieurs années.

« Oui, s'exclama Fritz, vous devriez l'entendre ! Pourquoi n'as-tu pas apporté ton instrument ? Ce sera pour la prochaine fois, d'accord ? »

La soirée passa comme un rêve. Lorsque les deux jeunes gens prirent congé, la mère, petite et maussade à laquelle personne ne pensait plus, surgit près de la fenêtre et leur souhaita une bonne nuit. Fritz fit encore un bout de chemin avec Ladidel qui était débordant de joie et ne tarissait pas d'éloges.

Dans l'appartement redevenu silencieux des Weber, on avait desservi la table et éteint les lumières aussitôt après le départ des invités. Dans la chambre à coucher, les deux jeunes filles observèrent, comme d'habitude, un silence complet jusqu'à ce que leur mère se fût endormie. Ensuite, Martha engagea la conversation, d'abord en chuchotant.

« Où as-tu mis ton bouquet ?

— Tu as bien vu, dans le vase qui est sur le poêle.

— Bon, alors bonne nuit !

— Tu es fatiguée ?

— Un peu.

— Dis, comment as-tu trouvé le notaire ? Un peu trop bichonné, non ?

— Pourquoi ?

— Je n'ai pas pu m'empêcher de penser que mon Fritz aurait dû être notaire et l'autre coiffeur. Ne trouves-tu pas ? Il a quelque chose de si doux.

— Oui, c'est vrai. Mais il est gentil, et il a du goût. As-tu vu sa cravate ?

— Bien sûr.

— Et puis, tu sais, il a quelque chose d'innocent. Au début, il était tout intimidé.

— Il faut dire qu'il vient d'avoir vingt ans. Bonne nuit ! »

Martha pensa encore un moment à Alfred Ladidel avant de s'endormir. Elle l'avait trouvé à son goût et ménagea un petit espace libre dans son cœur pour le charmant jeune homme, si jamais il avait envie d'y pénétrer un jour et de prendre la chose au sérieux. Car elle ne voulait pas d'une simple amourette, d'une part parce qu'elle en avait depuis longtemps terminé avec cette époque où elle n'était qu'une adolescente sentimentale (d'où provenait la mandoline), et d'autre part parce qu'elle n'avait pas envie de se promener encore longtemps aux côtés de Meta sans avoir de fiancé, alors que sa sœur était d'une année plus jeune qu'elle.

De son côté aussi, le candidat notaire s'aperçut que son cœur n'était pas resté insensible. À vrai dire, il vivait encore dans l'état d'ardeur amoureuse diffuse d'un être à peine capable de voler de ses propres ailes et s'éprenait de toute jolie petite jeune fille qu'il lui arrivait de voir; au fond, c'est Meta qui eût été sa préférée, mais elle était déjà fiancée avec Fritz et n'était donc plus libre. Néanmoins, Martha faisait bonne figure à côté d'elle. C'est ainsi que le cœur d'Alfred, au cours de la soirée, avait glissé de plus en plus vers Martha et l'image de la jeune fille à l'épaisse et brillante couronne de tresses blondes s'était gravée en lui, auréolée d'un vague sentiment d'adoration.

Dans ces circonstances, il ne s'écoula que peu de jours avant que la petite société se réunît à nouveau pour la soirée dans la salle de séjour, à cette seule différence près que, cette fois, les messieurs vinrent plus tard, car la table de la veuve n'aurait pas suffi à des agapes aussi fréquentes. Ladidel avait apporté sa guitare, dont Fritz s'était fièrement chargé durant le trajet. Le musicien sut s'arranger pour mettre son art en valeur et susciter de vifs applaudissements, tout en évitant de faire à lui seul les frais de la soirée. Une fois qu'il eut exécuté quelques lieds et donné un bref aperçu de son art de chanteur et de guitariste, il entraîna les autres dans son jeu et entonna de simples mélodies qui, dès la première mesure, engagèrent d'elles-mêmes ses auditeurs à chanter avec lui.

Captivés et bercés par la musique et par l'ambiance de fête, les fiancés se serraient l'un contre l'autre et ne chantaient qu'à voix basse, et seulement un couplet ici et là, bavardant entre eux et se livrant à quelques furtives caresses, tandis qu'assise en face du musicien Martha ne le quittait pas des yeux et chantait joyeusement chaque strophe avec lui. Lorsque, au moment de prendre congé, les fiancés échangèrent leurs baisers dans le corridor mal éclairé, les deux autres durent attendre une minute, embarrassés. Quand les deux sœurs furent couchées, Meta remit la conversation sur le notaire, comme elle l'appelait toujours, et, cette fois-ci, elle lui rendit pleinement justice et fit son éloge. Sa tête blonde appuyée sur ses deux mains, sa sœur se contenta de dire «oui, oui» et resta longtemps éveillée et silencieuse, le regard perdu dans le noir et la respiration oppressée. Plus tard, alors que sa sœur dormait déjà, Martha poussa un long soupir à peine perceptible qui ne correspondait à aucune souffrance réelle, mais provenait seulement du vague sentiment d'incertitude inhérent à toute espérance amoureuse. Elle ne soupira point une seconde fois mais s'endormit peu après avec un sourire sur ses lèvres fraîches.

Les relations se développèrent agréablement entre les deux anciens camarades et les deux jeunes filles et Fritz était très fier d'appeler l'élégant Alfred son ami. Meta était heureuse de voir son fiancé ne plus venir seul mais en compagnie du musicien, et Martha se prit d'une amitié d'autant plus vive pour leur hôte qu'elle découvrait mieux l'innocence presque enfantine de sa nature. Il lui semblait que ce charmant et docile jeune homme était fait pour être son mari et qu'elle pourrait se montrer avec lui et en être fière, sans toutefois devoir lui concéder la moindre parcelle d'autorité.

De son côté, Alfred, fort satisfait de l'accueil qu'il avait reçu chez les Weber, sentait dans l'amitié de Martha une ferveur qu'il ne manquait pas d'apprécier, en dépit de toute sa timidité. Dans ses moments d'audace, une liaison et des fiançailles avec la belle et imposante jeune fille ne lui paraissaient pas absolument impossibles ; quoi qu'il en soit, ces projets lui semblaient désirables et séduisants.

Néanmoins, rien de décisif ne se produisit, ni d'un côté ni de l'autre, et ce pour diverses raisons. D'abord, Martha avait découvert chez ce jeune homme, après une fréquentation prolongée, maints traits dénotant un manque de maturité et une certaine puérilité de caractère ; elle avait donc trouvé prudent de ne pas trop faciliter l'accès au bonheur chez un être aussi inexpérimenté. Elle voyait bien qu'elle n'aurait aucune difficulté à l'attirer à elle et à le retenir ; cependant, il lui paraissait équitable que ce jeune monsieur n'eût pas la partie trop facile et ne finît pas par avoir l'impression qu'elle s'était jetée à son cou. Toujours est-il que sa volonté était de l'agréer pour époux et elle décida, d'ici là, de ne pas le perdre de vue et de se préparer en attendant le moment où il serait digne d'être heureux.

Quant à Ladidel, c'était d'autres scrupules qui lui liaient la langue. Il y avait d'abord sa timidité qui le ramenait toujours à un sentiment de méfiance à l'égard de ce qu'il observait et son imagination qui lui faisait douter d'être jamais aimé et désiré. Ensuite, il se sentait — à juste titre — très jeune et insuffisamment développé par rapport à la jeune fille, bien qu'elle eût à peine trois ou quatre ans de plus que lui. Enfin, dans ses moments de sérieux, il se prenait à réfléchir avec angoisse à la fragilité des fondements sur lesquels était bâtie son existence. Il faut dire que plus il se rapprochait de l'année où il cesserait son activité subalterne et où il devrait prouver ses capacités et ses connaissances en passant un examen d'État, plus ses doutes devenaient lancinants. Certes, il avait rapidement et sûrement appris à remplir les petites tâches faciles et les devoirs extérieurs de sa fonction ; il faisait bonne figure à son bureau et jouait à la perfection le rôle du secrétaire suroccupé ; cependant, l'étude des lois lui pesait et quand il en venait à penser à tout ce que l'on exigeait pour l'examen, il en avait des sueurs froides.

Parfois il s'enfermait, désespéré, dans sa chambre et décidait de prendre d'assaut la citadelle escarpée de la science. Sa table se chargeait de manuels, de codes et de commentaires ; il se levait de bonne heure et s'installait à sa table en grelottant, taillait ses crayons et se fixait d'avance des plans de travail pour plusieurs semaines. Cependant, sa volonté faiblissait, de sorte qu'il ne résistait jamais longtemps à ce régime et trouvait régulièrement quelque chose d'autre à faire qui semblait sur le moment plus nécessaire et plus important que le reste ; et plus longtemps ses livres restaient là à le regarder, plus leur contenu prenait une saveur amère.

Entre-temps, son amitié avec Fritz s'était affermie. Il arrivait parfois que Fritz lui rendît visite dans la soirée, et qu'il s'offrît à le raser quand cela était nécessaire. Là-dessus, Alfred eut l'idée de s'essayer lui-même à ce travail et Fritz souscrivit volontiers à ce désir. Avec son sérieux habituel et ses manières presque déférentes, il enseigna la manœuvre à son ami hautement estimé, lui apprit à repasser impeccablement le rasoir et à préparer une bonne mousse de savon bien homogène. Alfred se montra, comme l'autre l'avait prédit, un excellent élève, particulièrement habile de ses mains. Bientôt, il fut en mesure non seulement de se raser lui-même, avec rapidité et sans accroc, mais encore de rendre ce service à son ami et maître et trouva dans cette occupation un plaisir qui, pour un soir, lui faisait voir en rose bien des jours empoisonnés par l'étude. Il devait éprouver une joie insoupçonnée le jour où Fritz l'initia également à l'art de tresser les cheveux. Enchanté de ses rapides progrès, Fritz lui apporta un jour une tresse postiche de cheveux féminins et lui montra comment s'élaborait une pareille œuvre d'art. Ladidel se sentit aussitôt plein d'enthousiasme pour ce délicat travail manuel et s'appliqua, avec des gestes patients, à séparer les mèches, puis à les entrelacer de nouveau. Il eut vite fait de s'en tirer à son honneur, de sorte que Fritz revint avec des travaux plus difficiles et plus raffinés, tandis qu'Alfred s'instruisait en se jouant, passait ses doigts dans la longue chevelure soyeuse avec un plaisir gourmand ; il approfondit ses connaissances dans les différentes manières de tresser et les différents styles de coiffure ; il se fit bientôt montrer comment on frise les cheveux au fer et, chaque fois qu'ils se rencontraient, Alfred avait avec son ami de longs entretiens sur des points qui touchaient à sa spécialité. Par ailleurs, il examinait les coiffures de toutes les femmes et jeunes filles qu'il rencontrait d'un œil inquisiteur et avide d'apprendre, et surprenait Kleuber par la pertinence de beaucoup de ses jugements.

Il lui demanda seulement, à plusieurs reprises et avec insistance, de ne rien dire de ce passe-temps aux demoiselles Weber. Il sentait en effet qu'avec cette nouvelle activité il ne recueillerait plus guère d'hommages de leur part. Et pourtant, son rêve favori, le vœu secret de son cœur, c'était de tenir un jour dans ses mains les longs cheveux blonds de la virginale Martha et de les lui natter d'une manière aussi neuve qu'artistique.

Ainsi passèrent les jours et les semaines de l'été. Vers la fin du mois d'août, Ladidel participa à une promenade avec la famille Weber. On remonta le cours de la rivière jusqu'à un *Burg* en ruines, à l'ombre duquel on se reposa dans un pré en pente au flanc de la colline. Ce jour-là, Martha s'était montrée particulièrement amicale et confiante avec Alfred, et à présent, elle était étendue non loin de lui sur la pente herbeuse et verdoyante ; elle arrangeait un bouquet de fleurs des champs en y ajoutant quelques graminées argentées et tremblantes ; cela formait un tableau si charmant et si gracieux qu'Alfred ne pouvait en détacher son regard. Soudain, il remarqua que quelque chose s'était défait dans la coiffure de Martha, et, s'approchant d'elle, il le lui fit remarquer, tandis qu'en même temps, il se risquait à tendre la main vers les tresses blondes et s'offrit à les lui remettre en ordre. Martha, qui n'était pas habituée à une telle familiarité de sa part, devint toute rouge et se fâcha, coupant court à cette tentative et demanda à sa sœur de lui relever ses cheveux. Désolé, Alfred se tut, et, légèrement blessé, se sentit honteux, de sorte que plus tard, après leur retour en ville, il refusa une invitation à dîner chez Mme Weber et rentra directement chez lui.

Ce fut la première petite dissonance entre ces deux amoureux qui ne l'étaient qu'à moitié, et elle aurait fort bien pu servir à avancer leurs affaires en donnant le branle à leur sentiment. Ce fut pourtant le contraire qui se produisit et entre-temps survinrent d'autres événements.

## 3

Aucune mauvaise intention n'avait motivé la réaction de Martha et elle fut bien étonnée de constater qu'Alfred évitait de venir la voir depuis une semaine et davantage. Cela lui fit un peu de peine, car elle l'aurait revu avec plaisir. Cependant, lorsque après huit ou dix jours il ne revint pas et qu'il semblait réellement lui garder rancune, Martha réfléchit au fait qu'elle ne lui avait jamais accordé le droit de se conduire avec elle comme un amoureux en titre. Alors elle céda, elle aussi, à la colère. Quand il reviendrait et voudrait jouer l'homme qui daigne accepter une réconciliation, elle lui ferait savoir à quel point il s'était trompé.

En attendant, elle était elle-même dans l'erreur, car l'absence de Ladidel n'était pas causée par son dépit mais par sa timidité et la crainte que lui inspirait la sévérité de Martha. Il voulait laisser passer quelque temps jusqu'à ce qu'elle lui pardonnât son insistance lors de la promenade et que lui-même eût oublié cette sottise et surmonté sa honte. Pendant cette période d'expiation, il sentit clairement à quel point il s'était déjà habitué à la compagnie de Martha et combien il lui serait pénible de renoncer à la chaleureuse présence de cette charmante jeune fille. Il ne put tenir que jusqu'à la moitié de la semaine suivante ; puis, un jour, il se rasa avec soin, mit une nouvelle cravate et passa chez les dames Weber, cette fois sans Fritz qu'il ne voulait pas rendre témoin de sa confusion.

Afin de ne pas se présenter les mains vides et comme un simple mendiant, il avait conçu tout un plan. Une grande fête de tir avec des prix était prévue pour la dernière semaine du mois de septembre et la ville entière se préparait avec ferveur à cette solennité. Alfred se proposait d'inviter les demoiselles Weber à ces réjouissances, espérant ainsi disposer d'un bon motif pour justifier sa visite et, du même coup, regagner les faveurs de Martha.

Un accueil amical eût réconforté l'amoureux et fait de lui un fidèle serviteur, car il était dégoûté de sa solitude depuis plusieurs jours déjà. Cependant Martha, blessée par son absence, avait durci son attitude et pris le parti de la rigueur. Lorsqu'il pénétra dans la salle de séjour, elle le salua à peine et s'en remit à sa sœur du soin de le recevoir et de l'entretenir. Quant à elle, elle se mit à aller et venir, occupée à enlever la poussière, comme si elle était seule dans la pièce. Ladidel était fort intimidé et ce n'est qu'après un moment, alors que la conversation avec Meta avait atteint son point mort qu'il osa se tourner vers l'offensée et proposer son invitation.

Or, il était désormais impossible d'avoir prise sur

elle. L'humble dévouement d'Alfred ne fit que renforcer sa décision de lui donner une bonne leçon et de lui rogner un peu les griffes. Elle l'écouta froidement et déclina l'invitation, prétextant qu'il ne lui appartenait pas de se rendre à des fêtes en compagnie de jeunes gens ; elle ajouta qu'en ce qui concernait sa sœur, celle-ci était fiancée, et que c'était l'affaire de son fiancé de l'inviter, au cas où il en aurait envie.

Ladidel prit son chapeau, s'inclina brièvement et se retira comme un homme qui regrette d'avoir frappé à la mauvaise porte et qui n'a pas l'intention de revenir. Meta essaya toutefois de le retenir et de le raisonner, mais Martha n'avait répondu à son salut que par un petit signe de tête très froid, de sorte qu'Alfred eut exactement l'impression qu'elle le congédiait définitivement.

La pensée qu'il s'était conduit virilement dans cette affaire et qu'il avait fait preuve de fierté ne fut pour lui qu'une maigre consolation. Cependant, la colère et la tristesse l'emportèrent ; il rentra chez lui furieux et lorsque, dans la soirée, Fritz Kleuber voulut lui rendre visite, il le laissa frapper à la porte et repartir sans se montrer lui-même. Ses livres lui adressaient une exhortation muette, sa guitare était suspendue à la paroi, mais il ne toucha à rien, sortit et passa la soirée à errer dans les rues jusqu'à en tomber de fatigue. Il songea alors aux propos qu'il avait entendus touchant la fausseté et l'inconstance des Weber, propos qui, autrefois, lui avaient semblé n'être qu'un vain bavardage d'envieux. À présent, il concevait tous les soupçons et les considérations les plus amères lui paraissaient pertinentes.

Quelques jours passèrent ainsi et Alfred persistait à

espérer, en dépit de son orgueil et malgré lui, qu'il se produirait quelque chose, qu'un billet ou un message lui seraient transmis par Fritz. Après que le premier ressentiment se fut dissipé, l'idée d'une réconciliation cessa de lui paraître impossible et son cœur, par-delà toutes les raisons de douter, se tourna de nouveau vers la maligne jeune fille. Mais rien ne se produisit et personne ne se montra. Cependant, la grande fête de tir approchait et, bon gré, mal gré, le pauvre Ladidel fut obligé de voir et d'entendre chacun se préparer à ces brillantes journées. On dressa des mâts, on confectionna des guirlandes, les maisons furent décorées de branches de sapin et on fixa des inscriptions sur les arceaux des portiques. La grande salle des fêtes au bord du Wasen était achevée et l'on y voyait déjà flotter des drapeaux, tandis que l'automne déployait ses plus belles teintes bleues sur le paysage.

Bien que Ladidel se fût réjoui de cette fête depuis des semaines et qu'il eût, ainsi que ses collègues, deux et même trois jours de liberté en perspective, il se fit violence et refusa toute participation à la joie générale, bien résolu à ne pas jeter un seul regard sur les festivités. C'est avec amertume qu'il regardait les drapeaux et les guirlandes de feuillages, qu'il entendait, ici et là, par les fenêtres ouvertes, les fanfares répéter et les jeunes filles chanter en travaillant. Plus la ville résonnait et retentissait d'impatience et de joie anticipée, plus il débordait de sentiments hostiles, tandis qu'il se frayait un chemin à travers le tumulte, le cœur rempli d'une farouche abnégation. Au bureau, depuis quelque temps, ses collègues ne parlaient plus que de la fête et avaient arrêté leurs plans de telle sorte qu'ils pussent profiter habilement et à fond de cette splendide occasion. Parfois, Ladidel réussissait à jouer l'ingénu et à faire comme s'il se réjouissait lui aussi, comme s'il avait ses plans et ses projets personnels ; le plus souvent, toutefois, il ne disait mot, assis à son pupitre où il affichait un zèle dévorant. En réalité, il rongeait son frein, et pas seulement à cause de Martha et de ses déboires sentimentaux, mais de plus en plus aussi à cause de ces grandes festivités qu'il avait attendues depuis si longtemps et dont il se voyait désormais exclu.

Son dernier espoir s'évanouit lorsque Kleuber vint le voir quelques jours avant le commencement de la fête. Il faisait triste mine et raconta qu'il ne savait quelle idée avait passé par la tête des jeunes filles pour qu'elles en viennent à refuser son invitation et à déclarer que, dans leur situation, elles ne pouvaient participer à aucune réjouissance. Il proposa alors à Alfred de se joindre à lui pour faire joyeusement la fête ensemble ; ce serait bien fait pour les deux prudes demoiselles s'il s'amusait à dépenser quelques écus précisément sans elles. Mais Ladidel résista aussi à cette tentation. Il remercia cordialement son ami, lui expliqua qu'il ne se sentait pas très bien et que, d'autre part, il voulait consacrer son temps libre à la poursuite de ses études. Il en avait déjà tant dit à son ami sur ces études et employé à ce sujet tant d'expressions savantes et de mots étrangers que Fritz, plein de respect, ne risqua aucune objection et se retira tristement.

Sur ces entrefaites, arriva le jour de l'inauguration de la fête. C'était un dimanche et les réjouissances devaient durer toute la semaine. La ville retentissait de chants, de fanfares, de salves d'artillerie et de joyeux appels. De toutes les rues débouchaient des cortèges qui se mêlaient; des sociétés arrivaient des quatre coins du pays. Partout, on entendait de la musique et, pour finir, le torrent humain et les flots de mélodies jouées par les fanfares confluèrent aux portes de la ville devant le pavillon de tir où la population s'était portée en masse et attendait depuis le matin. Le cortège s'avançait, pareil à un fleuve noir et compact, au-dessus duquel on voyait osciller et se redresser pesamment les drapeaux; l'un après l'autre, les corps de musique changeaient de direction et débouchaient sur l'immense place. Un brillant soleil dominical illuminait cette magnificence. De grosses gouttes de sueur coulaient sur les fronts brûlants des porte-bannières; les commissaires de la fête étaient enroués à force de crier et couraient en tous sens comme des possédés, tantôt houspillés par la foule, tantôt encouragés par des acclamations. Quiconque se trouvait dans le voisinage et découvrait le moyen d'entrer à cette heure matinale en profitait pour essayer d'obtenir de haute lutte une boisson fraîche dans l'une des buvettes abondamment approvisionnées.

Quant à Ladidel, il était assis sur son lit, dans sa chambre, et n'avait même pas chaussé ses bottines tellement il se sentait étranger à la liesse générale. Après avoir longuement remué, pendant la nuit, maintes pensées harassantes, il se proposa d'écrire une lettre à Martha. Il sortit du tiroir de sa table son écritoire et une feuille de papier ornée d'un monogramme, ajusta une plume neuve au porte-plume, l'humecta en la passant sur sa langue, essaya l'encre puis se mit à écrire de son écriture ronde de chancellerie, élégamment calligraphiée, tout d'abord l'adresse: «à Mademoiselle

Martha Weber, Hirschengasse, à remettre en mains propres ». Pendant ce temps, les bouffées sonores des instruments à vent et les clameurs de la fête qui lui parvenaient de loin le rendaient lyrique et il trouva bon de commencer sa lettre par l'évocation de cette atmosphère. Il écrivit donc :

*« Très honorée Mademoiselle*

*Permettez-moi de m'adresser à vous. C'est dimanche matin et la musique retentit au loin, parce que la fête de tir a commencé. Seulement voilà : je ne peux y prendre part et je reste chez moi… »*

Ayant relu ces lignes, il en fut satisfait et se concentra sur la suite. Il lui vint à l'esprit mainte heureuse tournure qui lui permettait de décrire sa triste situation. Mais à quoi cela servirait-il ? Il se rendit compte que ces phrases ne pouvaient avoir de sens que si elles aboutissaient à une déclaration d'amour et à une demande en mariage. Et comment aurait-il cette audace ? Chaque réflexion qu'il pouvait faire, chaque solution qu'il pouvait imaginer étaient sans valeur aussi longtemps qu'il n'aurait pas passé son examen et acquis par là même le droit de demander la main de Martha.

Il retomba alors dans l'incertitude et le désespoir. Une heure s'écoula. Il ne put aller plus avant dans son épître. La maison entière était plongée dans un profond silence, car tout le monde était dehors ; pardessus les toits lui parvenaient les joyeux éclats d'une musique lointaine. Ladidel s'abandonna à la tristesse et songea à toutes les joies, à tous les plaisirs qu'il perdait pendant cette journée ; il se disait que, de longtemps, et peut-être jamais plus, il ne retrouverait l'occasion d'assister à des solennités aussi importantes et aussi brillantes. Il fut soudain envahi par un sentiment de pitié envers lui-même et par un invincible besoin de réconfort, que la guitare ne pouvait satisfaire.

C'est pourquoi, aux environs de midi, il fit ce qu'il s'était obstinément refusé à faire jusque-là. Il chaussa ses bottes et quitta la maison. Alors qu'il avait simplement l'intention de se promener un peu et de rentrer bientôt chez lui pour réfléchir à sa lettre et à sa misère, voilà que la musique, le bruit, la magie de la fête l'entraînèrent de rue en rue comme le pôle magnétique entraîne le navire et, contre toute attente, il se retrouva devant le pavillon de tir. Là, il se réveilla, eut honte de sa faiblesse et pensa qu'il avait trahi sa douleur. Cependant, ces scrupules furent de courte durée, car la foule le poussait et le tumulte était étourdissant. Ladidel n'était pas homme à garder la tête froide ni à rentrer chez lui.

Emporté par le courant, il erra sans but et sans volonté; il voyait, entendait, sentait et respirait tant de choses excitantes qu'il en éprouvait un agréable vertige. Ici et là on entendait sonner des trompettes et des cors; partout, des fanfares éclataient avec impétuosité, et, pendant les pauses, parvenait d'un endroit où l'on commençait à festoyer la musique discrète, insistante et suave des violons et des flûtes. En outre, bien des choses étranges, drôles ou terribles se produisaient à chaque pas dans cette cohue populaire; des chevaux prenaient peur, des enfants tombaient et poussaient des cris; un homme prématurément ivre chantait sans se soucier de quiconque, comme s'il était seul. Des marchands circulaient, criant des oranges, des sucreries, des ballons pour les enfants; ils vendaient aussi des petits gâteaux et de ces bouquets de fleurs artificielles que les garçons mettent à leur chapeau. Plus loin, un manège de chevaux de bois tournait au rythme d'une bruyante musique d'orgue de Barbarie; ici, un colporteur discutait d'une voix aiguë avec un client qui ne voulait pas payer, là un agent de police menait par la main un petit enfant qui s'était perdu.

Ladidel absorbait par tout son être ce débordement de vie. Il se sentait heureux de participer à un mouvement de masse et d'assister à un spectacle dont on parlerait longtemps encore dans tout le pays. Il lui importait de savoir à quelle heure le roi était attendu. Lorsqu'il eut atteint, en jouant des coudes, la salle d'honneur où le banquet avait lieu sur une estrade décorée de drapeaux, il regarda avec admiration et respect le premier bourgmestre, les autorités de la ville et autres dignitaires portant des décorations et des insignes qui siégeaient au centre de la table d'honneur, mangeaient, buvaient du vin blanc dans des verres de cristal taillé. En chuchotant, on se communiquait les noms de ces messieurs et celui qui en savait plus à leur sujet, ou qui avait même eu affaire à eux, trouvait aussitôt des auditeurs reconnaissants. Chacun était heureux que tout cela se déroulât sous ses yeux et qu'il lui fût possible de contempler un tel éclat. Le petit Ladidel, lui aussi, était plein d'étonnement et d'admiration; il avait conscience de sa propre grandeur et de son importance en tant que spectateur de pareils événements; il prévoyait des jours lointains où il décrirait en détail toutes ces splendeurs devant des gens moins chanceux que lui et qui n'auraient pu en être les témoins.

Il en oublia complètement le repas de midi et comme, au bout de quelques heures, la faim se faisait sentir, il prit place sous la tente d'un pâtissier et mangea quelques gâteaux. Puis il se hâta de se replonger dans la foule afin de ne rien manquer et fut assez heureux pour apercevoir le roi, même s'il ne le vit que de dos. Il se paya ensuite un billet d'entrée au stand de tir et, bien qu'il n'entendît rien à l'art de tirer, il regarda néanmoins avec plaisir et émotion les tireurs, se fit désigner quelques-uns des héros les plus célèbres et observa avec un profond respect la mimique et les clignements d'yeux des hommes en train de viser. Là-dessus, il alla voir le manège, le regarda un moment, se promena sous le couvert des arbres, mêlé à la joyeuse cohue, acheta une carte postale avec le portrait du roi, écouta longuement le boniment d'un charlatan qui vendait sa marchandise à la criée et lançait un calembour après l'autre. Il admira le spectacle des groupes folkloriques endimanchés et s'échappa en rougissant de la baraque d'un photographe dont la femme l'invitait à entrer en le qualifiant, sous les rires de l'assistance, de « jeune et adorable don Juan ». À tout moment, il s'arrêtait pour écouter quelque musique, fredonner quelque refrain connu en battant la mesure avec sa canne.

Le soir tomba bientôt sur cette agitation, le tir cessa et les beuveries commencèrent dans les halles et sous les arbres. Tandis que le ciel était encore baigné d'une douce lumière et que les clochers et les montagnes lointaines surgissaient dans la clarté d'un soir d'automne, on vit peu à peu s'allumer les lanternes et les réverbères. Sous le coup de l'ivresse, Ladidel se laissait porter de-ci de-là, regrettant que le crépuscule fût déjà là. Les bourgeois regagnaient en hâte leur foyer pour les repas du soir ; des enfants morts de fatigue oscillaient sur les épaules de leur père ; les attelages élégants avaient disparu. Alors la joie et l'exubérance des jeunes, qui se réjouissaient de boire et d'aller danser, se donnèrent libre cours. Pendant que la place et les rues se dégageaient lentement, on vit surgir un peu partout des couples d'amoureux, bras dessus, bras dessous, pleins d'impatience en prévision des plaisirs nocturnes qui les attendaient.

Dès cet instant, la gaieté de Ladidel se mit à décroître comme la lumière du jour. Touché au vif et cédant à la tristesse, le jeune homme se mit à errer dans la nuit tombante. Il se retournait pour suivre des yeux les couples d'amoureux qui passaient près de lui en riant et en chuchotant. Lorsqu'il vit briller dans un jardin, sous de hauts marronniers noirs, et avec une prodigalité fascinante, des rangées entières de lanternes de papier rouge et qu'il entendit s'échapper de ce même jardin une caressante et mélancolique musique, alors il répondit à l'appel passionné et langoureux des violons et entra. Installés autour de longues tables, une foule de jeunes mangeaient et buvaient ; derrière eux, une vaste piste de danse, faiblement éclairée, les attendait. Ladidel prit place à un bout de table encore libre et commanda du vin et un souper. Puis il se reposa, respira le bon air du jardin, tout en écoutant la musique ; il mangea peu et but son vin lentement, à petites gorgées, car il n'avait pas l'habitude d'en boire. Plus il s'attardait à contempler les lampions rouges, plus il écoutait les violons et humait les parfums de cette nuit de fête et plus il ressentait sa solitude et sa misère. Dans quelque direction qu'il regardât, il voyait des joues roses et des yeux avides briller de plaisir, des jeunes gens endimanchés lancer des regards hardis et dominateurs, des jeunes filles en toilette aux yeux langoureux et aux pieds impatients, prêts à la danse. Il venait à peine d'achever son repas que la musique reprit avec une énergie et une suavité nouvelles. Le bal étincelait de mille feux et de nombreux couples se bousculaient pour accéder à la piste de danse.

Ladidel sirota longuement son vin afin de pouvoir rester encore un moment à sa place et lorsque la bouteille fut enfin vide, il ne put se décider à rentrer à la maison. Il commanda encore une demi-bouteille et demeura là, les yeux fixes, en proie à une lancinante inquiétude, comme s'il fallait que, malgré tout, quelque chose d'heureux lui arrivât ce soir-là et qu'il eût aussi sa part de cette surabondance de volupté. Et si cela ne devait pas se produire, il s'attribuait du moins, dans sa douleur et son dépit, le droit de se soûler pour la première fois de sa vie en l'honneur de la fête et de sa propre malchance. Plus les réjouissances se déchaînaient bruyamment autour du jeune homme sans défense, plus le sentiment de son infortune, et, en même temps, son besoin de réconfort augmentaient et s'emparaient de lui pour l'entraîner dans l'ivresse et la démesure.

## 4

Tandis que Ladidel était assis devant son verre de vin et plongeait des regards brûlants dans la cohue des danseurs, ensorcelé par la lueur rouge des lampions et par le rythme accéléré de la musique, dégoûté de son chagrin jusqu'au désespoir, il entendit soudain à côté de lui une voix douce qui demandait :

« On est tout seul ? »

Il se retourna et vit, penchée par-dessus l'appui du banc, une jolie jeune fille à la chevelure noire qui portait un petit chapeau de toile blanche et une légère blouse rouge. Sa bouche rieuse était écarlate ; quelques boucles tombaient sur son front moite et sur ses yeux sombres.

« On est tout seul ? » demanda-t-elle sur un ton apitoyé et coquin à la fois.

Il répondit :

« Mais oui, malheureusement. » Elle saisit alors le verre qu'il avait devant lui, demanda d'un regard la permission, dit « à votre santé » et vida le contenu d'un seul trait, comme si elle était assoiffée. Il put voir alors son cou gracile, légèrement brun, qui se dégageait de l'étoffe rouge et, pendant qu'elle buvait, il sentit avec de violents battements de cœur qu'une aventure venait de se nouer.

Cependant, pour entrer en matière, Ladidel remplit une seconde fois le verre vide et l'offrit à la jeune fille, mais elle refusa d'un signe de tête et jeta un regard derrière elle, dans la direction du bal où l'orchestre attaquait justement une nouvelle danse.

« J'aimerais danser », dit-elle en regardant le jeune homme dans les yeux. Il se leva aussitôt, s'inclina devant elle et se présenta.

« Vous vous appelez Ladidel ? Et votre prénom ? Je m'appelle Fanny. »

Elle l'attira à elle et tous deux plongèrent dans le

flot tumultueux de la valse, que Ladidel n'avait encore jamais dansée aussi parfaitement. Jusqu'alors, il s'était simplement félicité de son savoir-faire, de l'agilité de ses jambes, de l'élégance de son maintien et il avait toujours pensé à son apparence extérieure, se demandant s'il faisait bonne impression. À présent, il n'était plus question d'y penser ; il volait dans un tourbillon de feu, emporté par la rafale, sans défense mais heureux et au comble de l'excitation. Tantôt sa danseuse l'entraînait et le balançait à lui faire perdre pied et à lui couper le souffle, tantôt elle se reposait, paisible, étroitement blottie contre lui, de sorte que son pouls battait au même rythme que le sien et que son ardeur enflammait la sienne.

Quand la valse fut terminée, Fanny posa son bras sur celui de son cavalier et l'entraîna. La respiration oppressée, ils se promenèrent lentement le long d'une allée de verdure, parmi de nombreux autres couples, dans un crépuscule tout animé de teintes chaudes. La clarté du ciel nocturne parsemé d'étoiles brillantes apparaissait à travers le feuillage des arbres ; sur les côtés de l'allée, on voyait jouer les lumières rougeoyantes des lampions, coupées par des ombres mouvantes, et les danseurs au repos se promenaient dans cette clarté incertaine, bavardant et flânant, les jeunes filles en robes claires et chapeaux d'été, le cou et les bras nus ; plusieurs d'entre elles avaient des éventails dont elles jouaient comme le paon qui fait la roue. Ladidel ne percevait tout cela que sous la forme d'un brouillard coloré qui se répandait avec la musique dans l'air nocturne. Il voyait de temps à autre passer près de lui et se détacher sur fond de pénombre un visage clair aux yeux brillants, une bouche qui s'ouvrait dans un éclat de rire et montrait des dents étincelantes, la blancheur d'un bras tendrement fléchi.

« Alfred ! dit Fanny à voix basse.

— Qu'y a-t-il ?

— Tu n'as donc pas de bonne amie ? Moi, j'ai un ami qui est parti pour l'Amérique.

— Non, je n'en ai pas.

— Veux-tu être mon ami ?

— Je veux bien. »

Elle s'abandonna tout entière dans ses bras et lui offrit ses lèvres humides. Une sorte de vertige amoureux flottait dans les arbres et par les chemins. Ladidel embrassa la jeune fille sur ses lèvres rouges, sur la blancheur de son cou et sur sa nuque légèrement bronzée, puis il lui baisa encore la main et le bras. Il la conduisit, ou elle le conduisit, jusqu'à une table située à l'écart dans un coin d'ombre épaisse ; il commanda du vin, but avec elle dans le même verre, passa son bras autour de ses hanches et sentit du feu lui courir dans les veines. Depuis une heure, le monde et tout le passé s'étaient abîmés derrière lui dans un gouffre sans fond ; la nuit brûlante l'environnait de ses souffles irrésistibles : hier ni demain n'existaient plus.

De son côté, la jolie Fanny était enchantée de son nouvel ami et de sa jeunesse en fleur ; cependant, elle faisait preuve de plus de réserve et de moins d'étourderie que son amoureux dont elle s'appliquait à attiser la flamme avec l'une de ses mains, tandis qu'elle se servait de l'autre pour se protéger contre ses avances. Cette belle soirée lui plaisait beaucoup, à elle aussi, et chaque tour de danse lui mettait le feu aux joues et des éclairs dans les yeux ; néanmoins, elle n'était pas disposée à oublier pour autant ses projets et ses desseins.

Au cours de la soirée, Ladidel apprit donc, tout en buvant et dansant avec elle, une longue et triste histoire qui commençait par la maladie d'une mère et finissait par des dettes et une menace d'expulsion. Elle ne fit pas d'un seul coup ces douteuses confidences à son ami bouleversé, mais en ménageant de nombreuses pauses pendant lesquelles il pouvait se ressaisir et redoubler d'ardeur pour elle avec une intensité chaque fois renouvelée. Elle lui demanda même de ne pas trop penser à ces malheurs et de ne pas se laisser gâter cette belle soirée. Bientôt, cependant, elle se reprenait à soupirer profondément et à s'essuyer les yeux. Chez le brave Ladidel, comme chez tous les novices, la sympathie avait un effet d'excitation plutôt que d'accablement, de sorte qu'il ne relâcha point son étreinte et, sans cesser de couvrir de baisers la jeune fille, lui promit des montagnes d'or pour l'avenir.

Elle accepta cette perspective, sans d'ailleurs se montrer réconfortée et trouva soudain qu'il était tard et qu'elle ne pouvait laisser sa pauvre mère malade attendre plus longtemps son retour. Ladidel insista, supplia, voulut la retenir ou du moins l'accompagner ; il lui fit des reproches et se plaignit de son intransigeance, laissant voir ainsi qu'il avait gobé l'hameçon et ne pourrait plus s'en dépêtrer.

Fanny n'en demandait pas plus. Elle haussa les épaules dans un geste de désespoir, caressa la main de Ladidel et lui demanda de prendre congé d'elle pour toujours. En effet, si elle ne pouvait disposer, d'ici au lendemain, d'une somme de cent marks, elle serait jetée à la rue avec sa pauvre maman et ne répondait pas des actes auxquels le désespoir pourrait l'entraîner. Bien sûr, elle ne demanderait pas mieux que d'être gentille et d'accorder à son Alfred les faveurs dont il rêvait, car elle l'aimait terriblement, oui, c'était comme ça, mais dans les circonstances où elle se trouvait, le mieux était de se séparer et de se contenter du souvenir éternel que l'on garderait de cette belle soirée.

Ladidel n'était pas de cet avis. Sans trop réfléchir, il promit d'apporter l'argent le lendemain soir et sembla presque regretter qu'elle ne soumît pas son amour à une épreuve plus redoutable.

« Ah, si tu pouvais faire cela ! » soupira Fanny, et elle se serra contre lui au point qu'il faillit en perdre le souffle.

« Tu peux compter sur moi », lui dit-il. Comme il manifestait l'intention de l'accompagner jusque chez elle, elle se montra si effarouchée et fut saisie d'une frayeur si terrible à l'idée qu'elle risquait d'être vue et que sa bonne réputation pourrait en souffrir, qu'il céda par compassion et la laissa partir seule.

Après quoi, il erra pendant une heure encore dans les environs. Les échos de la fête nocturne continuaient à s'échapper des jardins et des tentes. Il rentra enfin à la maison, exalté et fatigué à la fois, alla se coucher et tomba aussitôt dans un sommeil agité dont il se réveilla une heure plus tard. Il lui fallut ensuite beaucoup de temps pour se retrouver et se dégager d'un brouillamini persistant de rêves amoureux. Dans l'encadrement de la fenêtre, la nuit paraissait livide et grise ; la chambre était obscure et le silence régnait partout, de sorte que Ladidel, qui n'était pas habitué aux nuits d'insomnie, regardait, déconcerté et angoissé, dans les ténèbres et sentait l'ivresse de la veille qu'il n'avait pas encore surmontée remplir son crâne de rumeurs inquiétantes. Quelque chose qu'il avait oublié et à quoi il lui paraissait cependant nécessaire de penser le tourmenta un long moment. Il finit par s'expliquer la cause du trouble qui le torturait et le rêveur dégrisé se rappela de quoi il s'agissait. Dès cet instant et durant la longue nuit, ses pensées se mirent à tourner autour de cette question : où prendre l'argent qu'il avait promis d'apporter à sa petite amie ? Il n'arrivait pas à comprendre comment il avait pu faire cette promesse ; cela devait être sous l'effet de quelque magie. La pensée qu'il pourrait ne pas tenir sa parole l'effleura et lui parut même parfaitement apaisante. Cependant, il ne s'y arrêta pas, en partie parce que le bon cœur et la probité du jeune homme lui interdisaient de faire attendre à une personne dans le besoin l'aide qu'on lui avait promise. À vrai dire, le motif le plus puissant fut le souvenir de la beauté de Fanny, de ses baisers et de la chaleur de son corps, ainsi que l'espoir certain de s'approprier tout cela dès le lendemain. C'est pourquoi il se débarrassa de l'idée, honteuse à ses yeux, de lui être infidèle et il concentra toute sa sagacité sur le moyen de se procurer la somme promise. Seulement, plus il réfléchissait et combinait diverses solutions et plus la somme grossissait dans son esprit et devenait difficile à réunir.

Lorsque, le lendemain, Ladidel franchit le seuil de son bureau, morose et fatigué, les yeux battus, la tête troublée par des vertiges et alla s'asseoir à sa place, il n'avait encore trouvé aucune issue à ses difficultés.

Tôt dans la matinée, il s'était rendu chez un prêteur sur gages dans l'intention d'engager sa montre et sa chaîne ainsi que tous ses petits trésors, mais cette pénible et humiliante démarche avait été vaine car on ne lui avait pas offert plus de dix marks pour le tout. Il se pencha donc tristement sur son travail et passa une heure sinistre à consulter des barèmes. Puis, dans le courrier qu'apporta un clerc, il y eut une lettre pour lui. Surpris, il ouvrit l'élégante enveloppe, la glissa dans sa poche et lut à la dérobée le petit billet rose qu'elle contenait : « Mon trésor, tu viendras ce soir, n'est-ce pas ? Avec les baisers de ta Fanny. »

Ces mots firent pencher la balance. Ladidel résolut de tenir sa promesse à tout prix. Il garda le billet dans sa poche intérieure d'où il le tirait en cachette afin de le respirer de temps en temps, car il s'en dégageait un parfum délicat et chaleureux qui lui montait à la tête comme du vin.

Déjà, au cours de ses réflexions de la nuit précédente, il avait pensé qu'en cas d'urgence il pourrait se procurer de l'argent par des voies illicites ; cependant, son esprit ne s'était pas arrêté à de telles idées. Et voilà qu'elles revenaient, plus fortes et plus insidieuses. Bien que le vol et la tromperie lui fissent sincèrement horreur, l'idée qu'il ne s'agirait là que d'un emprunt forcé dont le remboursement lui serait sacré s'imposait de plus en plus clairement à son esprit.

En revanche, c'est en vain qu'il se cassait la tête pour trouver le moyen de mettre cette idée à exécution. Il passa la journée en proie au trouble et à l'amertume, réfléchit, élabora des plans et serait finalement sorti de cette épreuve troublé mais intact si, le soir, pendant la dernière heure de bureau, une occasion par trop alléchante ne s'était présentée et n'avait, malgré tout, fait de lui un coquin.

Le patron lui donna l'ordre d'envoyer à telle adresse une lettre chargée et lui remit les billets de banque, au nombre de sept, qu'il compta par deux fois. Pour le coup, Ladidel ne résista pas ; d'une main tremblante, il retira l'un des billets de la liasse et cacheta l'enveloppe contenant les six autres billets qui furent mis à la poste et expédiés.

Cet acte devait lui inspirer des remords dès l'instant où le clerc emporta la lettre cachetée sur laquelle la valeur déclarée ne correspondait pas au contenu de ce pli. De toutes les sortes de détournements, celle-ci lui apparut alors la plus insensée et la plus dangereuse, car, dans le cas le plus favorable, il ne pourrait se passer que quelques jours avant que la faute fût découverte et un rapport envoyé au notaire. Une fois que la lettre fut partie et qu'il n'y eut plus rien à faire, Ladidel, peu versé dans l'art de faire le mal, éprouva les sentiments d'un homme en train de se suicider, qui déjà a la corde au cou et a déjà repoussé le tabouret d'un coup de pied, mais qui, néanmoins, ne demanderait que de continuer à vivre. Trois jours encore, se dit-il, peut-être un seul, et c'en est fait de ma bonne réputation, de ma liberté et de mon avenir, et ce pour cent marks qui ne sont même pas pour moi. Il se voyait interrogé, condamné, honteusement chassé, puis jeté en prison et il devait reconnaître que tout cela était parfaitement mérité et dans l'ordre des choses.

C'est seulement sur le chemin du restaurant qu'il songea que l'affaire pouvait également suivre un cours plus favorable. Il n'allait pas jusqu'à espérer que la chose ne serait pas découverte, mais, si l'argent manquait bel et bien, comment pourrait-on prouver que c'était lui le voleur ?

Vêtu de ses habits du dimanche et de sa meilleure chemise, il apparut, une heure plus tard, à l'endroit où l'on dansait. Chemin faisant, il avait retrouvé son assurance, ou bien était-ce le réveil des désirs ardents de son âge qui mettait une sourdine à son angoisse ?

Il y avait encore beaucoup d'animation sur la place, ce soir-là. Cependant, Ladidel remarqua que l'endroit n'était pas fréquenté par la bonne bourgeoisie mais principalement par des gens d'assez basse extraction et même par des individus qui semblaient plutôt suspects. Lorsqu'il eut consommé son quart de vin du pays en attendant l'arrivée de Fanny, il éprouva un certain malaise au contact de cette société et il quitta le jardin afin d'attendre au-dehors, de l'autre côté de la clôture. Environné par la fraîcheur du soir, il s'adossa contre la grille, à un endroit qui était plongé dans l'obscurité. Là, il regarda la foule, s'étonnant d'avoir été si heureux la veille au milieu de ces mêmes personnes, en écoutant la même musique, et il se demandait comment il avait pu danser avec un tel enthousiasme. Tout cela lui plaisait beaucoup moins à présent ; parmi les jeunes filles, beaucoup avaient un air insolent et dévergondé, les garçons avaient mauvaise apparence et échangeaient de bruyants signes d'intelligence sous forme de cris et de sifflets, même pendant la danse. Les lanternes de papier rouge, elles aussi, semblaient moins gaies et moins vives qu'elles ne lui étaient apparues la veille. Il ne savait si la faute en était uniquement à la fatigue et au désenchantement ou bien à sa mauvaise conscience. Cependant, plus il passait de temps à regarder et à attendre, plus s'éloignait l'ivresse de la fête. Il se promit de quitter cet endroit avec Fanny dès qu'elle serait arrivée.

Après avoir attendu au moins une heure, il vit la jeune fille entrer dans le jardin du côté opposé à celui où il se trouvait ; elle avait mis sa blouse rouge et son petit chapeau de toile. Il la regarda avec curiosité. Comme il avait dû attendre fort longtemps, il voulut la taquiner un peu et la faire attendre à son tour, ravi de pouvoir l'observer ainsi à la dérobée.

La jolie Fanny se promenait lentement à travers le jardin, en quête de son ami. Ne le trouvant pas, elle s'assit à une table, à l'écart de la foule. Un serveur se présenta, mais elle fit signe qu'elle ne voulait rien prendre. Puis il vit s'approcher d'elle un gars qu'il avait remarqué la veille et qui avait tout l'air d'un gaillard plein d'arrogance. Il paraissait connaître très bien Fanny et, pour autant que Ladidel pouvait les voir, elle l'interrogeait d'une manière pressante sur quelque chose, plus exactement sur lui, Ladidel. L'individu montrait d'un geste de la main la sortie, en paraissant expliquer que le personnage attendu avait été là mais qu'il était reparti.

Ladidel commença à s'apitoyer. Il s'apprêtait à se diriger en hâte vers elle, lorsque, au même instant, il vit avec effroi le rustaud empoigner Fanny et l'emmener danser. Il les observa attentivement, et quand l'homme se permit quelque grossière caresse qui fit rougir Ladidel, la jeune fille sembla y être indifférente et même repousser ses avances.

À peine la danse fut-elle achevée que le partenaire de Fanny l'offrit à un autre danseur qui se découvrit devant elle et l'invita poliment à un nouveau tour de danse. Ladidel était sur le point de l'appeler et de sauter par-dessus la clôture pour la rejoindre, mais il n'alla pas jusque-là et fut obligé, triste et abasourdi, de la regarder sourire à l'étranger et commencer à danser l'écossaise avec lui. Pendant cette danse, il la vit faire mille grâces à cet homme, lui caresser la main, se serrer contre lui, exactement comme elle l'avait fait la veille au soir avec lui, Ladidel. Il vit l'étranger s'exciter de plus en plus, l'enlacer plus étroitement et, à la fin de la danse, il put voir le couple gagner les allées obscures, en passant si cruellement près de celui qui le guettait que ce dernier put entendre distinctement leurs paroles et leurs baisers.

Alfred Ladidel prit alors le chemin du retour ; il avait les larmes aux yeux et son cœur débordait de honte et de fureur : cependant, il était heureux d'avoir échappé à cette gourgandine. Des groupes de jeunes rentraient de la fête en chantant ; de la musique et des rires montaient des jardins ; à ses oreilles, tout cela semblait tourner en dérision à la fois lui-même et toute réjouissance, et lui paraissait empoisonné. Lorsqu'il rentra chez lui, il était mortellement fatigué et ne désirait plus rien que dormir. Comme il enlevait ses habits du dimanche et passait, selon son habitude, sa main sur son pantalon pour en réajuster le pli, il entendit un léger froissement dans l'une de ses poches et en retira, intact, le billet de banque bleu. À présent, le billet reposait innocemment sur la table, à la lumière de la bougie ; il le regarda un instant puis l'enferma dans le tiroir en secouant la tête. Pour vivre cette aventure, il avait donc commis un vol et entaché son existence.

Il resta éveillé pendant près d'une heure encore. Cette fois-ci, il ne pensait plus à Fanny et pas davantage aux cent marks, mais il songeait à Martha Weber et au fait qu'il s'était désormais coupé de toutes les voies qui l'eussent conduit vers elle.

## 5

Ce qui lui restait à faire, Ladidel le savait parfaitement. Il venait d'apprendre combien il est amer d'avoir à rougir de sa propre conduite, et, si bas que fût son moral, il était néanmoins fermement résolu à aller trouver son patron pour lui rendre l'argent et lui avouer honnêtement sa faute, afin de sauver ce qui pouvait encore être sauvé de son honneur et de son avenir.

C'est pourquoi il ne fut pas peu contrarié lorsque, le lendemain, le notaire ne vint pas à l'étude. Il attendit jusqu'à midi et ce fut à peine s'il osa regarder ses collègues en face, car il ne savait si le lendemain il serait encore à cette place et reconnu comme l'un des leurs.

Après le déjeuner, le notaire ne reparut pas non plus et le bruit courut qu'il n'était pas bien et qu'il ne viendrait pas à l'étude de toute la journée. Ladidel ne put patienter davantage. Il sortit sous un prétexte quelconque et alla directement au domicile de son patron. D'abord, on ne voulut pas le recevoir, mais il montra l'insistance d'un homme au désespoir, déclina son nom et demanda à parler à Monsieur pour une affaire importante. On l'introduisit alors dans une antichambre où il fut invité à attendre.

La servante le laissa seul ; il était là, debout, en proie au désarroi et à l'angoisse, parmi les fauteuils recouverts de peluche; il tendait l'oreille au moindre bruit de la maison et gardait à la main son mouchoir de poche, car la sueur coulait sans relâche sur son front. Des livres richement ornés de dorures étaient posés sur une table ovale : *la Cloche* de Schiller et *la Guerre de soixante-dix*; plus loin il y avait un lion en pierre grise et, dans des cadres munis d'appuis, une multitude de photographies. Tout avait l'air plus raffiné mais cependant ressemblait au beau salon des parents de Ladidel, tout y évoquait l'honorabilité, l'aisance et la dignité. Les photographies étaient celles de gens bien habillés, de couples de jeunes mariés en beaux habits de noce, de femmes et d'hommes de bonne famille et sans doute d'excellente réputation. Sur la paroi, un tableau représentant une tête d'homme grandeur nature et qui vous regardait rappela à Ladidel le portrait du défunt père chez les dames Weber. Au milieu de tant de dignité bourgeoise, le pécheur, de moment en moment, descendait toujours plus bas à ses propres yeux; par son méfait, il se sentait exclu de ce cercle et rejeté parmi ces êtres déshonorés qui ne seront jamais photographiés et dont le portrait ne sera pas mis sous verre ni placé dans les salons.

Une grande horloge murale, du genre appelé régulateur, faisait osciller son balancier de laiton et, soudain, après que Ladidel eut attendu un long moment, elle toussa légèrement avant de sonner un coup d'une belle sonorité, basse et pleine. Le pauvre jeune homme sursauta. Au même instant, le notaire entra par la porte d'en face. Il ne fit aucune attention à la courbette de Ladidel, lui désigna impérieusement un fauteuil, prit place lui-même et demanda :

« Qu'est-ce qui vous amène ?

— Je voulais, commença Ladidel, j'avais... Je serais... » Puis il avala énergiquement sa salive et lança d'un seul coup ces mots : « J'ai essayé de vous voler. »

Le notaire fit un signe de tête affirmatif et déclara tranquillement :

« Vous m'avez même réellement volé, je le sais déjà. On m'a télégraphié il y a une heure. Donc, vous avez vraiment pris l'un des billets de cent marks ? »

En guise de réponse, Ladidel tira le billet de sa poche et le lui tendit. Étonné, le notaire prit la coupure, joua un instant avec le papier et lança à Ladidel un regard aigu.

« Comment cela se fait-il ? Vous avez déjà trouvé le moyen de remplacer ce billet ?

— Non, c'est celui-là même que j'ai détourné. Je ne l'ai pas employé.

— Vous êtes un original, Ladidel. J'ai su tout de suite que vous aviez pris cet argent. Personne d'autre que vous ne pouvait l'avoir fait. Et, à part cela, on m'a rapporté hier que vous aviez été vu, dimanche soir, sur la place de fête, dans une guinguette quelque peu mal famée. Ou bien cette circonstance n'a-t-elle aucun rapport avec le vol ? »

Ladidel dut raconter toute l'affaire et, en dépit de ses efforts pour minimiser ce qu'elle avait de plus humiliant pour lui, tout finit par être étalé au grand jour, quoi qu'il en eût. Le vieux monsieur ne l'interrompit que deux ou trois fois par de brèves questions ; autrement, il l'écouta pensivement, regardant de temps à autre le pénitent bien en face, mais, le reste du temps, il tint les yeux baissés afin de ne pas troubler son interlocuteur.

À la fin il se leva et se mit à arpenter la pièce. Plongé dans ses réflexions, il prit l'une des photographies et la présenta au malfaiteur qui restait tapi dans son fauteuil, complètement effondré.

« Regardez cet homme, lui dit-il, c'est le directeur d'une grande fabrique établie aux États-Unis. C'est un de mes cousins. Vous n'avez pas besoin de le raconter à tout le monde, mais, au cours de sa jeunesse, il s'est trouvé dans une situation analogue à la vôtre et il a détourné mille marks. Son père l'a laissé tomber, on l'a mis sous les verrous et, plus tard, il est parti pour l'Amérique. »

Il se tut et reprit sa promenade, tandis que Ladidel examinait le portrait de cet homme imposant et trouvait un certain réconfort à l'idée que, même dans cette honorable famille, une faute eût été commise et que, malgré tout, le pécheur fût parvenu à se faire une position et à avoir autant de crédit que les justes, de sorte que sa photographie pût figurer parmi celles des gens irréprochables.

Entre-temps, le notaire était arrivé au terme de ses réflexions ; il se dirigea vers Ladidel qui le regardait d'un air craintif.

Il déclara alors sur un ton presque amical :

« Vous me faites de la peine, Ladidel… Je ne crois pas que vous soyez un mauvais sujet et j'espère que vous retrouverez le droit chemin. En somme j'aimerais même pouvoir vous garder. Cependant, ce serait désagréable pour nous deux et contraire à mes principes. Je ne peux pas non plus vous recommander à l'un de mes collègues, bien que je veuille croire à vos bonnes résolutions. Nous allons donc considérer la chose comme réglée et je n'en parlerai à personne. Mais vous ne pourrez pas rester chez moi. »

Ladidel se sentit au comble de la joie lorsqu'il vit le notaire traiter cette affaire d'une façon si humaine. En revanche il perdit courage en se voyant rendu à la liberté et à l'incertitude et commença à se lamenter :

« Qu'est-ce que je vais pouvoir entreprendre ?

— Quelque chose de nouveau », s'écria le notaire et, contre toute attente, il sourit. « Soyez sincère, Ladidel, et demandez-vous comment vous vous seriez tiré, le printemps prochain, de l'examen d'État. Eh bien, vous voyez, vous rougissez. Donc, même si, finalement, vous aviez pu, au cours de l'hiver, rattraper bien des retards, ce travail aurait été à peine suffisant et j'avais d'ailleurs, depuis quelque temps déjà, l'intention de m'entretenir avec vous à ce sujet. Les circonstances actuelles m'en fournissent la meilleure occasion. Ma conviction, et peut-être secrètement la vôtre, est que vous vous êtes trompé de carrière. Vous n'êtes pas fait pour être notaire et encore moins pour l'existence d'un employé de bureau. Acceptez l'idée que vous auriez échoué à l'examen et n'attendez pas davantage pour vous chercher une autre profession, dans laquelle vous puissiez arriver à quelque chose. Le mieux serait que vous retourniez dès demain dans votre famille. Et maintenant, adieu. Si jamais, par la suite, vous me donniez de vos nouvelles, cela me ferait plaisir. Allons, ne baissez pas la tête comme ça et ne faites plus de bêtises. Adieu donc et saluez de ma part monsieur votre père. »

Il tendit la main au jeune homme décontenancé,

serra vigoureusement la sienne et le poussa vers la porte, sans vouloir en entendre plus.

C'est ainsi que notre ami se retrouva dans la rue. Il n'avait laissé au bureau qu'une paire de manches protectrices de tissu noir à laquelle il n'attachait aucune valeur et il préféra ne plus jamais se montrer là-bas. Cependant, si désolé qu'il fût et si vive que fût son angoisse à l'idée de rentrer à la maison et d'affronter son père, il était au fond de son âme reconnaissant et presque heureux d'être quitte de la terrible peur que lui inspiraient la police et son propre déshonneur. Tandis qu'il allait lentement par les rues, il songea aussi qu'il n'avait plus d'examen devant lui et cette pensée était comme un rayon de lumière réconfortant pour son moral, lequel avait bien besoin de se reposer et de reprendre haleine après les événements des derniers jours.

Comme il déambulait par les rues, il se sentit peu à peu gagné par un inhabituel sentiment de bien-être causé par le plaisir de pouvoir se promener librement en ville à pareille heure, un jour ouvrable. Il s'arrêta aux étalages des marchands, regarda les chevaux attachés aux calèches qui stationnaient à l'angle des rues, leva les yeux vers le ciel automnal d'un bleu tendre et savoura pendant une heure des impressions de vacances tout à fait inattendues. Puis ses pensées reprirent leur cours habituel. Lorsque, près de son logis, il croisa à l'angle d'une rue une jolie jeune dame qui ressemblait à Martha Weber, du coup, son affaire lui retomba sur le cœur et il ne put s'empêcher d'imaginer ce que Martha penserait et dirait lorsqu'elle apprendrait son histoire. Il comprit soudain que son départ allait non seulement le soustraire à la vie de bureau et à l'avenir qu'elle lui préparait, mais encore le priver du voisinage de la jeune fille qu'il aimait. Et tout cela à cause de cette Fanny.

Plus la chose devenait évidente à ses yeux, plus vif était son désir de ne pas s'en aller sans avoir pris congé de Martha. Il ne pouvait lui écrire ; la seule voie qui lui restât passait par Fritz Kleuber. C'est pourquoi, peu avant d'arriver chez lui, il fit demi-tour et alla trouver Kleuber dans sa boutique de coiffeur.

Le brave Fritz fut sincèrement heureux de le revoir ; Ladidel se contenta de lui faire comprendre brièvement que, pour des raisons particulières, il était obligé de quitter sa place et de partir ailleurs.

« Non ! Est-ce possible ? s'écria Fritz, désolé. Alors, il faut au moins nous rencontrer une dernière fois, qui sait quand on se reverra ! Quand dois-tu partir ? »

Alfred réfléchit.

« Demain, je dois encore faire mes bagages. Donc, après-demain.

— Je m'arrangerai pour être libre demain soir et j'irai chez toi, si cela te convient.

— Entendu. Dis-moi, si tu retournes chez ta fiancée, présente mes respects... à tout le monde !

— Volontiers. Mais ne veux-tu pas y aller toi-même ?

— Impossible en ce moment. À demain. »

Néanmoins, il se demanda ce jour-là et pendant toute la journée du lendemain s'il ne devait pas malgré tout faire cette visite. Mais il ne trouva pas le courage d'aller chez les Weber. Qu'aurait-il pu dire et comment expliquer son départ ? D'ailleurs, ce jour-là, il se sentait envahi par une angoisse mortelle à l'idée de revoir son père, ses connaissances et d'affronter le déshonneur qui l'attendait là-bas. Il ne fit pas ses paquets et ne trouva même pas le courage de donner son congé à sa logeuse. Au lieu de procéder aux démarches nécessaires, il resta assis à sa table, couvrant plusieurs feuillets de projets de lettre à son père.

*« Cher Père, le notaire n'a plus besoin de moi... »*

*« Cher Père, comme je n'étais pas vraiment fait pour être notaire... »* Ce n'était pas facile de raconter cette énormité avec ménagements et néanmoins de l'exprimer clairement. Toujours est-il qu'il était plus aisé d'écrire cette lettre que de rentrer au foyer et de dire : « *Me revoilà, on m'a chassé de ma place.* » Il dut travailler jusqu'au crépuscule pour achever cette lettre.

Le soir venu, il se sentit brisé, rendu, et Kleuber le trouva plus doux et plus traitable que jamais. En guise de cadeau d'adieu, il lui avait apporté un joli flacon rempli d'un parfum subtil. En le lui offrant, il lui dit :

« Puis-je te charger de ce petit souvenir? Cela pourra encore aller dans ta valise. » En même temps, il jeta un coup d'œil autour de lui et s'écria, stupéfait :

« Tu n'as pas encore commencé à faire tes bagages? Veux-tu que je te donne un coup de main? »

Ladidel le regarda, incertain et dit :

« Je n'en suis pas encore là. Je dois encore attendre une lettre.

— J'en suis heureux, dit Fritz. Ainsi, on aura le temps de se dire adieu. En somme, nous pourrions aller ce soir tous les deux chez les Weber, ce serait vraiment dommage si tu t'en allais de la sorte. »

Pour le pauvre Ladidel, ce fut comme si une porte du paradis s'ouvrait devant lui et se refermait au même instant. Il voulut dire quelque chose et ne parvint qu'à secouer la tête, et lorsqu'il voulut se forcer à parler, ses paroles s'étranglèrent dans sa gorge. Tout à coup, il éclata en sanglots devant Fritz consterné.

« Ah mon Dieu ! qu'est-ce que tu as ? » s'écria celui-ci, effrayé.

Sans dire un mot, Ladidel fit un signe de dénégation, mais Kleuber était tellement saisi et ému de voir pleurer son orgueilleux ami tant admiré, qu'il le prit dans ses bras tel un malade, lui caressa les mains et lui offrit son aide en des termes assez vagues.

« Non, tu ne peux pas m'aider », dit Alfred lorsqu'il put de nouveau parler.

Cependant, Kleuber ne lui laissa aucun répit et Ladidel eut le sentiment qu'il y avait là, pour lui, une possibilité de délivrance, s'il se confessait à une âme aussi compatissante, de sorte qu'il céda finalement à sa prière. Ils s'assirent l'un en face de l'autre. Ladidel tourna son visage du côté de l'obscurité et commença ainsi : « Tu sais, le jour où nous sommes allés tous les deux chez ta fiancée... », et il poursuivit en racontant son amour pour Martha, leur brouille et leur séparation, et combien il en avait souffert. Puis il en vint à évoquer la fête de tir, l'humeur noire et le sentiment d'abandon qui l'avaient alors envahi ; il parla de la guinguette, de Fanny, du billet de cent marks et expliqua comment celui-ci était resté inemployé. Il raconta enfin la conversation qu'il avait eue la veille avec le notaire et exposa sa situation présente. Il avoua également qu'il ne se sentait pas le courage de paraître devant son père, qu'il lui avait écrit et qu'il attendait avec effroi la suite des événements.

Ce récit fut écouté en silence et avec attention par Fritz Kleuber, bouleversé jusqu'au fond de l'âme. Et, bien qu'il n'eût sûrement lui-même jamais détourné un centime, il ajouta : « Une chose pareille peut arriver à chacun. D'ailleurs, tu as restitué l'argent. Que veux-tu que je te dise ? Le principal, désormais, c'est de savoir ce que tu vas faire.

— Oui, si seulement je le savais ! Pourquoi ne suis-je pas mort ?

— Tu ne dois pas parler ainsi, s'écria Fritz. Ne sais-tu réellement rien faire ?

— Absolument rien. Je pourrais devenir casseur de pierres.

— Ce ne sera pas nécessaire. Si seulement j'étais sûr de ne pas t'offenser...

— Eh bien, quoi ?

— J'aurais une proposition à te faire. J'ai seulement peur que ce soit une bêtise de ma part et que tu prennes mal ce que je vais te dire.

— Mais sûrement pas, je n'ai pas du tout cette impression.

— Vois-tu, je me suis dit... tu t'es déjà intéressé ici et là à mes travaux et tu en as fait toi-même l'expérience avec plaisir. Tu as vraiment du génie pour cela et tu aurais vite fait de me dépasser parce que tu as des doigts agiles et un goût si raffiné. Je me demande, en supposant qu'il ne se présente rien de mieux pour le moment, si tu ne pourrais pas faire un essai dans notre métier ? »

Ladidel fut surpris : cette idée ne lui était jamais venue jusque-là. Si la profession de coiffeur ne lui avait point paru déshonorante, elle lui semblait du moins peu relevée. Mais il était désormais descendu de sa position dominante et il ne lui restait guère de motif pour dédaigner une quelconque profession honorable. Il le sentait fort bien et cela le réconfortait d'entendre Fritz faire ainsi l'éloge de son talent. Après avoir réfléchi un moment, il répondit :

« Après tout, ce n'est peut-être pas ce que je pourrais faire de plus bête. Cependant, vois-tu, je suis un adulte maintenant, et je suis habitué à une autre position sociale ; il me serait difficile de recommencer un apprentissage au service d'un maître, quel qu'il soit. »

Fritz approuva d'un signe de tête :

« Bien sûr, mais ce n'est pas ce que je voulais dire.

— Alors, comment vois-tu la chose ?

— Mon idée est que tu pourrais apprendre chez moi ce qui te manque encore. Ou bien nous pourrions attendre que j'aie ma propre affaire, ce ne sera pas long. Quoi qu'il en soit, tu pourras venir chez moi dès à présent. Mon patron accepterait volontiers les services d'un volontaire habile et qui ne demande pas de salaire. Je te donnerais des instructions et, dès que je m'établirais à mon compte, tu entrerais chez moi. Ce ne sera peut-être pas facile pour toi de t'habituer à cette existence, mais quand on a une bonne clientèle, ce n'est pas une mauvaise affaire. »

Ladidel l'écouta, très agréablement surpris et pressentit que son sort se jouait en cet instant. Qu'il y eût une certaine régression, de l'état de notaire à celui de coiffeur, cela ne l'empêchait nullement d'éprouver l'intime satisfaction de l'homme qui a découvert sa véritable profession et trouvé la voie qui lui était assignée.

« C'est fantastique ! s'écria-t-il tout joyeux et il tendit la main à Kleuber. C'est seulement maintenant que je me sens de nouveau bien dans ma peau. Peut-être que mon vieux ne donnera pas tout de suite son assentiment, mais il finira par comprendre. Tu lui diras bien un mot, de ton côté ?

— Si tu crois... » répondit Fritz timidement.

Ladidel était à ce point enchanté de sa future profession et si débordant de zèle qu'il demanda à être mis à l'épreuve sur-le-champ. Que Kleuber le voulût ou non, il dut prendre place séance tenante et se faire raser, laver les cheveux et coiffer par son ami. Et, voyez-vous, cela réussit à merveille. C'est à peine si Fritz eut à donner, par-ci par-là, quelques petits conseils. Ladidel lui offrit des cigarettes, alla chercher le réchaud à alcool et prépara le thé ; pendant qu'il bavardait, son ami ne fut pas peu étonné par la rapide guérison de son état dépressif. Fritz fut plus lent à s'accommoder de ce changement de dispositions ; néanmoins, la bonne humeur d'Alfred finit par l'entraîner et il s'en fallut de peu que ce dernier décrochât sa guitare et entonnât quelque couplet gaillard, comme au temps de leurs joyeuses rencontres. Une seule chose le retint : la lettre à son père qu'il vit ouverte sur la table et qui devait l'occuper jusque tard dans la soirée, après le départ de Kleuber. Il la relut alors, n'en fut pas satisfait et résolut finalement de rentrer à la maison et d'y faire lui-même sa confession. Il l'oserait désormais, car il avait trouvé une issue à ses tribulations.

## 6

Quand Ladidel revint de chez son père, il était certes devenu un peu plus taciturne, mais il avait atteint son but et il entra pour un semestre, en qualité de volontaire, chez le patron de Kleuber. Il dut d'abord constater que sa situation avait considérablement empiré puisqu'il ne gagnait plus rien et que l'argent expédié de la maison lui était très chichement compté. Il dut abandonner sa jolie chambre et louer une mansarde ; en outre, il renonça à différentes habitudes qui ne paraissaient plus en rapport avec sa nouvelle position. Seule sa guitare lui resta et l'aida à passer par-dessus bien des choses ; il pouvait aussi désormais se livrer sans restriction à son penchant pour les soins minutieux qu'il apportait à sa coiffure, à sa moustache, à ses mains et à ses ongles. Après une brève étude préparatoire, il s'inventa une coiffure que tout le monde admira et fit prendre à sa peau le plus bel aspect au moyen de brosses, de pinceaux, de pommades, de savons, d'eaux de senteur et de poudre. Mais ce qui faisait véritablement son bonheur, c'était la satisfaction qu'il trouvait dans sa nouvelle profession et la certitude intime d'exercer désormais le métier qui correspondait à ses talents et lui offrait des chances d'obtenir de brillants résultats.

Au début, on ne le laissa exécuter que des travaux subalternes ; il devait couper les cheveux à des petits garçons, raser des ouvriers, nettoyer les peignes et les brosses. Cependant, grâce à l'habileté qu'il montra dans l'art de tresser des cheveux postiches, il ne tarda pas à gagner la confiance de son patron et, peu après, eut l'honneur, un beau jour, de servir un monsieur bien habillé et à l'allure distinguée. Ce client se déclara satisfait et donna un pourboire ; dès lors, tout alla de mieux en mieux, d'étape en étape. Une seule fois il fit une coupure à la joue d'un client et dut encaisser une réprimande. Par ailleurs, il ne recueillit que de l'estime et ne connut guère que des succès. C'était surtout Fritz Kleuber qui l'admirait ; plus que jamais, il le considérait comme prédestiné. En effet, s'il était lui-même un travailleur capable, il lui manquait toutefois le don d'invention qui permet de trouver à chaque tête la coiffure appropriée, ainsi que l'aisance, l'entregent, les manières agréables dans les rapports avec la clientèle. Dans ce domaine, Ladidel faisait preuve de qualités remarquables et, au bout de trois mois, les habitués les plus exigeants demandaient à être servis par lui. Il excellait également à convaincre ces messieurs d'acheter plus souvent de nouvelles pommades, de nouvelles cires pour la barbe, de nouveaux savons, des petites brosses et des peignes plus coûteux. Et en fait, chacun suivait ses conseils de bon cœur et avec reconnaissance, car il était lui-même un homme impeccable, très soigné de sa personne et digne d'envie.

Très absorbé par un travail qui lui plaisait, Ladidel supporta plus facilement toutes les privations qui lui étaient imposées. C'est ainsi qu'il endura patiemment sa longue séparation d'avec Martha Weber. Un sentiment de honte l'avait empêché de se montrer à elle dans son nouveau personnage ; il avait même instamment prié Fritz de ne pas révéler son nouvel état à ces dames, ce qui n'avait été possible, à vrai dire, que pendant une courte période. Meta, qui n'était pas sans connaître le penchant de sa sœur pour le charmant notaire, avait fait pression sur Fritz et lui eut bientôt arraché son secret. Ainsi put-elle dévoiler peu à peu ces nouveautés à sa sœur et Martha apprit non seulement que son bien-aimé avait changé de profession — ce qu'il disait avoir fait pour des raisons de santé — mais encore qu'il était resté immuablement fidèle à son amour pour elle. En outre, elle apprit qu'il se sentait gêné de devoir parler de sa nouvelle situation devant elle et qu'il ne voulait pas reparaître avant d'avoir atteint certains résultats et de pouvoir compter sur de sérieuses perspectives d'avenir.

Un soir, dans la chambrette des jeunes filles, il fut de nouveau question du «notaire». Meta s'était répandue en éloges à son sujet, alors que Martha, prude et réservée comme toujours, évitait d'annoncer la couleur.

«Prends garde, disait Meta, il fait de tels progrès que, pour finir, il pourrait bien se marier avant mon Fritz.

— J'en serais bien contente pour lui.

— Et pour toi, aussi, non? Ou bien est-ce que tu ne veux personne d'inférieur à un notaire?

— Ne t'occupe pas de moi! Ladidel saura bien où aller pour se trouver une épouse.

— Je l'espère. Seulement, on l'a reçu trop froidement. À présent, il est gêné et ne trouve plus le moyen de revenir. Il suffirait de lui faire un signe pour qu'il accoure toutes voiles dehors.

— C'est possible.

— Alors, dois-je faire ce signe?

— Tu le veux donc pour toi? Il me semble que tu as déjà ton barbier.»

Meta ne répondit pas et se retint de rire. Elle voyait à quel point son ironie avait blessé sa sœur. Elle se mit à réfléchir aux moyens d'attirer à nouveau l'amoureux effarouché et écouta, non sans une joie maligne, les soupirs étouffés de Martha.

Sur ces entrefaites, l'ancien patron de Fritz fit

savoir, de Schaffhouse, qu'il désirait bientôt s'offrir quelque loisir après une vie consacrée au travail. C'est pourquoi il demandait ce qu'il en était des intentions de Kleuber. En même temps, il précisait la somme pour laquelle il mettait en vente son affaire et quelle partie de cette somme Kleuber devrait verser à titre d'acompte. Ces conditions étaient honnêtes et prouvaient sa bonne volonté, mais les moyens dont disposait Kleuber n'étaient pas suffisants pour qu'il pût y souscrire, de sorte que celui-ci hésita, soucieux et craignant de perdre cette bonne occasion d'acquérir son indépendance et de pouvoir se marier. Finalement, il prit sur lui d'envoyer une réponse négative. Ce n'est qu'après l'avoir écrite qu'il raconta tout à Ladidel.

Ce dernier lui reprocha de ne pas l'avoir informé plus tôt et lui proposa immédiatement de soumettre l'affaire à son père. S'ils parvenaient à le convaincre, ils pourraient s'associer pour reprendre ce commerce.

Le vieux Ladidel fut bien surpris lorsque les deux jeunes gens vinrent le trouver avec leur requête et ne voulut pas répondre immédiatement. Cependant, il avait entière confiance en Fritz Kleuber qui avait si bien pris soin de son fils à un moment crucial de son existence. D'autre part, Alfred avait apporté un certificat extrêmement élogieux que lui avait délivré son actuel patron. Il lui sembla donc que son fils était désormais sur la bonne voie et il hésitait à lui mettre des bâtons dans les roues. Après quelques jours passés à accepter, puis à refuser, il finit par se décider et partit lui-même pour Schaffhouse afin d'examiner les choses de près.

Le marché fut conclu et les deux compagnons

reçurent les félicitations de tous leurs collègues. Kleuber décida de se marier le printemps suivant et demanda à Ladidel d'être son premier garçon d'honneur. Dès lors, il n'était plus possible d'esquiver une visite chez les Weber. Ladidel se rendit chez eux en compagnie de Fritz et eut de la peine à gravir les nombreux étages à cause des battements précipités de son cœur. Il retrouva là-haut l'odeur et la demi-obscurité coutumières. Meta le salua en riant et la vieille mère le regarda d'un air craintif et préoccupé. Au fond de l'appartement, dans la pièce bien éclairée, Martha, grave et le teint légèrement pâli, vêtue d'une robe foncée, lui tendit la main et n'était pas, cette fois, moins troublée que lui-même. On échangea des politesses, on s'informa de la santé de chacun ; on but du vin de groseilles d'un rouge clair dans de petits verres anciens en forme de coupes et l'on parla des noces et de tout ce qui s'y rapporte. M. Ladidel sollicita l'honneur et la permission d'être le cavalier de Mlle Martha et il fut invité à se montrer plus assidu dans ses visites à la maison. Ils n'échangèrent que des paroles insignifiantes et de pure forme, mais ils s'observaient à la dérobée et chacun trouvait l'autre changé d'une manière indéfinissable mais charmante. Sans se l'avouer mutuellement, ils savaient et sentaient que, pendant leur séparation, tous deux avaient souffert et ils décidèrent tacitement de ne plus se faire de mal sans raison. En même temps, ils remarquèrent avec étonnement que leur longue séparation et leur bouderie ne les avaient pas rendus étrangers l'un à l'autre mais les avaient rapprochés, et il leur semblait que l'essentiel était désormais réglé entre eux.

Telle était donc la situation à laquelle avait contribué pour une large part le fait que Meta et Fritz, après en être convenus secrètement, les regardaient comme un couple de fiancés. Quand Ladidel venait chez les Weber, il parut aller de soi qu'il venait pour Martha et qu'il désirait avant tout se retrouver auprès d'elle. Ladidel participa avec une joie sincère aux préparatifs du mariage et le fit avec la même ardeur et le même enthousiasme que s'il se fût agi de ses propres noces. Sans rien dire cependant, il imagina avec un art infini une nouvelle et ravissante coiffure pour Martha.

Quelques jours avant la cérémonie, alors que la maison était sens dessus dessous, il fit une apparition solennelle, attendit un moment, puis, une fois seul avec Martha, lui confia qu'il avait une demande plutôt audacieuse à lui faire et qui lui tenait à cœur. Elle rougit, croyant avoir deviné et, bien qu'elle trouvât le jour assez mal choisi pour cette demande, elle ne voulut manquer aucune occasion et répondit modestement qu'il pouvait parler. Encouragé, il exposa donc sa requête : obtenir la permission de présenter à la demoiselle la nouvelle coiffure qu'il avait conçue à son intention pour le jour de la noce.

Surprise, Martha consentit à faire un essai ; Meta dut prêter son aide et Ladidel vit alors se réaliser son ancien désir de tenir enfin les longs cheveux blonds de Martha dans ses mains. Il est vrai que, pour commencer, elle voulut obtenir que seule Meta la coiffât et qu'il se contentât de l'assister de ses conseils. Or, cette combinaison se révéla impraticable ; il dut bientôt mettre la main à l'ouvrage et, dès lors, n'abandonna plus son poste. Lorsque l'édifice de la chevelure fut près de son achèvement, Meta les laissa seuls, prétextant une absence d'une minute qui, en réalité, se prolongea beaucoup. Entre-temps, Ladidel avait terminé son œuvre d'art. Dans le miroir, Martha se vit royalement embellie, tandis qu'il se tenait derrière elle, procédant à quelques ultimes retouches, ici et là. Alors, l'émotion fut plus forte que lui et d'une main très douce il caressa les tempes de la belle jeune fille. Comme elle se retournait, oppressée, et le regardait en silence, les yeux humides, il arriva fort naturellement qu'il se pencha sur elle et l'embrassa et que, retenu par la jeune fille en larmes, il s'agenouilla puis se releva, investi de la dignité d'amoureux et de fiancé.

«Nous devons tout dire à maman», telles furent ensuite les premières paroles caressantes de Martha ; il donna son assentiment, bien qu'il eût un peu peur de la vieille veuve affligée. Cependant, lorsqu'il se trouva devant elle avec Martha qu'il conduisait par la main et qu'il la demanda en mariage, la vieille dame se contenta de hocher un peu la tête, sans avoir rien à dire ni pour ni contre cette demande. Toutefois, elle appela Meta et les deux sœurs s'embrassèrent, riant et pleurant à la fois, jusqu'au moment où Meta, s'étant soudain immobilisée, maintint sa sœur à distance pour admirer non sans envie sa nouvelle coiffure.

«Vraiment, c'est là votre chef-d'œuvre, dit-elle à Ladidel en lui tendant la main. Mais nous nous tutoyons désormais, n'est-ce pas ?»

Au jour fixé, le mariage fut célébré avec éclat, en même temps que les fiançailles de l'autre couple. Après quoi, Ladidel se rendit en hâte à Schaffhouse, pendant que les Kleuber partaient en voyage de noces dans la même direction. Le vieux maître coiffeur remit son affaire à Ladidel et celui-ci se mit aussitôt à la besogne, comme s'il n'avait jamais eu d'autre occupation. Pendant les quelques jours qui précédèrent l'arrivée des Kleuber, le vieil homme le seconda dans son travail, et ce fut bien nécessaire, car la porte de la boutique s'ouvrait sans discontinuer. Ladidel ne tarda pas à voir que son affaire allait prospérer très vite et lorsque Kleuber, en compagnie de sa femme, débarqua du bateau à vapeur qui arrivait de Constance, Ladidel, qui était allé l'attendre, commença aussitôt, sur le chemin de la maison, à lui exposer ses projets pour le développement futur de leur commerce.

Le dimanche suivant, les deux amis, accompagnés de la jeune femme, allèrent visiter les chutes du Rhin dont les eaux étaient abondantes à cette saison. Ils s'installèrent, tout joyeux, sous les arbres au feuillage printanier, contemplèrent les vagues blanchissantes qui projetaient leur écume et causèrent du temps passé.

« Oui, disait Ladidel, pensif, en regardant au-dessous de lui se précipiter les eaux déchaînées, la semaine prochaine aurait été celle de mon examen.

— Cela ne te fait pas de peine ? » demanda Meta.

Ladidel ne répondit pas, il secoua seulement la tête et se mit à rire. Puis il tira de sa poche intérieure un petit paquet, l'ouvrit et présenta une demi-douzaine d'excellents gâteaux qu'il offrit aux jeunes mariés et il en choisit un pour lui-même.

« Tu commences bien, dit Fritz en riant. Veux-tu dire que notre affaire rapporte déjà autant ?

— Certainement, confirma Ladidel par un signe de tête tout en avalant son gâteau ; ça rapporte déjà et ça rapportera davantage encore. »

*(1908)*

*Hans Amstein*

*Titre original de la nouvelle :*

HANS AMSTEIN

Cela suffit, jeunes gens. Cessez de me tourmenter. Je veux bien vous raconter un souvenir qui date de mes années d'étude, l'histoire de la belle Salomé et de mon cher Hans Amstein. Seulement, vous devrez vous tenir tranquilles et ne pas croire qu'il s'agit d'une quelconque amourette d'étudiant. Il n'y a là rien qui prête à rire. Donnez-moi encore un verre de vin. Non, pas de celui-là, du blanc. Fermer les fenêtres ? Non, mon cher ; laissons seulement tonner, cela convient à mon récit. Éclairs de chaleur, grondement du tonnerre, nuit étouffante, c'est l'atmosphère rêvée. Vous autres les modernes, vous verrez que, de notre temps aussi, nous avons fait des expériences et pris les choses comme elles venaient, bonnes ou mauvaises, et que nous n'avons pas été ménagés. Avez-vous rempli vos verres ?

J'ai perdu mes parents de bonne heure et j'ai passé presque toutes mes vacances chez mon oncle Otto, dans son nid d'aigle, là-haut dans la Forêt-Noire, à flâner, à manger des fruits, à lire des histoires de brigands et à pêcher la truite, car, pour ce genre de passe-temps, je partageais entièrement les goûts de mon oncle, en loyal neveu que j'étais. J'y allais en été, en automne et à Noël; j'arrivais là-haut l'estomac creux et le sac vide et je m'empiffrais si bien que je devenais gras et rougeaud; chaque fois, je m'éprenais un peu de ma chère cousine, puis je l'oubliais en retrouvant l'école, car mon sentiment n'était pas bien profond. Avec mon oncle, je fumais à qui mieux mieux ses détestables cigares italiens, j'allais à la pêche, je lui lisais à haute voix quelque roman policier choisi dans sa bibliothèque supérieurement fournie en histoires criminelles et, le soir, je l'accompagnais parfois au café où nous buvions une chope de bière. Tout cela n'était pas bien méchant et me semblait méritoire et viril, malgré les regards suppliants ou pleins de reproches que me lançait de temps à autre ma blonde cousine. C'était une nature essentiellement douce et sans aucun goût pour la violence.

Lors des dernières vacances d'été avant mes études universitaires, je séjournai une nouvelle fois chez mon oncle; à ce moment-là, j'étais un garçon hâbleur, orgueilleux et monté en graine comme il se doit lorsqu'on est bachelier. Un jour arriva un nouveau garde forestier. C'était un brave homme, tranquille, «plus très jeune ni en parfaite santé» et qui avait trouvé là un poste adapté à son âge.

On se rendit très vite compte qu'il ne ferait guère parler de lui. Il apporta un beau mobilier, car il était riche; de plus, il possédait des chiens magnifiques, un gentil petit cheval à la longue queue, avec une élégante voiture, tous deux beaucoup trop délicats pour la région; il avait encore un beau fusil et un attirail de pêche à la dernière mode d'Angleterre, très chic, très soigné et respirant l'aisance. Cela eût semblé déjà suffisamment beau et réjouissant, cependant il s'y ajoutait encore une fille adoptive du nom de Salomé et qui, à vrai dire, reléguait tout le reste dans l'ombre. Dieu sait comment la farouche enfant avait précisément échoué chez cet homme grave et paisible ! Fille d'un cousin éloigné qui habitait le Brésil ou la Terre de Feu, c'était une plante vraiment exotique, belle et singulière à regarder et dont les manières étaient étranges.

Naturellement, vous voulez en savoir plus sur son aspect extérieur. Ce n'est pas si simple. Avant tout, elle attirait le regard par son air exotique. Plutôt grande, âgée d'environ vingt ans, elle était impeccablement bien faite, de sorte que, de la nuque à la pointe des pieds, sa personne entière donnait une impression de santé et de bonheur, en particulier le cou, les épaules et les mains qui étaient vigoureux, un peu ramassés et cependant souples et aristocratiques. Sa chevelure était abondante, longue, épaisse, d'un blond foncé, bouclée sur le front, relevée par-derrière en un gros chignon traversé d'une flèche. Je ne dirai pas grand-chose de son visage, il était peut-être un peu trop plein et la bouche trop forte, mais on restait fasciné par ses yeux. Ils étaient extraordinairement grands, d'un brun doré, et légèrement saillants. Lorsque, suivant son habitude, elle regardait fixement devant elle en souriant, les yeux largement ouverts, c'était un vrai tableau. Mais quand elle vous regardait, on se sentait déconcerté. Elle vous considérait avec une telle insouciance, d'un regard tantôt inquisiteur, tantôt indifférent, sans la moindre trace de gêne ou de timidité féminine. Ce n'était pas vraiment de l'impertinence, mais plutôt l'attitude d'un bel animal, authentique et sans aucun mystère. Sa conduite s'accordait à cette nature animale. Elle ne dissimulait jamais son sentiment à propos de ce qui lui plaisait ou lui déplaisait ; quand une conversation l'ennuyait, elle se taisait obstinément et détournait les yeux ou bien vous regardait d'un air si contrarié qu'on en éprouvait de la honte.

Le résultat ne se fit pas attendre. Les femmes la trouvèrent impossible et les hommes s'enflammèrent pour elle. Que je sois immédiatement tombé amoureux de cette fille se comprend de soi-même. D'ailleurs bien d'autres que moi s'éprirent d'elle : les aides du garde forestier, le pharmacien, les jeunes instituteurs, l'adjoint au maire, les fils des riches marchands de bois, du directeur de la fabrique et ceux du médecin. Comme la belle Salomé jouissait d'une entière liberté de mouvement, qu'elle se promenait seule, faisait une quantité de visites et parcourait la région en tous sens dans son élégant tilbury, il n'était pas difficile de l'approcher et en peu de temps elle recueillit un nombre considérable de déclarations d'amour.

Un jour, elle vint chez nous : l'oncle et la cousine n'étaient pas là et elle s'assit à côté de moi sur le banc du jardin. Les nèfles étaient déjà rouges, les petits fruits étaient mûrs et Salomé cueillait tranquillement les groseilles vertes qui se trouvaient derrière elle, tout en prenant part à la conversation. Nous fûmes bientôt assez avancés pour que je pusse lui déclarer, les joues en feu, que j'étais follement amoureux d'elle.

« C'est gentil, ça, répondit-elle. Vous me plaisez beaucoup. Connaissez-vous le fils aîné des Griebel ?

— Karl ? Oui, très bien.

— C'est un charmant jeune homme, il a de si beaux yeux. Il est aussi amoureux de moi.

— Vous l'a-t-il dit lui-même ?

— Certainement, avant-hier. C'était très drôle. »

Elle éclata de rire en renversant la tête, de sorte que je pus voir les veines se gonfler sur la blancheur de son cou joliment arrondi. Je lui aurais volontiers pris la main mais je n'osai pas et je tendis seulement la mienne vers elle, d'un geste interrogateur. Alors elle déposa quelques groseilles dans le creux de ma main, me dit adieu et s'en alla.

Je découvris peu à peu sa manière de se jouer de tous ses soupirants et de se divertir à nos dépens ; dès lors, j'endurai mon amour comme on endure une fièvre maligne ou le mal de mer, amour que je partageais avec beaucoup d'autres et dont j'espérais voir un jour la fin, sans que cela me coûtât la vie. Toujours est-il que je passai de mauvaises nuits et de tristes journées... Y a-t-il encore du vin ? Merci. Les choses en étaient donc là et cette situation ne dura pas seulement pendant l'été, mais se prolongea bien au-delà, plus d'une année encore. De temps à autre, l'un des soupirants, dégoûté, abandonnait la partie et se mettait en quête d'une autre chasse gardée ; parfois, un nouvel amoureux venait s'ajouter aux autres, tandis que Salomé restait pareille à elle-même, tantôt gaie, tantôt silencieuse, tantôt railleuse, et paraissait se sentir parfaitement à l'aise et s'amuser le mieux du monde. Je m'habituai à retomber chaque fois, pendant les vacances, dans un nouvel accès de la plus violente passion, comme si j'attrapais une de ces fièvres endémiques que l'on est bien obligé de supporter. Un compagnon d'infortune me confia que nous avions été des ânes de faire des déclarations d'amour à Salomé, car elle avait souvent exprimé de la façon la plus claire sa volonté de voir tous les hommes amoureux d'elle et c'est pourquoi elle flattait le petit nombre de ses adorateurs persévérants en leur faisant les avances les plus marquées.

Sur ces entrefaites, j'étais entré, à Tübingen, dans la corporation des étudiants et passai là deux semestres très gais à boire, à me battre et à flâner. À ce moment-là, Hans Amstein était devenu mon ami intime ; nous étions du même âge, tous deux enthousiastes *Burschen* et un peu moins enthousiastes étudiants en médecine ; nous faisions beaucoup de musique ensemble et étions devenus peu à peu indispensables l'un à l'autre, en dépit de maintes frictions.

À Noël déjà, Hans avait été invité avec moi chez mon oncle, car lui aussi avait depuis longtemps perdu ses parents. Contre toute attente, ce ne fut pas à la belle Salomé qu'il s'attacha, mais à ma blonde cousine. Il faut dire qu'il avait le don de plaire : c'était un homme raffiné, plein de charme et qui faisait de la bonne musique ; enfin, ce n'était pas le premier venu. Aussi fus-je bien aise de voir la peine qu'il se donna pour plaire à ma petite cousine et la bonne grâce avec laquelle elle répondit à ses avances et se mit en devoir de transformer progressivement en simulacre la lutte plutôt comique qu'elle avait soutenue jusque-là contre sa pudibonderie naturelle. Quant à moi, je parcourais inlassablement tous les chemins où j'avais quelque chance de rencontrer Salomé.

Nous revînmes à Pâques et, pendant que j'occupais

mon oncle sous le prétexte de l'accompagner à la pêche, mon ami faisait de rapides progrès auprès de ma cousine. Cette fois-ci, Salomé vint assez souvent chez nous, tenta non sans succès de me rendre fou d'elle, tandis qu'elle suivait d'un regard attentif et avec une bienveillance apparente la partie qui se jouait entre Hans et Berta. Nous faisions des promenades dans la forêt, nous allions à la pêche, nous cherchions des anémones, et pendant que Salomé achevait de me tourner la tête elle ne quittait pas des yeux les deux amoureux, les jugeait d'un air supérieur et ironique et me faisait part de ses irrévérencieuses remarques sur l'amour et le bonheur des fiancés. Une fois, je lui saisis la main et la baisai à la hâte ; elle joua l'indignation et voulut prendre sa revanche.

« Pour vous punir, je vais vous mordre le doigt. Donnez-moi votre main ! »

Je lui tendis l'un de mes doigts et je sentis ses belles dents régulières s'imprimer dans ma chair.

« Dois-je mordre encore plus fort ? »

J'acquiesçai ; alors le sang se mit à couler sur ma main et elle le lâcha en riant. Cela me faisait terriblement mal et la cicatrice est restée longtemps visible.

Lorsque nous fûmes de retour à Tübingen, Hans m'annonça qu'il avait obtenu le consentement de Berta et qu'il espérait se fiancer l'été suivant. Pendant ce semestre, je fus occupé à écrire quelques lettres de côtés et d'autres et, au mois d'août, nous nous retrouvions chez mon oncle, auquel Hans n'avait pas encore parlé ; cependant, il semblait avoir déjà flairé la chose et il n'y avait pas à craindre qu'il fît des difficultés.

Un jour, Salomé revint nous voir ; après avoir promené son regard aigu autour d'elle, elle eut soudain la maudite idée de jouer un mauvais tour à la douce Berta. La manière dont elle se mit à flatter l'inoffensif Amstein, puis le contraignit à se rapprocher d'elle en cherchant à le rendre amoureux à n'importe quel prix, était simplement révoltante. Bon enfant, Hans entra dans son jeu et c'eût été un miracle que les regards de Salomé, cette façon de se blottir contre lui et de s'abandonner n'eût pas allumé son désir. Néanmoins, il demeura ferme sur ses positions ; il avait déjà fixé le dimanche où il voulait prendre l'oncle par surprise et célébrer ses fiançailles. La blonde petite cousine rayonnait déjà, aussi pudique et virginale qu'il est possible de l'être.

Mon ami Hans et moi dormions dans deux chambres voisines au rez-de-chaussée, chacune ayant une fenêtre basse d'où l'on pouvait, le matin, facilement sauter dans le jardin.

Un après-midi, la belle Salomé revint et resta fort longtemps chez nous. Berta était occupée dans la maison, de sorte que Salomé put accaparer entièrement mon ami ; ses façons à la fois hardies et subtiles de se jeter à sa tête faillirent me faire éclater, si bien que je finis par me sauver et la laissai seule avec lui, ce qui était stupide de ma part. Lorsque je rentrai, le soir, elle était partie, mais mon pauvre ami avait le front plissé, lançait des regards sinistres et prétexta un mal de tête lorsqu'il vit qu'on remarquait son désarroi. Oui, un mal de tête, pensai-je et je l'entraînai à l'écart.

« Qu'est-ce qui t'arrive ? lui demandai-je gravement, je veux le savoir.

— Rien, c'est à cause de la chaleur », dit-il en éludant la question. Mais je ne tolérai pas qu'il me mentît et lui demandai franchement si la fille du garde forestier ne lui avait pas tourné la tête.

« C'est absurde, laisse-moi ! » dit-il en se dégageant ; il avait l'air atrocement misérable. Moi aussi, je connaissais assez bien cet état, mais Hans me faisait une peur affreuse ; son visage était grimaçant, dilacéré, toute sa personne donnait l'impression lamentable d'un homme exaspéré et en proie à la souffrance. Je fus obligé de le laisser tranquille. Moi aussi j'avais été meurtri et j'avais souffert à cause de Salomé et de sa coquetterie, et j'aurais volontiers arraché de mon âme ce funeste amour avec ses racines ensanglantées. Mon estime pour Salomé n'existait plus depuis longtemps et la dernière des servantes me semblait plus respectable qu'elle, mais rien n'y faisait : je l'avais dans la peau, elle était trop belle, trop excitante pour qu'il fût possible de lui échapper.

Eh bien, voilà qu'il tonne de nouveau. C'était justement par une soirée comme celle-ci, étouffante et orageuse ; j'étais assis avec Hans sous la tonnelle, à boire du vin de Kaiserstuhl en échangeant quelques rares paroles. Morose et assoiffé, je vidais un verre après l'autre de ce frais vin blanc. Hans était malheureux et fixait son vin d'un regard triste et préoccupé. Le feuillage desséché des buissons dégageait une odeur forte et était de temps en temps secoué par les souffles d'un vent chaud et mauvais. Neuf heures sonnèrent, puis dix ; aucune conversation ne s'était amorcée entre nous. Nous restions assis, la mine longue et soucieuse, à regarder le vin diminuer dans la grosse carafe de verre et le jardin s'obscurcir autour de nous. Enfin, nous nous séparâmes sans un mot, lui se dirigeant vers la porte de la maison et moi passant par la fenêtre pour entrer dans ma chambre. Comme il faisait très chaud, je m'assis en chemise sur une chaise et allumai ma pipe. Je me sentais à la fois nerveux et mélancolique et mon regard restait fixé sur les ténèbres. Il aurait pu y avoir un clair de lune, mais le ciel était couvert de nuages et l'on entendait deux orages s'affronter dans le lointain.

L'atmosphère était si étouffante… Mais à quoi bon les belles descriptions ? Il me faut à présent arriver au dénouement de cette maudite histoire.

J'avais achevé ma pipe et m'étais étendu, complètement fourbu, sur mon lit, le crâne plein de pensées stupides, lorsque j'entendis un léger bruit à la fenêtre. Quelqu'un se tenait dehors et regardait avec précaution dans la chambre. Je ne sais pas moi-même pourquoi je ne bougeai pas et ne proférai aucun son.

La forme disparut et se dirigea trois pas plus loin vers la fenêtre de Hans, dont elle poussa le battant qui vibra légèrement. Puis le silence retomba. Ensuite, j'entendis appeler à voix basse : « Hans Amstein ! », et un frisson me parcourut des pieds à la tête quand je reconnus la voix de Salomé. Je ne pouvais plus remuer et je tendis l'oreille avec l'acuité féroce d'un chasseur aux aguets. Mon Dieu, mon Dieu, qu'allait-il arriver ? Et soudain, la voix reprit tout bas, tranchante, insistante : « Hans Amstein ! » Je sentais couler la sueur le long de mon cou.

Il y eut un léger bruit dans la chambre de mon ami. Il se leva, s'habilla à la hâte et se dirigea vers la fenêtre. On entendit chuchoter avec véhémence et passion, mais si doucement que cela en était inquiétant. Mon Dieu, mon Dieu, que tout cela me faisait mal ! Je voulais me lever ou crier, mais je restai tranquillement couché et j'en fus moi-même étonné. La sensation de soif et l'arrière-goût âpre du vin dans ma bouche me faisaient presque mourir.

Puis il y eut de nouveau un peu de bruit, après quoi Hans se trouva dans le jardin aux côtés de la jeune fille. D'abord séparés, ils se rapprochèrent et se serrèrent l'un contre l'autre en une terrible et silencieuse étreinte, comme s'ils avaient été ligotés avec une corde. Ainsi enlacés et rivés l'un à l'autre, au point de pouvoir à peine remuer les pieds, ils traversèrent lentement le jardin, passèrent devant la tonnelle et la fontaine, ouvrirent le portail et se dirigèrent du côté de la forêt. Je fis un effort pour les suivre des yeux et, par deux fois, les éclairs de chaleur me vinrent en aide...

N'avez-vous pas soif? Alors buvez donc! Bon, j'en suis arrivé là, mais attendez la suite! Elle était donc allée le chercher, dans la nuit, elle l'avait tiré de son lit et je savais qu'à présent, il ne pourrait plus jamais se libérer d'elle puisqu'elle le retenait prisonnier, là-bas, dans la forêt, avec ses douces paroles et ses cajoleries effrontées. Je savais que Hans, en dépit de sa gaieté, était un homme de devoir, beaucoup plus strict que je ne l'étais, et que là-bas il ne pourrait donner ni recevoir aucun baiser sans que la conscience de tromper Berta lui déchirât le cœur. En même temps, je songeai que le lendemain j'aurais l'accablant devoir de le mettre au pied du mur. À tout cela s'ajoutait l'agréable pensée de savoir l'objet de mon adoration en compagnie d'un homme, la nuit, en pleine forêt. Finalement je rassemblai mon courage pour avaler une gorgée d'eau, puis je m'étendis sur le carreau frais de la chambre jusqu'au moment où, une heure plus tard, mon ami rentra sans faire de bruit, lentement, et regagna sa chambre en passant par-dessus l'appui de la fenêtre. Je l'entendis reprendre son souffle avec peine, puis aller et venir encore un long moment en chaussettes à travers la chambre. Enfin, je m'endormis.

M'étant réveillé très tôt, avant cinq heures, je m'habillai et allai voir à la fenêtre de Hans. Il était étendu sur un lit complètement défait et était plongé dans un lourd et profond sommeil; la sueur coulait sur son front et il avait un air pitoyable. Je partis à travers champs et j'aperçus, silencieuse et retirée, la jolie maisonnette du garde forestier, entourée par les prairies, les vergers, les champs labourés et les forêts. Ma tête était plus brouillée qu'elle ne l'avait jamais été après une beuverie et, pendant un instant, tandis que j'avançais sans me presser, il me sembla que l'événement de la nuit précédente s'était complètement dissipé à la manière d'un cauchemar qui disparaît au réveil, comme si rien ne s'était passé.

Lorsque je pénétrai de nouveau dans le jardin, mon ami se tenait debout à la fenêtre du rez-de-chaussée, mais dès qu'il m'aperçut, il se tourna vers l'intérieur de la chambre. Cette légère réaction un peu lâche de sa mauvaise conscience me causa une souffrance indicible. Cependant les regrets étaient inutiles. J'entrai chez lui par la fenêtre. Lorsqu'il se tourna vers moi, je fus épouvanté : sa face était grise et ridée et il se tenait aussi difficilement sur ses jambes qu'un vieux cheval harassé.

« Qu'as-tu, Hans ? demandai-je.

— Oh rien. Je n'ai pas dormi. Cette chaleur est tuante. »

Mais il esquiva mon regard et je ressentis à nouveau la même douleur qu'auparavant, lorsque à ma vue il s'était éloigné de la croisée. Je m'assis sur le rebord de la fenêtre et le regardai.

« Hans, lui dis-je, je sais qui est venu te voir. Comment Salomé s'y est-elle prise avec toi ? »

Il me regarda, éperdu et douloureux, comme un animal aux abois.

« N'en parlons pas, dit-il, surtout n'en parlons pas. Cela ne sert à rien.

— Non, il me semble que tu me dois une réponse. Je ne veux pas parler de Berta ni de la maison de son père, dont nous sommes les invités. Ce n'est pas la chose principale. Mais que va-t-il advenir de nous, de toi et de moi et de cette Salomé ? La nuit prochaine, sortiras-tu de nouveau avec elle, Hans ? »

Il soupira.

« Je ne sais pas. Je ne peux rien dire en ce moment. Après, après. »

On ne pouvait rien exiger de lui pour le moment. J'allai prendre le café au premier étage, où j'expliquai que Hans dormait encore. Puis je pris ma canne à pêche dans l'intention d'aller pêcher au frais dans la gorge ombragée. Cependant, malgré moi, je me sentis poussé vers la maison du garde forestier. Je m'étendis au bord du chemin, dans les noisetiers ; c'est à peine si je sentais la sacrée chaleur qu'il faisait ce matin-là et la lourdeur de l'air. Là-dessus, je fis un petit somme dont je fus tiré par un bruit de voix et de sabots de cheval. Accompagnée d'un aide-forestier, la belle Salomé partait pour la forêt dans son tilbury, avec un attirail de pêche et un panier, souriante et gaie comme une alouette dans le ciel matinal. Elle avait pris les rênes tandis que le jeune forestier tenait une ombrelle ouverte au-dessus de sa tête et riait aussi, un peu embarrassé. Elle portait une robe claire et légère avec un immense chapeau de paille aux ailes souples et elle paraissait aussi fraîche, aussi gaie et aussi heureuse qu'un enfant au premier jour de ses vacances. Je pensai à mon ami Hans, à son visage engrisaillé de pauvre pécheur ; j'étais déconcerté, surpris et j'aurais beaucoup mieux aimé la voir triste. L'attelage trottait allégrement dans la direction de la vallée et je ne tardai pas à le perdre de vue.

Peut-être eût-il été sage de rentrer à la maison et de veiller sur Hans. Mais cette perspective me faisait horreur et, au lieu de cela, je suivis l'attelage dans sa course vers la gorge. Je croyais agir ainsi par charité pour mon ami et par besoin de goûter à la fraîcheur et au silence de la forêt ; mais il était probable que c'était plutôt la présence de l'étrange et belle jeune fille qui m'attirait là-bas. Effectivement, je croisai un peu plus bas son attelage qui avait fait demi-tour et que l'aide-forestier menait au pas ; je compris que je la retrouverais au bord du ruisseau où l'on pêchait la truite. Bien que j'eusse longtemps marché à l'ombre de la forêt, je remarquai tout à coup qu'il faisait très chaud : mon pas se ralentit et je commençai à éponger la sueur qui coulait sur mon visage. Lorsque j'atteignis le ruisseau, je n'aperçus pas encore la jeune fille ; ayant fait halte, je plongeai ma tête dans l'eau froide et rapide, jusqu'à ce que j'en eusse le frisson. Puis je m'avançai avec précaution sur les rochers en suivant le cours du torrent. L'eau écumait, bruyante, et à chaque instant, mon pied glissait sur la pierre humide car, pendant que je marchais, je guettais l'endroit où Salomé pouvait bien se trouver.

Tout à coup elle apparut, terriblement proche, derrière un quartier de roc recouvert de mousse, les pieds nus et la robe retroussée jusqu'aux genoux. Je m'arrêtai, le souffle coupé, lorsque je la vis si belle, si fraîche et seule devant moi. Un de ses pieds était dans l'eau et disparaissait sous l'écume; l'autre reposait sur la mousse et montrait sa blancheur et son galbe délicat.

« Bonjour, mademoiselle. »

Elle me fit un signe de tête et je m'installai tout près de là, dégageai la ligne enroulée sur la canne et commençai à pêcher. Je n'avais pas envie de parler et la pêche ne me disait pas grand-chose non plus car j'étais trop fatigué et j'avais la tête trop vide. C'est pourquoi je laissai pendre ma ligne et ne pris absolument rien; lorsque je crus remarquer que Salomé riait de ma déconvenue et me faisait des grimaces, je mis ma canne de côté et allai m'asseoir un peu à l'écart sur les rochers moussus. Je m'installai paresseusement dans la fraîcheur et la regardai faire du tapage et barboter dans l'eau. Je n'attendis pas longtemps le moment où, elle aussi, cessant de se donner tant de mal, me lança à la figure l'eau qu'elle avait puisée dans ses mains en demandant :

« Faut-il que je vienne aussi? »

Puis elle commença à remettre ses bas et ses souliers, et, lorsqu'elle en eut chaussé un, me demanda :

« Pourquoi ne venez-vous pas m'aider?

— Je pense que ce serait inconvenant, répondis-je.

— Pourquoi? » dit-elle naïvement. À quoi je ne trouvai pas de réponse.

Je passai là d'étranges moments, rien moins qu'agréables. Plus cette jeune fille me semblait belle et plus elle se montrait familière avec moi, plus j'étais obligé de penser à mon ami Hans Amstein et à Berta ; je sentais grandir en moi une certaine irritation contre cette Salomé qui jouait avec nous et qui, par simple passe-temps, nous avait rendus malheureux tous les trois. Il me sembla qu'il était temps de lutter contre ma funeste passion et de mettre si possible un terme à ce badinage.

« Puis-je vous accompagner chez vous ? lui demandai-je.

— Je reste ici, dit-elle, pas vous ?

— Non, je m'en vais.

— Oh, vous voulez me laisser toute seule ? Ce serait si agréable de s'asseoir et de bavarder encore un moment. Vous dites souvent des choses si drôles ! »

Je me levai.

« Mademoiselle Salomé, lui dis-je, vous êtes beaucoup trop aimable. Il faut que je m'en aille. Vous avez à votre disposition assez d'hommes avec lesquels vous pouvez vous amuser. »

Elle éclata de rire.

« Alors adieu ! » s'écria-t-elle joyeusement, et je me retirai comme quelqu'un qui a perdu la partie. Il n'était pas possible d'obtenir de cette jeune fille la moindre parole sérieuse. Chemin faisant, je songeai une fois encore à la prendre telle qu'elle était, à faire demi-tour et à profiter de l'occasion. Mais sa façon de se prodiguer également à chaque homme était telle que j'eus honte d'entrer dans son jeu. Après cela, comment aurais-je pu encore parler à Hans ?

Lorsque je rentrai à la maison, je trouvai Hans qui

m'avait attendu et qui m'introduisit aussitôt dans sa chambrette. Ce qu'il avait à me dire était assez clair et compréhensible, mais me déconcerta néanmoins. Il était à ce point possédé par Salomé qu'il ne fut presque plus question de la pauvre Berta. Toutefois, il voyait bien que son séjour, en qualité d'hôte, dans la maison de mon oncle ne pouvait pas se prolonger, aussi annonça-t-il son départ pour l'après-midi. C'était clair et net et je ne trouvai rien à objecter. Je lui fis seulement promettre de parler honnêtement à Berta avant son départ. Enfin, il aborda le point capital. Comme Hans éprouvait une aversion naturelle pour toutes les situations troubles et équivoques, il voulait s'assurer sur-le-champ de la personne de Salomé et emporter avec lui sa promesse ou celle de son père adoptif, car, sans cela, rien ne l'autoriserait à revenir dans notre foyer.

C'est en vain que je lui conseillai d'attendre. Il était désespérément exalté et, plus tard seulement, il me vint à l'esprit que, probablement très chatouilleux sur le point d'honneur, il s'obstinait à vouloir sortir victorieux, d'une façon ou d'une autre, de cette intrigue assez peu honorable pour lui, et, par une attitude résolue, à justifier à ses propres yeux et devant les autres une passion qui, jusque-là, n'avait pas été sans taches.

Je me donnai toutes les peines du monde pour le faire changer d'avis ; j'allai même jusqu'à dire du mal de Salomé dont j'étais moi-même amoureux en lui faisant comprendre que sa passion pour lui était feinte et n'avait été qu'un caprice dont elle riait peut-être aujourd'hui.

Ce fut en vain. Il ne m'écoutait pour ainsi dire pas.

Il me supplia de l'accompagner chez le garde forestier. Lui-même avait déjà mis sa redingote. Les sentiments que j'éprouvai alors étaient plutôt bizarres. Il me fallait en effet l'aider à obtenir la main de la jeune fille dont j'étais moi-même épris depuis tant de semestres, bien que mon amour fût sans espoir.

Il y eut un bref combat. Finalement je cédai, car Hans était animé par un esprit si inhabituel et si passionné qu'il avait l'air d'obéir à la dictée de quelque démon auquel il est impossible de résister.

J'endossai donc à mon tour l'habit noir et me rendis avec Hans Amstein à la demeure du garde. Le trajet fut un supplice pour nous deux ; il faisait une chaleur infernale, on approchait de midi, et c'est à peine si je pouvais respirer dans ma redingote soigneusement boutonnée. Ma tâche consistait avant tout à distraire le garde forestier assez longtemps pour qu'il fût possible à Hans de s'entretenir en tête à tête avec Salomé.

La servante nous introduisit dans l'élégant salon ; le garde entra en même temps que sa fille et, peu après, je passai avec le vieil homme dans une pièce contiguë pour me faire montrer quelques fusils de chasse. Les deux autres restèrent seuls au salon.

Toujours calme et distingué selon son habitude, le garde se montra très amical avec moi et je me mis à examiner chaque fusil d'une manière aussi détaillée que possible. Cependant, je me sentais fort mal à l'aise, car je tendais constamment l'oreille pour surprendre ce qui se passait dans la pièce voisine et ce que j'entendais n'était pas de nature à me tranquilliser.

Commencé à mi-voix, l'entretien était bientôt devenu un chuchotement qui dura un assez long moment ; puis il y eut quelques exclamations et, soudain, après plusieurs minutes d'atroce angoisse passées à écouter et à jouer la comédie, j'entendis, et, malheureusement, le garde entendit aussi, la voix irritée de Hans Amstein qui haussait le ton et criait presque.

« Qu'est-ce qu'il y a ? » s'écria le garde en ouvrant brusquement la porte. Salomé s'était levée et dit tranquillement :

« M. Amstein m'a fait l'honneur de me demander en mariage, papa, j'ai cru devoir refuser... »

Hans était hors de lui.

« Tu n'as pas honte ! cria-t-il avec violence. Tu as commencé par me détacher des autres presque de force et maintenant... »

Le garde forestier l'interrompit. Très froidement et avec une certaine hauteur il pria qu'on lui expliquât la scène. Après un assez long silence, d'une voix dont il modérait avec peine les éclats et que la colère et l'excitation faisaient haleter, Hans entreprit d'expliquer toute l'affaire, s'embrouilla dans son récit, resta court, de sorte que je me crus obligé d'intervenir et achevai probablement de tout gâter.

Je demandai au garde de m'accorder un bref entretien et lui racontai tout ce que je savais. Je ne dissimulai aucun des menus artifices dont Salomé s'était servie pour attirer à elle mon ami. Je ne passai pas non plus sous silence ce que j'avais vu pendant la nuit. Le vieux monsieur ne dit pas un mot ; il m'écoutait attentivement, les yeux fermés et le visage douloureux. Cinq minutes plus tard, nous avions déjà regagné le salon où nous retrouvâmes Hans seul qui nous attendait.

«J'apprends là d'étranges choses, dit le garde d'une voix faussement assurée ; toujours est-il que ma fille semble vous avoir fait quelques avances. Vous avez seulement oublié que Salomé est encore une enfant. »

Une enfant avait-il dit ? Une enfant !

«Je vais parler à la jeune fille et je vous attendrai demain à la même heure pour une explication plus détaillée. »

D'un geste cérémonieux il nous congédia et nous rentrâmes lentement à la maison, silencieux et humiliés. Soudain, il fallut hâter le pas, car un formidable orage éclata sur notre petite ville, et malgré les inquiétudes qui pesaient sur notre cœur nous courûmes comme des lévriers afin de sauver nos redingotes.

Au repas de midi, mon oncle se montra d'une jovialité débordante, alors que nous, les jeunes, n'avions pas plus envie de manger que de parler. Pour le moment, la seule chose que Berta eût sentie, c'est que Hans s'était éloigné d'elle pour une raison quelconque et elle jetait, tantôt sur moi, tantôt sur Amstein, des coups d'œil si pleins de tristesse et d'angoisse qu'on en était touché jusqu'au fond de l'âme.

Après le repas, nous nous étions installés sur la galerie où nous fumions des cigares en écoutant gronder le tonnerre. Au contact du sol brûlant, la pluie s'évaporait en longues traînées et remplissait de brouillard les prairies et les jardins. L'air était imprégné d'humidité et d'une forte odeur d'herbe mouillée. Je n'avais pas envie de causer avec Hans ; j'étais envahi par un sentiment de colère et d'amertume à son égard et, chaque fois que je le regardais, le spectacle de la veille me revenait en mémoire, je les revoyais tous deux sortir du jardin, lui et la jeune fille, serrés l'un contre l'autre dans une étreinte muette et passionnée. Je me reprochai amèrement d'avoir trahi le secret de cette aventure nocturne au cours de ma conversation avec le garde et j'appris alors à quel point on peut souffrir à cause d'une femme, même lorsqu'on a renoncé à elle et qu'on n'a plus envie de la posséder.

Soudain, la porte de la galerie s'ouvrit; une haute et sombre silhouette entra, ruisselante de pluie. Ce n'est que lorsqu'elle se fut débarrassée de son long manteau que je reconnus la belle Salomé, et avant qu'un seul mot fût prononcé, je m'esquivai en passant devant elle pour gagner la porte qu'elle referma aussitôt derrière moi.

Dans la salle de séjour, Berta était occupée à un ouvrage à l'aiguille et paraissait inquiète. Pendant un instant, la compassion pour la jeune fille abandonnée l'emporta en moi sur tout autre sentiment.

« Berta, lui dis-je, Salomé est sur la galerie avec Hans Amstein. »

Elle se leva et posa son travail; son visage était devenu livide. Je vis qu'elle tremblait et je crus qu'elle allait tout de suite éclater en pleurs, mais elle se mordit les lèvres et demeura impassible.

« Il faut que j'y aille », dit-elle tout à coup et elle sortit de la chambre.

Je la regardai marcher, raide, la tête haute, je la vis ouvrir la porte de la galerie et la refermer derrière elle. Un moment, mon regard resta fixé sur la porte et j'essayai de me représenter ce qui se passait là dehors. Mais cela ne me regardait pas. Je descendis dans ma chambre, m'allongeai sur deux chaises et fumai une pipe en écoutant tomber la pluie. J'essayai d'imaginer comment les choses se déroulaient entre ces trois êtres et, cette fois, ce fut en pensant à Berta que je ressentis le chagrin le plus vif.

La pluie avait cessé depuis longtemps et le sol, pénétré de chaleur, était presque partout redevenu sec. Je montai à la salle de séjour où Berta mettait le couvert.

« Est-ce que Salomé est partie ? demandai-je.

— Depuis longtemps déjà. Où étais-tu donc ?

— J'ai dormi. Où est Hans ?

— Il est sorti.

— Que s'est-il passé entre vous ?

— Laisse-moi donc ! »

Non, je ne la laissai pas ; elle dut tout me raconter. Elle le fit à voix basse, calmement, et je vis alors, tourné vers moi, un pâle visage empreint d'une fermeté tranquille. Cette douce jeune fille était plus courageuse que je ne l'eusse pensé, peut-être beaucoup plus courageuse que nous autres, les deux hommes.

Lorsque Berta était arrivée sur la galerie, Hans était à genoux devant Salomé qui se tenait orgueilleusement redressée. Berta avait fait un violent effort sur elle-même et contraint Amstein à se relever et à lui rendre compte de sa conduite envers elle. Il l'avait alors informée point par point tandis que, debout à ses côtés, Salomé avait tout écouté en riant de temps à autre. Lorsqu'il eut terminé, le silence s'était établi jusqu'au moment où Salomé, ayant repris son manteau, avait fait mine de partir. Alors Berta lui avait signifié : « Toi, tu restes ici », et elle avait dit à Hans : « Elle t'a pris au piège ; désormais, elle doit pouvoir disposer de toi. Tout est bien fini entre toi et moi. »

Ce que répondit alors Salomé, je ne pus le savoir exactement. Mais ce dut être quelque chose de méchant — elle n'a pas de cœur, me dit Berta — et lorsqu'elle se dirigea vers la porte, personne ne fit un geste pour la retenir et elle descendit seule l'escalier. Cependant Hans avait demandé pardon à ma pauvre petite cousine : il allait partir le jour même, elle devrait l'oublier, il ne s'était pas montré digne d'elle et autres propos du même genre. Après quoi, il était sorti.

Quand Berta eut fini de me raconter cela, je cherchai à lui dire quelque parole de consolation, mais avant que j'eusse articulé un mot, elle s'était effondrée, les bras en avant, sur la table où le couvert était à moitié mis, secouée par de terribles sanglots. Elle ne voulait pas qu'on la touche, ni qu'on lui parle ; je ne pus que rester là, près d'elle, en attendant qu'elle se ressaisît.

« Va-t'en, va-t'en donc ! » dit-elle enfin, et je m'en allai.

Je ne fus pas très étonné que Hans ne rentrât pas à la maison pour le souper ni plus tard dans la nuit. Il avait probablement pris le train. Sa petite valise était toujours là, il est vrai, mais je pensai qu'il allait m'écrire à ce sujet. Cette fuite n'était pas particulièrement honorable, mais parfaitement compréhensible. Ce qu'il y avait seulement de fâcheux, c'était que je dusse mettre mon oncle au courant de cette vilaine affaire. Là-dessus, un gros orage éclata et je me retirai dans ma chambre de très bonne heure.

Le lendemain matin, je suis réveillé par des gens qui parlent et font du bruit devant la maison. Il est juste un peu plus de cinq heures. C'est alors que quelqu'un a tiré la cloche de l'entrée principale. J'enfile un pantalon et je sors.

Hans Amstein est couché sur quelques branches de

pin, dans son costume de vacances en lainage gris; un chasseur et trois bûcherons l'ont transporté jusqu'ici. Naturellement, quelques curieux se sont déjà rassemblés.

La suite? Non, mon cher, l'histoire est finie. De nos jours, les suicides d'étudiants ne sont plus des raretés, mais, à cette époque-là, on avait encore le respect de la vie et de la mort et l'on a parlé pendant longtemps de mon ami Hans. Quant à moi, je n'ai pas jusqu'ici pardonné à l'insouciante Salomé.

Enfin, elle a expié en bonne partie sa conduite. À ce moment-là, elle avait pris l'événement à la légère. Mais le temps vint aussi pour elle où il lui fallut prendre la vie au sérieux. Son existence n'a pas été facile et elle n'est pas devenue très âgée. Ce serait encore une autre histoire! Mais pas pour aujourd'hui. Allons-nous déboucher encore une bouteille?

*(1903)*

# *Le compagnon serrurier*

*Titre original de la nouvelle :*

DER SCHLOSSERGESELLE

J'avais, à l'époque, entre seize et dix-sept ans. Comme je terminais ma première année d'apprentissage dans un atelier de mécanique, un nouveau compagnon nommé Zbinden se présenta chez nous. Il accomplissait son « tour » et accepta de bon cœur le travail que lui offrit notre maître, bien que le printemps fût déjà dans toute sa beauté.

Lorsqu'il arriva à l'atelier et salua selon l'usage des artisans, son maintien nous surprit immédiatement ; il nous déplut franchement. À cette époque-là, les serruriers et même les mécaniciens qui effectuaient leur « tour » désavouaient rarement la dignité de leur corporation ; à leur arrivée, ils affichaient volontiers une allure décidée, voire impertinente, savaient parler et cherchaient à s'imposer aux autres. Mais ce compagnon-là entra comme un pauvre diable, n'articula pas un mot à part le traditionnel salut des artisans : « Un serrurier étranger demande du travail », et s'adressa uniquement au maître, sans même nous faire un petit signe à nous autres ses collègues. Aussitôt qu'il fut engagé, il se mit à la besogne dès le premier quart d'heure, sans qu'on ait eu le temps de lui offrir un casse-croûte. Comme je l'ai déjà dit, il nous déplut.

Il s'appelait Zbinden et était, je crois, originaire du canton de Soleure, mais il ne venait pas de cette région et travaillait depuis longtemps en Allemagne. À ce moment-là il arrivait de Francfort et était en route depuis quatre semaines ; il possédait encore un second complet et même de l'argent de poche. Son livret de travail et de compagnonnage était parfaitement en ordre et il avait même un certificat de fin d'apprentissage. À le voir, on pouvait difficilement déterminer son âge ; j'estimai qu'il pouvait avoir environ vingt-sept ans, quoiqu'il parût plus âgé. Il avait notamment, comme certaines mauvaises têtes, des gestes de jeune homme et un visage de vieux. Cela arrive quelquefois.

Dès le premier jour, mon ami Christian prit Zbinden en grippe.

« Tu diras ce que tu voudras, me dit-il, cet étranger est un sournois, je connais cette sorte d'individus. Il ne manquerait plus qu'il se mette avec le vieux contre nous et si, les mercredis, il courait à l'heure dite chez les piétistes, je n'en serais pas étonné. »

C'était juste et cela ne l'était pas. Du moins, le nouveau venu n'alla-t-il pas chez les piétistes. Le premier soir, nous l'invitâmes, comme c'est la coutume, à boire quelque chose au *Cygne.* Mais à neuf heures et demie il se leva, paya ses deux verres de Hanauer et rentra à la maison. Christian, lorsqu'il alla se coucher vers onze heures, eut le temps de le voir ranger dans sa valise le livre qu'il était occupé à lire.

« Ces gens qui lisent la nuit, dit Christian, et qui

ensuite cachent leur livre dès qu'on s'approche, ce sont précisément ceux que j'appelle les "justes". »

J'étais de son avis, moi aussi. À quoi pouvait bien servir cette lecture nocturne, il aurait pu aussi bien lire le quotidien et le journal des mécaniciens à l'atelier, à l'heure du goûter ou pendant le repas de midi.

Une fois, devant la forge, il se heurta maladroitement à Christian.

« Ôte-toi de là, espèce de faux jeton, lui cria Christian.

— Je suis très bien ici, mets-toi ailleurs », répondit Zbinden.

Christian se mit tout de suite en colère :

« À présent, tu t'en vas, cria-t-il, sinon tu reçois mon marteau sur le crâne. »

Zbinden devint tout pâle et s'éloigna. Quand le travail à la forge fut terminé, il alla vers Christian et lui dit :

« Dis donc, tu n'aurais pas dû me parler comme ça. Retire ce que tu as dit.

— M... pour toi, je ne retire rien, dit Christian en riant.

— Retire ça ! Autrement, ça pourrait te coûter cher ! »

Alors mon ami se fâcha :

« Me coûter cher ? hurla-t-il. Espèce de traître, d'hypocrite ! Si tu ne te plais pas chez nous, tu peux t'en aller, personne ne te retiendra ! »

À partir de ce moment-là, le Suisse fut encore plus taciturne qu'auparavant, et mes camarades et moi ne pouvions plus le souffrir.

À cette époque, un nouveau compagnon entra en fonctions chez le tourneur Küsterer, et comme il devait souvent nous livrer des bobines de bois et des pièces de maquettes, nous ne tardâmes pas à lier connaissance avec cet homme. Un jour il me demanda :

« Dis-moi, depuis quand ce type est-il là, ce Zbinden ?

— Depuis le mois d'avril, dis-je.

— Ah bon. Vous avez fait là une fameuse prise.

— Et pourquoi donc ?

— Il a eu une liaison avec la femme du chef d'atelier, ils l'ont attrapé et mis à la porte. Avec une femme mariée ! »

À ce moment-là, j'étais encore innocent et je ne savais même pas que de telles choses pouvaient arriver. Aussi je ne le crus pas tout de suite et ne colportai pas cette stupide histoire. Un apprenti doit savoir tenir sa gueule fermée. Mais les autres ne tardèrent pas à apprendre la chose. Bien entendu, Christian en profita immédiatement pour ouvrir le feu contre Zbinden.

Un matin, alors que le maître n'était justement pas là, Christian et Zbinden se rencontrèrent devant la pierre à aiguiser.

« Tu veux aiguiser de l'acier ? demanda Christian en riant.

— Non, seulement ce ciseau », répondit Zbinden.

Christian se mit à rire encore plus fort, afin que nous puissions tous l'entendre, puis il demanda :

« Alors, Zbinden, est-ce qu'elle était vraiment belle, la femme du chef d'atelier ? »

L'autre sursauta. Puis il demanda :

« De quoi parles-tu ?

— Ça va, dit Christian en riant, on connaît bien tes fredaines. Mais ici, il n'y a pas de chef d'atelier dont tu puisses séduire la femme. »

Alors Zbinden leva le bras et fit mine de vouloir assommer Christian sur place, car il était assez fort pour ça. Christian battit rapidement en retraite et laissa l'autre en repos.

Pourtant, cette punition aurait pu être une bonne chose, peut-être que mon ami en aurait eu assez et n'aurait jamais plus abordé ce sujet. Mais Zbinden, qui devait avoir le diable chevillé au corps, fit de nouveau quelque chose d'incompréhensible : au moment du repas de midi, il s'approcha de Christian et lui dit avec beaucoup de douceur :

« Je regrette de t'avoir effrayé, Christian. Tu voudras bien ne plus me parler de ces choses-là, sinon il pourrait arriver encore un malheur. »

Étonné, Christian ne trouva rien à répondre sur le moment. Naturellement, il ne considérait plus le compagnon qu'avec un grand mépris. Chaque fois qu'il le pouvait, il le prenait pour cible de ses plaisanteries et nous riions tous avec lui, tandis que Zbinden, occupé à son étau, se contentait de serrer les dents, ayant bien sûr tout entendu. Une seule fois, Zbinden m'attendit le soir, à la sortie, devant l'atelier et me dit :

« Tu ferais mieux de ne pas rire avec les autres, quand Christian parle si grossièrement. Tu ne sais pas ce que tu fais et tu ne sais pas non plus ce que cela me fait à moi. Vois-tu, Christian lui-même n'est pas un type recommandable et ce qu'il raille et méprise m'est indifférent. Mais toi tu n'es pas encore corrompu, tu n'es qu'un apprenti et je n'aime pas t'entendre rire de ces choses. »

Je ne le compris pas du tout. Il était compagnon et moi, apprenti. Il aurait pu me rosser en toute tranquillité, personne n'aurait été le crier sur les toits. Mais il s'est montré si bizarre.

Chaque soir, il se mettait à lire. D'abord, il allait se promener et, les premiers temps, nous pensions qu'il se hâtait de rejoindre une jeune fille, mais non, il allait tout seul marcher aux alentours de la ville, puis, une fois rentré, il s'asseyait dans sa chambre et se mettait à lire. Le maître commença à maugréer, mais Zbinden paya lui-même le pétrole supplémentaire. Une fois, Seiffert avait vu deux de ses livres, tous les deux de Tolstoï. Seiffert nous raconta la chose et Christian déclara : « Tiens, tiens, de Tolstoï ? Ainsi, c'est donc à ça que ce gredin emploie son argent ? »

Néanmoins, Christian voulut aussi voir ces livres de ses propres yeux, mais ils étaient toujours enfermés dans la valise de Zbinden. Seul le Nouveau Testament était quelquefois posé sur la table.

« Ce bouquin-là, il ne le met pas sous clef, dit Christian, il le laisse naturellement ouvert, l'hypocrite. Je parie qu'il lit souvent la Bible ! »

Par une très chaude soirée, l'étranger avait été se promener et avait oublié de fermer sa valise à clef. Christian retourna dans sa chambre et se mit à fureter un peu partout ; comme il trouva tout ouvert, il profita de l'aubaine. À côté des livres de Tolstoï, il découvrit un volume de poèmes et un nécessaire à correspondance, puis encore un livre : *le Chemin de la connaissance ou la Lumière qui vient de l'Orient.* Sur la première page du recueil de poèmes on avait écrit un vers et au-dessous : « *En souvenir de nos soirées d'automne. Mathilde.* » Dans le portefeuille se trouvaient quelques lettres signées également Mathilde et une photo de cette femme, qui paraissait belle, quoique plus très jeune. J'ai vu moi-même ce portrait par la suite. Christian examina tout en détail, puis il prit un crayon, l'humecta et écrivit quelque chose d'indécent au verso de la photographie.

Le lendemain, il ne put se retenir de plaisanter Zbinden à propos de sa découverte. « Eh bien, lui dit-il, elles ont dû être fameuses, les soirées d'automne avec Mathilde ? »

L'autre lui sauta à la gorge. « Espèce de Satan ! », cria-t-il très fort, et nous crûmes qu'il allait le tuer. Mais tout à coup il le laissa aller et lui dit simplement : « Que ce soit ton dernier mot grossier, Christian. Si j'en entends encore un comme celui-là, tu es fichu ! » Et il le repoussa loin de lui. Que ne l'avait-il roué de coups ! Mais non, il rentrait toujours sa fureur en lui-même.

Dans la soirée, la sauvagerie se déchaîna. Zbinden, contrairement à ses habitudes, se rendit dans une auberge et se mit à boire ; il rentra très tard à la maison, les autres étant déjà couchés. C'est à ce moment-là qu'il avait probablement ouvert sa valise pour regarder le portrait et découvert l'obscénité écrite par Christian.

Ulcéré, il se précipita aussitôt dans la chambre où Christian était couché à côté de Seiffert. Christian était encore éveillé et lorsque l'étranger se rua en furie sur son lit, il tira en hâte sa couverture par-dessus sa tête. Zbinden avait dans les mains une solide petite barre de fer forgé dont il assena de toute sa force deux coups sur la forme cachée sous la couverture. Puis il se mit à crier si fort que Seiffert se réveilla et courut hors de la chambre, puis hors de la maison.

Bientôt, tout rentrait dans l'ordre. Il s'avéra que Christian avait perdu connaissance ; mais il n'avait qu'une clavicule brisée. Une quinzaine de jours plus tard, il était de nouveau sur pied. Quant à Zbinden, on ne le retrouva que deux jours après, au fond de la forêt communale. Il était assis là, comme s'il s'était senti fatigué, parmi les buissons, sur le sol couvert de mousse, mais il ne respirait plus. Il s'était tailladé les veines des deux poignets.

Depuis lors, mon amitié pour Christian n'a fait que se détériorer ; d'ailleurs, il ne tarda pas à devenir compagnon et à partir pour son « tour », quoique l'été fût déjà presque sur sa fin.

*(1905)*

# *La fiancée*

*Titre original de la nouvelle :*

DIE BRAUT

La signora Ricciotti, qui était descendue depuis peu avec sa fille Margherita au *Waldstätterhof* de Brunnen, appartenait à ce type d'Italiennes blondes, molles, un peu indolentes que l'on rencontre très souvent en Lombardie et dans la région de Venise. Elle portait plusieurs jolies bagues à ses petits doigts potelés et sa démarche bien caractérisée, qu'on pouvait encore à ce moment-là qualifier de balancement voluptueusement élastique, évoluait visiblement et de plus en plus vers ce genre d'allure que l'on appelle le dandinement. Élégante et manifestement habituée jadis aux compliments, elle était vraiment un personnage tout à fait représentatif; elle portait des toilettes qui ne manquaient pas de chic et chantait parfois le soir, accompagnée au piano, d'une voix bien travaillée, sans étoffe et un peu grasseyante, tandis qu'elle semblait vouloir tenir les notes à distance à l'aide de ses bras courts et bien en chair et de ses poignets fortement recourbés vers l'extérieur. Elle était originaire de Padoue, où son défunt mari avait été un homme d'affaires et un politicien connu. Elle avait vécu auprès de lui dans une atmosphère de simplicité prospère et fort au-dessus de ses moyens, genre de vie qu'elle s'obstina désespérément à poursuivre après la mort de son époux.

Quoi qu'il en soit, cette personne ne nous intéresserait guère, si elle n'avait eu auprès d'elle sa jolie fillette Margherita, qui sortait à peine de l'adolescence et avait encore des problèmes de manque d'appétit et d'anémie qui lui venaient de ses années de pensionnat. C'était une ravissante créature, élancée, douce, pâle, à l'épaisse chevelure d'un blond foncé et que tout le monde regardait avec plaisir lorsque, vêtue d'une toilette estivale très simple, blanche ou bleu clair, elle se promenait dans le jardin ou dans les rues de la ville. C'était la première fois, cette année-là, que Mme Ricciotti prenait sa fille avec elle dans le monde — car à Padoue, elles vivaient plutôt retirées —, et l'attitude quelque peu résignée qu'elle adopta vis-à-vis de la plupart de ses connaissances en se voyant reléguée dans l'ombre par sa fille lui seyait à merveille. Il est vrai que, jusque-là, Mme Ricciotti avait toujours été une bonne mère, non sans nourrir une secrète prétention à une destinée, voire à un avenir qui lui appartiendraient en propre; mais elle commençait à se défaire de ses espérances inavouées et à en parer sa fille, un peu comme une bonne mère enlève le collier qu'elle porte depuis son mariage et le suspend au cou de sa fille devenue adulte.

Dès le début, il ne manqua pas d'hommes pour s'intéresser à l'élégante et blonde Padouanne. Mais la mère était sur ses gardes et s'entoura d'un mur de respectabilité et de solides prétentions qui effraya plus d'un aventurier. Sa fille devait trouver un mari qui la ferait vivre largement, et comme sa beauté constituait son unique dot il s'agissait de redoubler d'attention.

Cependant, ce fut dans les plus brefs délais que le futur héros de ce roman fit son apparition à Brunnen, et les choses allèrent beaucoup plus vite et beaucoup plus simplement que ne l'eût pensé cette mère soucieuse. Un jour, arriva au *Waldstätterhof* un jeune monsieur venu d'Allemagne qui s'éprit de Margherita au premier regard et exprima aussitôt ses intentions d'une manière tout à fait décidée, comme seuls le font les gens qui disposent de peu de temps et qui ne peuvent emprunter aucun détour. M. Statenfoss avait, en effet, fort peu de temps. Il était manager d'une plantation de thé à Ceylan et se trouvait en congé en Europe, qu'il devait quitter à nouveau deux mois plus tard et où il ne pourrait ensuite revenir que dans un délai de trois ou quatre années, au plus tôt.

Ce jeune homme maigre, bronzé, à l'allure autoritaire, ne plut pas particulièrement à Mme Ricciotti ; en revanche, il plut à la belle Margherita, à laquelle il fit, de prime abord, une cour assidue. Il n'était pas mal de sa personne, avait dans sa manière d'être ce quelque chose d'insouciant et de seigneurial qui caractérise l'Européen en séjour aux colonies, et par ailleurs il n'avait que vingt-six ans. Le fait qu'il venait de Ceylan, terre lointaine et merveilleuse, était déjà passablement romanesque et sa sensibilité d'homme qui a vécu outre-mer lui prêtait aussi une réelle supériorité par rapport à la moyenne de la vie quotidienne de ce petit coin de l'Europe. Statenfoss s'habillait de pied en cap à l'anglaise : depuis le smoking jusqu'au complet de tennis, du frac à l'équipement de montagne, ses vêtements étaient tous de première qualité ;

pour un célibataire, il voyageait avec une quantité étonnante de grosses valises et semblait à tout point de vue être habitué à une existence de première classe. Il se consacrait avec une tranquille objectivité aux occupations et aux plaisirs du villégiaturiste et il accomplissait avec méthode et précision ce qui devait être accompli, mais rien ne semblait jamais le passionner, que ce soit l'alpinisme, le canotage, le tennis ou le whist ; il semblait séjourner dans cette contrée uniquement comme un hôte de passage, un hôte venu d'un monde lointain et fabuleux, où il y a des palmiers et des crocodiles et où les gens de son espèce, installés dans des maisons de campagne blanches et propres, se font éventer et servir de l'eau glacée par une multitude de serviteurs de couleur, aussi actifs que des fourmis. Il ne perdait son calme et sa supériorité exotique qu'en présence de Margherita ; il lui parlait dans un mélange passionné d'allemand, d'italien, de français et d'anglais, il guettait les dames Ricciotti du matin au soir, leur lisait les journaux, transportait leurs chaises longues et prenait si peu la peine de cacher son admiration pour Margherita en présence des autres estivants, que bientôt chacun observa avec une intense curiosité ses manœuvres autour de la belle Italienne. On suivait son roman avec un intérêt tout sportif et des paris furent même engagés à ce propos.

Tout cela déplaisait considérablement à Mme Ricciotti mère et il y eut des journées pendant lesquelles on la vit promener dignement sa majesté offensée, tandis que Margherita semblait avoir pleuré et que M. Statenfoss, maussade, buvait un whisky soda dans la véranda. Pendant ce temps, il n'avait pas tardé à convenir avec la jeune fille qu'ils ne se laisseraient plus séparer l'un de l'autre et lorsque, par une matinée torride, Mme Ricciotti en colère représenta à sa fille que ses façons trop intimes avec le jeune planteur de thé pourraient entacher sa réputation et que, surtout, un homme qui n'aurait pas une grosse fortune n'entrait pas en ligne de compte pour elle, alors la charmante Margherita s'enferma dans sa chambre et absorba le contenu d'un petit flacon d'eau à détacher qu'elle avait pris pour du poison et qui, en fait, ne fit que perturber à nouveau un appétit à peine renaissant et accentuer légèrement la pâleur de son visage, devenu plus spirituel encore.

Le même jour, après que Margherita, souffrante, fut demeurée des heures entières sur un divan pendant que sa « mama » s'entretenait tout aussi longuement avec M. Statenfoss à bord d'un bateau à rames de louage, les fiançailles furent conclues et, le lendemain, on put voir l'énergique manager d'outre-mer prendre son petit déjeuner à la table des deux dames. Margherita était heureuse. Sa mère, en revanche, considérait ces fiançailles comme un mal nécessaire, bien sûr, mais qu'elle espérait devoir être passager. Après tout, pensait-elle, personne chez nous ne sait rien de ces fiançailles et, si jamais une nouvelle occasion se présentait bientôt, le fiancé, établi fort loin, à Ceylan, n'aurait pas besoin d'être consulté. Aussi insista-t-elle pour que Statenfoss n'ajournât pas son voyage de retour à Ceylan, et elle menaça le fiancé d'un départ immédiat et d'une rupture totale lorsqu'il exprima le désir de se marier incessamment et d'emmener tout de suite sa jeune femme aux Indes.

Il dut s'incliner, ce qu'il fit en grinçant des dents,

car, dès l'instant où les fiançailles furent conclues, les dames Ricciotti semblèrent comme fondues en une seule personne et Statenfoss dut multiplier les ruses pour se trouver seul avec sa fiancée, ne fût-ce que quelques minutes. À Lucerne, il lui acheta les plus beaux cadeaux de fiançailles, mais peu après, des télégrammes d'affaires l'appelèrent en Angleterre et il ne revit sa jolie fiancée qu'à la gare de Gênes, où elle était venue l'attendre avec sa mère pour passer encore une soirée avec lui et l'accompagner le lendemain matin de bonne heure au port.

« Au plus tard dans trois ans je serai de retour, et alors, ce sera le mariage ! », cria-t-il encore sur l'échelle de coupée qu'on retira tout de suite après lui. L'orchestre du bord se mit à jouer et le paquebot de la Lloyd sortit lentement du port.

La mère et la fille rentrèrent tranquillement à Padoue et reprirent leur vie habituelle. Mme Ricciotti ne se tenait pas encore pour battue ; dans une année, pensait-elle, tout se présentera différemment, et puis elles se rendraient de nouveau dans quelque agréable station thermale et l'on ne pouvait douter que de nouvelles et brillantes perspectives s'ouvriraient bientôt. Pendant ce temps, le lointain fiancé écrivait de longues et fréquentes lettres, et Margherita était heureuse. Elle s'était tout à fait remise des émotions de cette saison agitée, elle s'épanouissait visiblement et il n'était plus question d'anémie ni de manque d'appétit. Son cœur était engagé, son avenir assuré, et dans le modeste bien-être de son existence, elle s'abandonnait à d'agréables rêveries, apprenait un peu d'anglais et avait commencé un bel album dans lequel elle collait les magnifiques photos de palmiers, de temples et d'éléphants que son fiancé lui envoyait.

L'été suivant, on ne fit pas de voyage à l'étranger; on passa seulement quelques semaines à la montagne, dans un modeste lieu de villégiature et, peu à peu, la mère elle-même rendit les armes et cessa d'échafauder des plans ambitieux qui visaient plus haut que la félicité du cœur, à laquelle sa fille était inébranlablement attachée. De temps à autre arrivaient des envois en provenance des Indes, de fines mousselines, de jolies dentelles, des boîtes en soies de porc-épic, de petites bagatelles en ivoire; on montrait ces objets aux connaissances et le salon en fut bientôt rempli. Et lorsqu'un jour on reçut la nouvelle que Statenfoss était tombé malade et qu'il devait, pour guérir, se faire transporter dans les montagnes, Mme Ricciotti mère, sans plus fonder d'espoirs sur cet événement, fit des prières avec sa fille pour la guérison du cher exilé, ce qui ne tarda pas à se réaliser heureusement.

Pour les deux dames, cet état de tranquille satisfaction était tout à fait inhabituel. La signora devint plus bourgeoise qu'elle ne l'avait jamais été de sa vie, elle vieillit un peu et grossit tellement que même le chant lui devint un exercice assez pénible. Il n'existait plus de motif pour se montrer ni pour se donner les apparences de l'aisance, on dépensa un peu moins pour la toilette et l'on se complut à vivre chez soi, sans façons; on n'économisait plus en vue de faire des voyages coûteux et l'on se contenta d'améliorer plutôt le bien-être quotidien.

Sans que les personnes concernées l'eussent particulièrement remarqué, les circonstances démontrèrent à quel point Margherita était bien la fille de sa mère. Depuis l'histoire du produit à détacher et la journée d'adieu à Gênes, aucun chagrin sérieux ne l'avait plus rongée, de sorte qu'elle s'était épanouie et avait insensiblement grossi et, comme aucune inquiétude morale ni aucune fatigue physique — on avait abandonné le tennis depuis longtemps — ne contrariaient plus son développement, ce ne fut pas seulement son pâle et joli visage qui perdit son expression de mélancolie ou d'exaltation juvénile, ce fut aussi son élégante silhouette qui se transforma de plus en plus et s'épanouit en un paisible embonpoint dont personne ne l'aurait crue capable autrefois. Certes, ce qui semblait comique et grotesque chez la mère apparaissait encore adouci chez la jeune fille par la fraîcheur et le charme de la jeunesse, cependant, le doute n'était plus possible, elle avait une tendance à l'obésité et était sur le point de devenir une respectable dame-colosse.

Trois années avaient passé ; le fiancé écrivit, désespéré, qu'il lui était impossible d'obtenir un congé cette année-là. En revanche, ses revenus avaient augmenté et il invitait sa chère fiancée, au cas où il ne pourrait pas non plus se rendre en Europe l'année suivante, à venir le rejoindre et à emménager en tant que maîtresse de maison dans la jolie villa qu'il se disposait justement à faire construire à la campagne.

On surmonta la déception et on accepta l'offre. La signora Ricciotti ne pouvait pas se dissimuler que son enfant avait perdu un peu de son charme physique et qu'il eût été insensé, en élevant des objections, de compromettre un avenir assuré.

Jusque-là, cette histoire m'a été racontée plus tard ; par hasard, je fus le témoin oculaire de la suite.

J'embarquai un jour à Gênes sur un bateau de la Norddeutschenlloyd en partance pour l'Extrême-Orient. Parmi les passagers de première, pas très nombreux, on remarquait une jeune Italienne montée à bord en même temps que moi et qui se rendait à Colombo pour retrouver son fiancé. Elle parlait un peu l'anglais et, comme il y avait, sur ce navire, plusieurs fiancées à destination de Penang, de Shangaï ou de Manille, ces courageuses jeunes filles formaient un groupe agréable, apprécié de tous et qui faisait en toute innocence la joie de chacun. Avant même d'avoir atteint le canal de Suez, nous autres jeunes gens avions lié amitié avec ce petit groupe et fréquemment testé nos connaissances en italien auprès de l'imposante Padouanne, que nous appelions le colosse.

Malheureusement, lorsque la mer, après le cap Gardafui, commença à devenir houleuse, la jeune Italienne fut désespérément malade et celle que nous avions jusque-là considérée uniquement comme une fantaisie de la nature resta étendue toute la journée sur sa chaise longue, si misérablement abattue que nous fûmes gagnés par la compassion générale et que nous nous prîmes d'amitié pour elle et lui vouâmes toute notre attention, sans pouvoir dissimuler quelquefois un sourire à la vue de sa taille phénoménale. Nous lui apportions du thé ou du bouillon, nous lui faisions la lecture en italien, ce qui la faisait parfois sourire, et nous lui transportions tous les matins et tous les après-midi sa chaise longue à l'endroit le plus ombragé et le plus tranquille du pont. Cependant, peu avant d'arriver à Colombo, elle se sentit mieux, mais resta toutefois étendue, indifférente et lasse, avec une expression puérile de souffrance et de faiblesse sur son visage aimable et replet.

On arriva en vue de Ceylan ; nous avions tous aidé le colosse à faire ses valises qui étaient prêtes à être débarquées, tandis qu'à travers tout le bateau régnait, après un voyage de deux semaines, cette agitation bruyante qui se manifeste toujours à l'approche du premier port important.

Chacun était impatient de descendre à terre, on avait déballé les casques coloniaux, les ombrelles, on avait en main des cartes et des guides de voyage, on regardait le rivage tout proche avec des longues-vues et déjà on oubliait complètement, bien qu'elles fussent encore présentes, les personnes dont on avait pris cordialement congé une heure auparavant. Personne ne pensait plus à rien d'autre qu'à descendre à terre le plus vite possible, les uns pour rentrer chez eux et retourner au travail après un long voyage, les autres pour découvrir avec curiosité la première plage tropicale, les premiers cocotiers, les indigènes à la peau foncée, d'autres encore dans la seule intention de quitter pour quelques heures le bateau qui avait soudain perdu tout intérêt et pour boire leur whisky sur la terre ferme, dans un hôtel confortable. Chacun s'empressait de fermer sa cabine à clef ou de régler son addition au fumoir, demandait son courrier, car la poste venait d'être apportée à bord ; on avait hâte d'apprendre et de faire circuler les dernières nouvelles du monde et de la politique.

Au milieu de cette peu charitable effervescence, la Padouanne, apparemment indifférente, restait étendue à sa place, souffrante et affaiblie par le jeûne, les joues amaigries et le regard somnolent. De temps à autre, quelqu'un qui avait déjà pris congé d'elle depuis longtemps revenait près de sa chaise longue, poussé de ce côté-là par la foule, lui tendait la main et lui adressait ses bons vœux. Enfin la musique éclata avec force, l'officier en second se plaça près de l'échelle escamotable en lançant des ordres et le capitaine apparut, méconnaissable, étonnamment transformé, dans un costume de ville de couleur grise et coiffé d'un petit chapeau melon ; le bateau de la compagnie le prit à son bord ainsi que deux ou trois passagers privilégiés, tandis que les autres voyageurs se pressaient à leur suite vers les bateaux à moteur et les barques à rames qui s'offraient pour la traversée.

C'est à ce moment-là qu'apparut, venant de la terre ferme, un monsieur en tenue coloniale blanche à boutons argentés ; il n'était pas mal de sa personne, le visage juvénile et bronzé sous le casque avait cette expression de calme énergie et d'indépendance que l'on trouve chez la plupart des coloniaux. Cet homme tenait dans ses mains un monstrueux bouquet d'énormes fleurs des Indes qui lui allait du nombril au menton. Il fendit la foule du pas de l'homme familiarisé avec ce genre de navire, jetant des regards anxieux tout autour de lui ; lorsqu'il passa devant moi en courant, je compris à l'instant qu'il devait être sans aucun doute le fiancé du colosse. En hâte, il alla plus loin, monta, descendit, passa deux fois devant sa fiancée, disparut dans le fumoir, revint hors d'haleine, apostropha le bagagiste et tomba enfin sur le chef steward qu'il immobilisa et retint de force. Je le vis lui donner un pourboire, puis le questionner avec insistance à voix basse ; le steward sourit, et, tout heureux, fit un signe affirmatif en désignant de la main la chaise longue où notre Padouanne gisait toujours, les yeux mi-clos. L'étranger s'approcha. Il examina la personne allongée sur la chaise, revint auprès du steward qui confirma ses dires, puis, à courte distance, jeta un coup d'œil critique sur la grasse jeune fille. Alors il serra les dents, se tourna lentement et, indécis, se retira.

Il se rendit au fumoir, qui devait précisément fermer ses portes à ce moment-là, donna un pourboire au steward et se fit servir un « grand whisky » devant lequel il s'assit et qu'il se mit à boire tout en réfléchissant. Puis le steward le mit poliment dehors et ferma son stand.

Le visage blême et marqué par une expression satanique, l'étranger arpenta l'avant-pont où les musiciens étaient en train de ranger leurs instruments. Il s'approcha du bastingage, d'où il laissa doucement tomber son gros bouquet de fleurs dans l'eau sale, puis se pencha par-dessus bord et cracha dans la mer.

Il semblait avoir pris une décision. Lentement, il fit encore une fois le tour du pont jusqu'à la place où se trouvait la Padouanne qui, entre-temps, s'était levée ; fatiguée et légèrement anxieuse, elle regardait autour d'elle. Il s'approcha, ôta son casque qui découvrit la blancheur du front contrastant avec le visage bronzé et tendit la main au colosse.

Éclatant en sanglots, elle se jeta à son cou et resta là un moment, tandis que son fiancé, sombre et tendu, regardait fixement vers la côte par-dessus la nuque ployée et abandonnée contre son épaule. Puis il se dirigea vers le bastingage, beuglant un flot d'ordres furibonds dans un cinghalais gargouillant et prit ensuite sans dire un mot le bras de sa fiancée afin de la conduire jusqu'à son bateau.

Je ne sais pas comment vont leurs affaires à l'heure qu'il est. Mais, lors de mon voyage de retour, j'appris par le consulat de Colombo que le mariage avait bel et bien été consommé.

*(1912)*

# *Le peintre Brahm*

*Titre original de la nouvelle :*

MALER BRAHM

Parmi les admirateurs de la belle cantatrice Lisa, l'un des plus singuliers était certainement le peintre bien connu Reinhart Brahm.

Lorsqu'il fit la connaissance de Lisa, il était âgé de quarante-quatre ans et menait la vie d'un ermite étranger au monde depuis plus d'une dizaine d'années. Après une période de flâneries sans but précis, d'anxieuses recherches de jouissances, il s'était enseveli dans une solitude ascétique; absorbé par les combats qu'il livrait pour la maîtrise de son art, il semblait avoir perdu tout contact avec la vie quotidienne. Il travaillait si fiévreusement qu'il en oubliait la vie de société et la conversation, sautait des repas, négligeait sa tenue et fut assez vite oublié. Cependant, il travaillait avec l'ardeur du désespoir; il ne peignait presque rien d'autre que des paysages évoquant cette heure crépusculaire où les formes s'effacent, où le contour des choses lutte contre les ténèbres qui le réduisent à néant.

L'une de ses toiles représentait un pont à peine visible au-dessus d'une rivière et sur lequel le premier réverbère venait de s'allumer. Il peignit également un peuplier disparaissant dans le crépuscule et dont seule la cime extrême se dessinait dans la faible lueur du ciel vespéral. Dans sa dernière œuvre, on distinguait la rue d'un faubourg à la tombée d'une nuit d'automne, tableau d'une simplicité peu commune et qui dégageait une impression de sombre puissance. Dès lors, sa réputation fut établie et on le regarda comme un maître, ce dont il semblait d'ailleurs fort peu se soucier.

Toujours est-il qu'on vint le voir plus souvent et, comme il n'avait aucun talent pour la grossièreté, il reprit peu à peu contact, lentement et non sans résistance, avec une petite société choisie au sein de laquelle il restait le plus souvent silencieux. Il ne permit à personne d'entrer dans son atelier. Il avait rencontré Lisa depuis quelques semaines et l'ermite quelque peu vieillissant s'était épris d'une passion tardive pour cette remarquable beauté. Elle avait environ vingt-cinq ans, était très élégante et d'un type celte prononcé.

Si froide et si orgueilleuse que fût la cantatrice adulée du public, elle comprit néanmoins ce qu'il y avait d'exceptionnel dans cet amour et sut l'apprécier. Un homme illustre, réputé inabordable et presque inaccessible aux passions était tombé amoureux d'elle.

Elle lui demanda si elle pouvait voir son atelier et il l'invita à y venir. Il la reçut dans cette pièce où, depuis dix ans, personne n'avait pénétré, excepté lui-même et son serviteur. Elle examina, de son air avisé, très personnel et hautain, les études et les toiles qu'il n'avait jamais montrées à personne.

«Voyez-vous là quelque chose qui vous plaise? demanda Brahm.

— Oh, tout me plaît.

— Vous comprenez cela ? Je veux dire : vous saisissez ce que j'ai voulu exprimer ? Finalement, ce ne sont que des tableaux, mais ils m'ont donné beaucoup de mal...

— Ces toiles sont admirables.

— Oui, quelques-unes ! Comme j'ai employé la moitié de ma vie à les faire, elles sont en très petit nombre. La moitié d'une vie ! Mais qu'importe...

— Vous pouvez être fier, monsieur von Brahm.

— Fier ? C'est beaucoup dire. Être satisfait serait déjà beaucoup. On n'est jamais vraiment content de soi. L'art ne satisfait jamais. Mais je vous demandais si l'une de ces toiles vous plaisait. C'est-à-dire que j'aimerais bien vous en faire cadeau.

— À quoi pensez-vous ? Je ne pourrais pas...

— Mademoiselle Lisa, j'ai peint toutes ces choses uniquement pour moi-même. Il n'y a jamais eu personne dans ma vie à qui j'eusse voulu faire plaisir en lui donnant une de ces toiles. Mais maintenant vous êtes là et c'est justement à vous que j'aimerais faire un petit plaisir, rien de plus que le salut d'un artiste à un autre artiste, comprenez-vous ? Me refuserez-vous cela ? Ce serait dommage, pourtant. »

Surprise, elle finit par céder et, le jour même, il lui envoya la toile du peuplier, celle qu'il préférait.

C'est à partir de ce moment qu'il entra en relation avec elle. Il lui rendait visite de temps à autre et parfois lui demandait de chanter quelque chose pour lui. Un jour où il était allé chez elle, il lui arriva, sans défense contre sa passion grandissante, de se montrer trop pressant. Elle avait joué la femme scandalisée, après quoi il s'était humilié, il avait cédé à la tristesse et lui avait demandé pardon, au bord des larmes. Depuis ce jour, elle le dominait et le tourmentait en le soumettant à tous les caprices d'une beauté entourée d'une légion d'adorateurs. Et il avait compris que la femme qu'il aimait ne lui ressemblait pas, qu'elle n'était pas, comme lui, une nature simple et droite, qu'elle n'avait pas, comme lui, une âme d'artiste franche et intègre, mais qu'elle était une femme vaniteuse et fantasque, une comédienne enfin.

Cependant il l'aimait, et à chaque défaut qu'il devait constater chez elle sa souffrance grandissait en même temps que son amour. Parfois il évitait de la voir dans la seule intention de la ménager et la traitait, d'autre part, avec une tendresse et des égards souvent maladroits mais touchants. Elle, de son côté, le laissait attendre. Tandis que, dans leurs relations personnelles, elle le tourmentait et le tenait à distance, elle le traitait devant les autres en adorateur comblé et il ne savait pas si elle le faisait par vanité ou sous l'effet d'un penchant inavoué. Il arrivait que, dans telle ou telle société, elle lui dît inopinément « mon cher Brahm », prît son bras et le traitât familièrement. Alors la gratitude le disputait en lui à la méfiance. Une ou deux fois elle se montra généreuse et chanta pour lui dans son atelier. Il en avait les larmes aux yeux lorsqu'il lui baisait la main et la remerciait. Quelques semaines s'écoulèrent ainsi ; après quoi, Brahm en eut assez. Ce rôle indigne d'admirateur purement décoratif le dégoûta. Sa mauvaise humeur lui rendit tout travail impossible et l'émoi de la passion le priva de sommeil. Un soir d'automne, il fourra son attirail de peintre et son linge dans une valise et partit en voyage le lendemain matin. Il descendit à l'auberge d'un village du Haut-Rhin. Pendant la journée, il se promenait le long du fleuve et sur les collines environnantes ; le soir, il s'installait à la table de l'auberge devant un verre de vin du pays et fumait cigare sur cigare.

Au bout de huit et même de dix jours, il n'avait pas encore commencé à travailler. Il fit un effort sur lui-même, tendit une toile sur un châssis mais dut jeter deux ou trois études à peine commencées. Cela n'allait pas. La possibilité de se donner corps et âme à son travail d'une manière exclusive et presque ascétique, de se tenir, tendu et solitaire, à l'affût des contours évanescents, des lumières transparentes, des formes en dissolution, toute cette activité quasi monastique vouée à l'art depuis tant d'années était ébranlée, interrompue, qui sait, perdue à jamais. Désormais, quelque chose d'autre l'occupait, quelque chose d'autre était devenu l'objet de ses rêves et de ses désirs. Certes, il devait y avoir des êtres capables de partage, des êtres dont la vie et les possibilités étaient multiples ; lui, en revanche, ne possédait qu'une seule âme, un seul amour, une seule force.

La cantatrice était par hasard seule chez elle le jour où Reinhart Brahm se fit annoncer. Elle fut effrayée quand il entra et lui tendit la main. Il avait l'air d'un vieil homme, sa tenue était négligée et lorsqu'elle rencontra son regard ardent et douloureux, elle comprit le danger qu'il y avait eu à jouer avec cet homme.

« Vous voilà de retour, monsieur Brahm ?

— Oui, je suis venu pour vous parler, mademoiselle Lisa. Pardonnez-moi, j'aurais bien voulu éviter cela, mais je ne puis faire autrement. Je dois vous prier de bien vouloir m'écouter.

— Eh bien, si vous y tenez. Quoique...

— Merci. Ce sera vite dit. Vous savez que je vous aime. Je vous ai déjà dit une fois que je ne pouvais plus vivre sans vous. À présent, je sais que c'est vrai. Entre-temps, j'ai essayé de vivre sans vous ; je suis revenu à mon travail. Pendant dix ans, avant de vous connaître, j'ai fait de la peinture et rien que de la peinture. J'ai voulu reprendre cette activité, vivre tranquille et peindre, sans penser à rien d'autre, sans rien désirer d'autre que de brosser des toiles. Et cela n'a pas marché.

— Pas marché ?

— Non. Un certain équilibre me manquait, comprenez-vous ? Autrefois, la peinture était mon Tout, mon unique préoccupation, mon amour, ma nostalgie et ma satisfaction. Il me semblait que ma vie serait suffisamment belle et riche si je réussissais à peindre encore un certain nombre de toiles d'un genre que personne d'autre que moi n'aurait pu exécuter. C'est pourquoi je faisais du bon travail. Or, à présent, mes exigences ont un autre objet. Désormais, je n'ai plus rien à désirer que vous-même et il n'existe rien que je ne vous sacrifierais volontiers. Voilà pourquoi je suis venu encore une fois, Lisa ; si vous consentiez à m'appartenir, le peu de peinture que je fais actuellement me serait indifférent. Donnez-moi donc une réponse ! Les choses ne peuvent pas en rester où elles sont. Je m'offre à vous tel que vous me voudrez. Si vous ne désirez pas vous marier, ce sera sans mariage, à vous de choisir.

— C'est donc une demande en mariage ?

— Oui, si vous voulez. Je ne suis plus jeune, pourtant je n'ai encore jamais aimé dans ma vie. Ce que j'ai à donner en ferveur, en sollicitude, en fidélité vous appartient à vous seule. Je suis riche...

— Oh!

— Pardonnez-moi. Je veux seulement dire que je n'ai pas besoin de ma peinture pour vivre. Lisa, ne me comprenez-vous vraiment pas? Ne voyez-vous pas que mon existence repose entre vos mains? Dites-moi donc un mot!»

Un silence pénible s'établit. Elle n'osait pas le regarder. Elle le tenait pour un homme à moitié malade. Enfin, elle parla, avec ménagements et amitié, mais il avait compris dès le premier mot.

Elle lui expliqua qu'elle avait été extrêmement surprise, que sa demande était d'une grande importance pour elle et pour son existence entière; elle lui parlait comme à un enfant plein de fougue dont on ne veut pas rejeter d'un seul mot le désir le plus cher. Il sourit.

«Vous êtes bien aimable, dit-il. Vous avez peur pour moi, n'est-ce pas, et aussi un peu peur de moi?»

Elle le regarda, embarrassée. Il poursuivit :

«Je vous remercie, mademoiselle Lisa. Vous n'avez pas voulu dire non tout de suite, mais j'ai bien compris. Allons, merci beaucoup et adieu!»

Elle voulut le retenir.

«Non, laissez donc, dit-il, je ne vais pas aller prendre du poison; certainement pas. Adieu!»

Elle lui tendit la main. Il la tint fermement dans la sienne, la porta à ses lèvres sans s'incliner, réfléchit un instant et soudain la lâcha et sortit. Dans le corridor, il donna même un pourboire à la servante.

Brahm traversa alors une période difficile. Il savait parfaitement que seul le travail pourrait le ramener à la vie normale, cependant il désespéra longtemps de retrouver cet état d'oubli désintéressé qui avait marqué ses années créatrices. Il loua un logement dans ce même village du Haut-Rhin et parcourut la région en tous sens, repérant sans cesse des motifs pour ses futures œuvres dans les lignes du rivage et le profil perdu des bouquets d'arbres estompés jusqu'à l'irréel par le brouillard automnal. Néanmoins, il était incapable de tenir en place quelques heures de suite et d'oublier ce qu'il voulait totalement effacer de sa mémoire. Il vivait en dehors de toute société; d'ailleurs, il n'en aurait pas profité, étant donné ses habitudes de solitaire et d'original.

Un soir, après qu'il eut vidé sa bouteille accoutumée, plongé dans une désespérante et morne apathie, il craignit d'aller au lit de bonne heure et, sans trop penser à ce qu'il faisait, commanda une seconde bouteille. Les membres engourdis, il se coucha dans un état d'ivresse assez avancé, dormit comme une souche et se réveilla tard le lendemain, avec un étrange et inhabituel sentiment d'absence de volonté et de lassitude qui l'incita à passer la moitié de la journée à rêver.

Deux jours plus tard, alors que les anciens regrets redevenaient lancinants, il essaya du même remède et, par la suite, répéta plusieurs fois l'expérience. Un jour, malgré le froid et l'humidité, il tendit une nouvelle toile sur un châssis. Ce fut le point de départ d'une série d'études. De gros colis contenant des cartons, des planches à dessin et des couleurs arrivèrent de Karlsruhe et de Munich. En moins de six semaines, un atelier primitif avait été construit près de la berge du fleuve. Et peu après Noël, un grand tableau fut achevé : *Aulnes dans le brouillard*, qui passe aujourd'hui pour l'un des meilleurs ouvrages du peintre.

De cette période d'activité délicieusement fiévreuse, Brahm devait subir le contrecoup. Pendant des journées entières, il erra au hasard sous la neige et dans la tempête pour échouer finalement dans quelque auberge de village où, après une silencieuse beuverie, on le transportait dans son lit, complètement ivre. Il restait aussi des journées entières dans son atelier, étendu sur quelques couvertures, la tête vide, le cœur plein de détresse et de dégoût.

Néanmoins, au printemps, il se remit à peindre.

Il survécut ainsi, année après année. Le plus souvent, il parvenait à rester oisif pendant plusieurs semaines et à travailler tout de même. Puis survenait une rechute. Enfin, ayant passé en plein champ une froide nuit de mars après une journée d'ivresse et de courroux, il attrapa un grave refroidissement et mourut solitaire et mal soigné. On l'avait déjà enterré lorsque, après avoir lu la notice d'un journal, un parent arriva pour prendre soin de ses affaires. Parmi les tableaux qu'il laissait se trouvait un remarquable autoportrait appartenant à la dernière période de sa carrière. C'était une tête étudiée avec minutie et sans ménagements, dont les traits hideusement dégradés étaient ceux d'un buveur déjà vieux, légèrement ricanant, au regard triste et incertain. Cependant, pour une raison quelconque, Brahm avait barré ce portrait qu'il n'avait certes pas achevé sans une cruelle ironie à l'égard de lui-même, de deux larges coups de pinceau, rouges, en forme de croix.

*(1906)*

*Victime de l'amour*

*Titre original de la nouvelle :*

DAS LIEBESOPFER

J'ai travaillé pendant trois ans comme aide dans une librairie. Au début, je recevais quatre-vingts marks par mois, puis quatre-vingt-dix, puis quatre-vingt-quinze et je me sentais heureux et fier de gagner mon pain sans avoir besoin d'accepter un pfennig de quiconque. Mon ambition était de me perfectionner dans le métier de bouquiniste. Là, on pouvait vivre à la façon d'un bibliothécaire au milieu des livres anciens, on pouvait dater des incunables, des gravures sur bois et chez certains bons bouquinistes, il y avait des places qui étaient payées jusqu'à deux cent cinquante marks et davantage. Quoi qu'il en soit, le chemin était encore long pour moi et il s'agissait de travailler, travailler…

Il y avait de drôles de gaillards parmi mes collègues. Souvent, il me semblait que le commerce des livres était une sorte d'asile pour marginaux de tout poil. Pasteurs devenus athées, éternels étudiants déchus de leur rang, docteurs en philosophie sans emploi, rédacteurs de journaux devenus inaptes à remplir leur fonction, officiers chichement retraités me côtoyaient au pupitre du bureau. Beaucoup d'entre eux avaient femme et enfants et portaient de lamentables habits râpés, d'autres vivaient dans un confort relatif; la plupart, cependant, ne se trouvaient à l'aise que durant le premier tiers du mois et, le reste du temps, se contentaient de bière, de fromage et de fanfaronnades. Mais tous avaient conservé, de l'époque brillante de leur existence, quelques restes des manières raffinées et des élégantes tournures de langage qui leur étaient familières autrefois; ils étaient persuadés que seule une malchance inouïe avait pu les faire déchoir jusqu'à accepter un emploi aussi modeste.

Drôles de gens, comme je l'ai dit. Mais un homme tel que Colomban Huss, je n'en avais jamais encore rencontré. Il vint un jour mendier au bureau et tomba par hasard sur un petit emploi de copiste qui était vacant; il l'accepta avec reconnaissance et le conserva pendant plus d'un an. En somme, il ne faisait ni ne disait jamais rien de remarquable et, en apparence, ne vivait pas autrement que d'autres pauvres employés de bureau. Mais, en le regardant, on voyait qu'il n'avait pas toujours vécu ainsi. Il pouvait avoir un peu plus de cinquante ans; il était bien découplé et avait un peu l'allure d'un soldat. Ses gestes et ses mouvements étaient empreints de noblesse et de grandeur et son regard était pareil à celui que devaient avoir les poètes, selon l'idée que je m'en faisais à ce moment-là.

Il arrivait que Huss vînt avec moi à l'auberge, car il avait deviné que je l'admirais et l'aimais secrètement. Il me tenait alors des discours tout à fait supérieurs sur la vie et me permettait de régler son addition. Il m'a raconté ce qui suit un soir de juillet. Comme c'était le jour de mon anniversaire, il était venu prendre un petit souper avec moi, nous avions bu du vin et étions allés ensuite nous promener en remontant le cours de la rivière, le long de l'avenue, dans la chaude nuit d'été.

Il y avait là un banc de pierre sous le dernier tilleul de l'allée : il s'y allongea pendant que je me couchais sur l'herbe. Il commença alors son récit.

« Vous n'êtes qu'un jeune blanc-bec, vous ne connaissez rien encore de la vie du monde ; et moi, je suis un vieil animal, sinon je ne vous raconterais pas ce que je vous confie en ce moment. Si vous êtes un type comme il faut, vous garderez pour vous ce que je vais vous dire et vous n'en ferez pas de commérages. Mais c'est comme vous voudrez.

« Quand vous me regardez, vous voyez un petit gratte-papier aux doigts crochus et au pantalon reprisé. Et si vous vouliez m'assommer, je ne m'y opposerais pas ; il n'y a plus grand-chose à tuer en moi. Et si je vous dis que ma vie a été pareille à un ouragan, à un brasier, eh bien, riez seulement, je vous en prie ! Mais vous ne rirez peut-être pas, jeune blanc-bec, lorsqu'un vieil homme vous contera une histoire dans la nuit d'été.

« Vous avez déjà été amoureux, n'est-ce pas ? Plusieurs fois, n'est-il pas vrai ? Oui, oui. Pourtant, vous ne savez pas encore ce que c'est que d'aimer. Vous ne le savez pas, vous dis-je. Peut-être vous est-il arrivé de pleurer pendant une nuit entière ? Et de mal dormir pendant tout un mois ? Peut-être avez-vous aussi écrit des poèmes et une fois ou l'autre joué un peu plus avec des idées de suicide ? Oui, je connais bien cela, mais ce n'est pas de l'amour, je vous dis que non. L'amour, c'est autre chose.

«Il y a une dizaine d'années, j'étais encore un homme respectable et j'appartenais à la meilleure société. J'étais fonctionnaire dans l'administration et officier de réserve, je menais une vie aisée et indépendante ; j'avais un cheval de selle, un valet, j'habitais une maison confortable et je vivais bien : loge au théâtre, voyages en été, petite collection d'art, équitation, voile, soirées de garçon avec bordeaux blanc et rouge, petits déjeuners au champagne et au sherry.

«J'étais habitué à ce train de vie tout le long de l'année et pourtant je m'en passe assez facilement. Car, pour finir, qu'importent le manger et le boire, le cheval et les voyages, n'est-il pas vrai ? Un peu de philosophie et tout cela devient risible et superflu. La société, la bonne réputation, le fait que les gens vous saluent, tout cela est au fond accessoire, bien qu'incontestablement agréable.

«C'est bien de l'amour que nous voulions parler, hein ? Eh bien, qu'est-ce que l'amour ? De nos jours, il est rare que l'on aille jusqu'à mourir pour une femme aimée. Ce serait ce qu'il y a de plus beau, il est vrai. — Ne m'interrompez pas, jeune homme ! Je ne parle pas de l'amour à deux, des baisers, des nuits passées ensemble et du mariage ; je parle de l'amour qui est devenu l'unique sentiment d'une existence. Cet amour-là demeure solitaire, même si, comme on dit, il s'agit d'un amour "partagé". Il consiste dans le fait que toute la volonté et toutes les capacités d'un être se trouvent passionnément tendues vers un but unique et que tout sacrifice se transforme en volupté. Cette sorte d'amour ne sera pas heureux, il va vous brûler, vous faire souffrir, vous détruire, il est semblable à une flamme qui ne veut pas mourir avant d'avoir consumé tout ce qu'il lui est possible d'atteindre.

«Au sujet de la femme que j'ai aimée, il est inutile que vous sachiez quoi que ce soit. Peut-être était-elle merveilleusement belle, peut-être seulement jolie. Peut-être était-elle géniale, peut-être pas du tout. Qu'importe, Grand Dieu! Elle a été le gouffre au fond duquel je devais rouler, elle a été la main de Dieu qui m'a saisi un jour au milieu de mon existence insignifiante. Dès cet instant, cette existence insignifiante est devenue noble et princière, comprenez-vous, ce n'était tout à coup plus la vie d'un homme de qualité, mais celle d'un dieu et d'un enfant, frénétique et irraisonnée, un brasier, un flamboiement.

«Dès lors, tout ce qui m'avait semblé important jusque-là m'apparut sordide et ennuyeux. Je négligeai des choses que je n'avais jamais négligées auparavant, j'inventai des ruses et entrepris des voyages uniquement pour voir cette femme sourire un instant. Pour elle, je m'efforçai d'être exactement le personnage qui lui plaisait, j'étais gai ou sérieux, bavard ou silencieux, correct ou insensé, riche ou pauvre. Lorsqu'elle remarqua mon comportement, elle me soumit à d'innombrables épreuves. La servir était pour moi une délectation et elle ne pouvait inventer quelque chose, imaginer un désir auquel je n'accédasse aussitôt, comme s'il se fût agi d'une simple bagatelle.

«Enfin, elle se rendit compte que je l'aimais plus que n'importe quel autre homme n'aurait pu le faire et il y eut une période de calme pendant laquelle elle me comprit et accepta mon amour. Nous nous vîmes des centaines de fois, nous voyageâmes ensemble, nous fîmes l'impossible pour vivre à deux et tromper le monde.

« Dès lors, j'aurais pu être heureux. Je l'aimais. Et, pendant un moment, j'ai peut-être bien été heureux, en effet.

« Néanmoins, je n'étais pas destiné à conquérir cette femme. Lorsque j'eus joui de ce bonheur pendant quelque temps et que je n'eus plus de sacrifices à faire, lorsque, sans effort de ma part, elle m'accorda un sourire, un baiser ou une nuit d'amour, je commençai à m'inquiéter. Je ne savais pas ce qui me manquait, j'avais obtenu plus que ce que mes désirs les plus téméraires avaient jamais pu demander. Cependant, j'étais inquiet. Comme je l'ai dit, ma destinée n'était pas de faire la conquête de cette femme. C'était par hasard que cela m'était arrivé. J'étais déterminé à souffrir de mon amour et, sitôt que la possession de ma bien-aimée commença à guérir et à tempérer ces souffrances, l'inquiétude s'empara de moi. Je supportai ce malaise pendant un certain temps, puis, tout à coup, il m'entraîna plus loin. Je quittai cette femme. Je pris des vacances et partis pour un long voyage. À cette époque, ma fortune était déjà fortement entamée, mais que m'importait ? Je voyageai donc et rentrai chez moi au bout d'une année. Drôle de voyage ! À peine étais-je parti que mon ancienne flamme s'était rallumée. Plus je m'éloignais et prolongeais mon séjour, plus douloureusement je ressentais ma passion ; j'observai la chose et m'en réjouis, poursuivant mon voyage jusqu'à ce que la brûlure devînt insupportable et me forçât à me rapprocher une nouvelle fois de ma bien-aimée.

« C'est ce que je fis ; je rentrai chez moi et la trouvai irritée et amèrement offensée. Il faut dire, n'est-ce pas, qu'elle s'était donnée à moi, m'avait rendu heureux et que c'était moi qui l'avais quittée ! Elle avait repris un amant, mais je vis qu'elle ne l'aimait pas. Elle ne l'avait pris que pour se venger de ma conduite.

« Je ne pouvais pas lui dire ni lui écrire les raisons qui m'avaient poussé à la quitter, puis à revenir auprès d'elle. Les connaissais-je moi-même ? Donc, je recommençai à la courtiser et à me battre pour la conquérir. J'empruntai à nouveau bien des détours, manquai à des devoirs importants et donnai de grosses sommes d'argent pour entendre un mot d'elle ou pour apercevoir un sourire sur ses lèvres. Elle quitta son amant mais en prit bientôt un autre, car elle n'avait plus confiance en moi. Malgré tout, elle me rencontrait de temps à autre avec plaisir. Quelquefois, il arrivait qu'à une table d'hôte ou au théâtre, elle me lançât par-dessus son entourage un regard étrangement doux et interrogateur.

« Elle m'avait toujours tenu pour quelqu'un de très, très riche ; j'avais éveillé et constamment entretenu cette croyance dans son esprit à seule fin de pouvoir toujours faire quelque chose pour elle, ce qu'elle n'eût pas accepté d'un homme sans ressources. Autrefois, je lui avais offert des cadeaux, mais tout cela était du passé et il me fallut trouver de nouveaux moyens de lui être agréable et de nouveaux sacrifices à lui faire. J'organisai des concerts au cours desquels les musiciens qu'elle aimait jouaient et chantaient ses morceaux préférés. J'accaparai des places de loge afin de pouvoir lui offrir des billets de première. Elle reprit l'habitude de me charger de mille choses.

« Je me trouvai entraîné, pour elle, dans un incessant tourbillon d'affaires. Ma fortune était épuisée ; alors commencèrent les dettes et les acrobaties financières. Je vendis mes tableaux, ma porcelaine ancienne, mon cheval de selle et j'achetai en échange une automobile qui devait en tout temps rester à sa disposition.

« Ensuite, les choses en arrivèrent à un tel point que je vis venir la fin de tout. Pendant que je nourrissais l'espoir de la reconquérir, je vis s'épuiser mes dernières ressources. Mais je ne voulus pas m'arrêter. J'avais encore mon emploi, mon influence, une position considérable. Mais à quoi bon, si cela ne pouvait lui être utile ? Alors j'en arrivai au mensonge, à la malversation et je cessai d'avoir peur de l'huissier de justice, car je devais redouter quelque chose de pire que cela. Cependant, ces malheurs ne furent pas en pure perte. Elle avait rompu avec son deuxième amant et je savais que, désormais, elle n'en prendrait plus d'autre, sinon moi-même.

« Elle me reprit en effet. C'est-à-dire qu'elle partit pour la Suisse et me permit de la suivre. Le lendemain matin, je déposai une demande de congé. En guise de réponse, on vint m'arrêter. Falsifications de documents, détournement de fonds publics. Ne dites rien, ce n'est pas nécessaire. Je sais. Seulement je vais vous dire une chose, c'est que pour moi, le fait d'être déshonoré, condamné, de me voir dépouillé de ma dernière chemise, tout cela c'était encore le feu de la passion amoureuse, c'était le salaire de l'amour. Pouvez-vous comprendre cela, jeune amoureux que vous êtes ?

« Ce que je vous ai raconté est une fable, jeune

homme. Je ne suis pas le personnage qui a vécu tout cela. Je suis un pauvre libraire qui s'est fait inviter par vous à boire une bouteille de vin. À présent, il faut que je rentre chez moi. Non, restez encore, j'irai seul. Restez donc ! »

*(1906)*

## REPÈRES CHRONOLOGIQUES ET BIBLIOGRAPHIQUES

**2 juillet 1877.** Naissance de Hermann Hesse à Calw dans le Wurtemberg (Souabe). Son père, Johannes Hesse, évangéliste et piétiste rattaché à la mission de Bâle, est sujet russe, originaire de l'Estonie où le grand-père de l'écrivain était médecin. Sa mère, Marie Gundert-Dubois, appartient à une famille de vignerons neuchâtelois calvinistes. Née en Inde, elle est fille du missionnaire et orientaliste réputé Hermann Gundert.

**1891.** Est envoyé comme boursier au séminaire de Maulbronn, pour devenir étudiant au *Stift* de Tübingen et suivre la carrière théologique.

**1892.** S'enfuit du séminaire. Est conduit chez les Blumhardt, père et fils, qui guérissent par la prière et chassent les démons. Échec complet de l'exorcisme : les démons du jeune Hermann sont plus tenaces que jamais. Puis séjour chez le pasteur Pfisterer, à Bâle, où il étudie au collège classique (*Gymnasium*).

**1894-1895.** S'engage comme stagiaire dans une fabrique d'horloges à Calw.

**1895.** Séjour à Tübingen, où le temps des prophètes (Hegel, Hölderlin, Schelling) est passé. Apprenti dans une librairie, il étudie Goethe, surtout *Wilhelm Meister.*

**1899.** S'installe à Bâle pour y commencer sa carrière d'écrivain, tout en travaillant chez un libraire. Étudie Jacob Burckhardt et Nietzsche.

**1901.** Édite lui-même sa première œuvre : *Hinterlassene Schrifte und Gedichte von Hermann Lauscher (Écrits et poèmes de Hermann Lauscher).*

**1904**. Publie *Peter Camenzind*, son premier roman, où le monde piétiste est éclipsé par l'évocation de la nature et des sentiments premiers de l'homme au contact d'un lac admirable entouré de hautes montagnes. Les trois romans qui suivent *Peter Camenzind* sont : *l'Ornière (Unterm Rad)*, 1905, *Gertrude*, 1910, et *Rosshalde*, 1914.

**1909**. S'installe à Gaienhofen, sur le lac de Constance, avec sa première femme, Maria Bernouilli, fille du mathématicien bâlois. Période bourgeoise : « J'avais une femme, des enfants, une maison et un jardin. J'écrivais des livres. J'étais apprécié comme poète et je vivais en paix avec le monde. Je faisais de beaux voyages en Suisse, en Allemagne, en Autriche, en Italie et aux Indes. Tout semblait aller pour le mieux. »

**1914**. Bouleversement total provoqué par la Première Guerre mondiale : « Il en résulta un retour sur moi-même et je me retrouvai en conflit avec le monde extérieur, je dus me remettre à cette école qui nous oblige à désapprendre toute satisfaction vis-à-vis de soi-même et de la société... » (*Esquisse d'une autobiographie*). L'écrivain est engagé par le Service civil de l'ambassade d'Allemagne à Berne, où il organise une bibliothèque pour les prisonniers de guerre allemands. Horrifié de voir beaucoup d'intellectuels européens exalter la guerre comme le signe caractéristique d'une « grande époque », il leur adresse en 1915 un appel *(O Freunde, nicht diese Töne!)* paru dans la *Nouvelle Gazette de Zurich* et qui devait le lier d'amitié avec Romain Rolland.

**1915**. *Knulp*, trois histoires tirées de la vie de Knulp.

**1915**. Ruiné, sa famille brisée, Hesse se retire à Montagnola (Tessin), dans la Casa Camuzzi, où il restera jusqu'en 1931. Publie *le Dernier Été de Klingsor*. Le volume, à part le récit qui lui donne son titre, en contient deux autres : *Âme d'enfant* et *Klein et Wagner*. La même année paraît encore *Demian*, sous le pseudonyme d'Emil Sinclair.

**1921**. *Blick ins Chaos (Regards sur le chaos)*, ouvrage qui traite notamment de l'influence de Dostoïevski sur la culture européenne.

**1922**. *Siddhartha*. C'est un des ouvrages clefs de Hesse, qui expose sa religion et sa philosophie dans ce mythe hindouiste. L'auteur a respiré dès l'enfance l'atmosphère de la spiritualité hindoue. *Siddhartha* est l'expression mythique de cette confidence de l'écrivain : « Je n'ai jamais vécu sans religion et ne pourrais vivre un seul jour sans religion mais je m'en suis tiré pendant toute ma vie sans Église» *(Mein Glaube)*. Et encore : «Ce qui compte, ce n'est pas l'autorité extérieure, c'est la voix de notre propre monde intérieur.»

**1924**. Devient citoyen suisse. Épouse en secondes noces la fille de la romancière Lisa Wenger.

**1925**. *Kurgast (le Curiste) :* récit d'une cure à Baden.

**1927**. *Der Steppenwolf (le Loup des steppes)*. Diagnostic des maladies de l'âme en rapport avec notre civilisation et en particulier avec le nazisme. La même année paraît *Nürnberger Reise* (*le Voyage à Nuremberg*).

**1928**. *Betrachtungen (Considérations), Crise :* fragments de journal.

**1930**. *Narcisse et Goldmund.* À travers l'évocation du Moyen Âge finissant, ce mythe illustre les rapports secrets de l'art et de la religion, deux faces de l'unité fondamentale.

**1931**. Troisième mariage, avec Ninon Dolbin. Le couple s'installe dans la maison que H. C. Bodmer a mise à la disposition de l'écrivain pour le reste de ses jours, sur la Collina d'Oro, à Montagnola.

**1932**. *Die Morgenlandfahrt (le Voyage en Orient)*. Ce mythe évoque la quête de l'unité à travers la diversité des individus et des croyances, symbolisée ici par la marche des pèlerins vers l'Orient et par l'ordre qu'ils constituent en dehors des organisations et des *credo* déjà connus.

**1939-1945**. Les œuvres de Hesse sont déclarées «indésirables en Allemagne». Les réimpressions de *l'Ornière,* du *Loup des steppes,* de *Considérations* et de *Narcisse et Goldmund* sont interdites en Allemagne.

**1942**. Première édition complète des *Poèmes.*

**1943**. *Das Glasperlenspiel (le Jeu des perles de verre)* paraît en Suisse, à Zurich, avec le sous-titre : «Essai de biographie du *magister ludi'* Josef Knecht.» Ce mythe évoque une nouvelle formation de l'homme à travers l'unité reconnue de toutes les disciplines artistiques, philosophiques, scientifiques et religieuses, unité qui se traduit par le jeu des perles de verre.

**1946**. *Kreg und Frieder (Guerre et Paix)*, Réflexions sur la guerre et la politique. Les œuvres de Hesse paraissent de nouveau en Allemagne.

Prix Goethe de la Ville de Francfort.

Prix Nobel.

**1954.** *Pictors Verwandlungen (les Métamorphoses de Pictor)*, conte. Publication de la Correspondance avec Romain Rolland.
**1955.** Prix de la Paix des libraires allemands.
**9 août 1962.** Mort de Hesse à Montagnola.

EDMOND BEAUJON

## DU MÊME AUTEUR

*Aux Éditions Gallimard*

LA VILLE

GERTRUDE, *Folio nº 2650*

*Aux Éditions Calmann-Lévy*

LE POÈTE CHINOIS

LE VOYAGE EN ORIENT

LE LOUP DES STEPPES

NARCISSE ET GOLDMUND

PETER CAMENZIND

L'ORNIÈRE

LE JEU DES PERLES DE VERRE

ROSSHALDE

KNULP

LA LEÇON INTERROMPUE

CONTES MERVEILLEUX

FIANÇAILLES

LETTRES

LA CONVERSION DE CASANOVA

BERTHOLD

LE DERNIER ÉTÉ DE KLINGSOR

UNE PETITE VILLE D'AUTREFOIS

LES FRÈRES DU SOLEIL

L'ENFANCE D'UN MAGICIEN

LE VOYAGE À NUREMBERG

*Aux Éditions Stock*

DEMIAN

*Aux Éditions Grasset*

SIDDHARTA

*Aux Éditions Corti*

DESCRIPTION D'UN PAYSAGE

MAGIE DU LIVRE

POÈMES CHOISIS

LECTURE MINUTE

VOYAGE EN ITALIE

*Aux Éditions du Rocher*

HISTOIRES MÉDIÉVALES

# COLLECTION FOLIO

*Dernières parutions*

| | |
|---|---|
| 2548. Jean Renoir | *Les cahiers du capitaine Georges.* |
| 2549. Michel Schneider | *Glenn Gould piano solo.* |
| 2550. Michel Tournier | *Le Tabor et le Sinaï.* |
| 2551. M. E. Saltykov-Chtchédrine | *Histoire d'une ville.* |
| 2552. Eugène Nicole | *Les larmes de pierre.* |
| 2553. Saint-Simon | *Mémoires II.* |
| 2554. Christian Bobin | *La part manquante.* |
| 2555. Boileau-Narcejac | *Les nocturnes.* |
| 2556. Alain Bosquet | *Le métier d'otage.* |
| 2557. Jeanne Bourin | *Les compagnons d'éternité.* |
| 2558. Didier Daeninckx | *Zapping.* |
| 2559. Gérard Delteil | *Le miroir de l'Inca.* |
| 2560. Joseph Kessel | *La vallée des rubis.* |
| 2561. Catherine Lépront | *Une rumeur.* |
| 2562. Arto Paasilinna | *Le meunier hurlant.* |
| 2563. Gilbert Sinoué | *La pourpre et l'olivier.* |
| 2564. François-Marie Banier | *Le passé composé.* |
| 2565. Gonzalo Torrente Ballester | *Le roi ébahi.* |
| 2566. Ray Bradbury | *Le fantôme d'Hollywood.* |
| 2567. Thierry Jonquet | *La Bête et la Belle.* |
| 2568. Marguerite Duras | *La pluie d'été.* |
| 2569. Roger Grenier | *Il te faudra quitter Florence.* |
| 2570. Yukio Mishima | *Les amours interdites.* |
| 2571. J.-B. Pontalis | *L'amour des commencements.* |
| 2572. Pascal Quignard | *La frontière.* |
| 2573. Antoine de Saint-Exupéry | *Écrits de guerre (1939-1944).* |
| 2574. Avraham B. Yehoshua | *L'amant.* |
| 2575. Denis Diderot | *Paradoxe sur le comédien.* |
| 2576. Anonyme | *La Châtelaine de Vergy.* |
| 2577. Honoré de Balzac | *Le Chef-d'œuvre inconnu.* |
| 2578. José Cabanis | *Saint-Simon l'admirable.* |
| 2579. Michel Déon | *Le prix de l'amour.* |
| 2580. Lawrence Durrell | *Le sourire du Tao.* |
| 2581. André Gide | *Amyntas.* |
| 2582. Hervé Guibert | *Mes parents.* |
| 2583. Nat Hentoff | *Le diable et son jazz.* |
| 2584. Pierre Mac Orlan | *Quartier Réservé.* |

| | | |
|---|---|---|
| 2585. | Pierre Magnan | *La naine.* |
| 2586. | Naguib Mahfouz | *Chimères.* |
| 2587. | Vladimir Nabokov | *Ada ou l'Ardeur.* |
| 2588. | Daniel Boulanger | *Un été à la diable.* |
| 2589. | Louis Calaferte | *La mécanique des femmes.* |
| 2590. | Sylvie Germain | *La Pleurante des rues de Prague.* |
| 2591. | Julian Gloag | *N'éveillez pas le chat qui dort.* |
| 2592. | J.M.G. Le Clézio | *Étoile errante.* |
| 2593. | Louis Malle | *Au revoir, les enfants.* |
| 2595. | Jean-Bernard Pouy | *L'homme à l'oreille croquée.* |
| 2596. | Reiser | *Jeanine.* |
| 2597. | Jean Rhys | *Il ne faut pas tirer les oiseaux au repos.* |
| 2598. | Isaac Bashevis Singer | *Gimpel le naïf.* |
| 2599. | Andersen | *Contes.* |
| 2600. | Jacques Almira | *Le Bar de la Mer.* |
| 2602. | Dominique Bona | *Malika.* |
| 2603. | John Dunning | *Les mécanos de la mort.* |
| 2604. | Oriana Fallaci | *Inchallah.* |
| 2605. | Sue Hubbell | *Une année à la campagne.* |
| 2606. | Sébastien Japrisot | *Le passager de la pluie.* |
| 2607. | Jack Kerouac | *Docteur Sax.* |
| 2608. | Ruth Rendell/Helen Simpson | *Heures fatales.* |
| 2609. | Tristan L'Hermite | *Le Page disgracié.* |
| 2610. | Alexandre Dumas | *Les Trois Mousquetaires.* |
| 2611. | John Updike | *La concubine de saint Augustin* et autres nouvelles. |
| 2612. | John Updike | *Bech est de retour.* |
| 2613. | John Updike | *Un mois de dimanches.* |
| 2614. | Emmanuèle Bernheim | *Le cran d'arrêt.* |
| 2615. | Tonino Benacquista | *La commedia des ratés.* |
| 2616. | Tonino Benacquista | *Trois carrés rouges sur fond noir.* |
| 2617. | Rachid Boudjedra | *FIS de la haine.* |
| 2618. | Jean d'Ormesson | *La gloire de l'Empire.* |
| 2619. | Léon Tolstoï | *Résurrection.* |
| 2620. | Ingmar Bergman | *Cris et chuchotements* suivi de *Persona* et de *Le lien.* |
| 2621. | Ingmar Bergman | *Les meilleures intentions.* |

| | | |
|---|---|---|
| 2622. | Nina Bouraoui | *Poing mort.* |
| 2623. | Marguerite Duras | *La Vie matérielle.* |
| 2624. | René Frégni | *Les nuits d'Alice.* |
| 2625. | Pierre Gamarra | *Le maître d'école.* |
| 2626. | Joseph Hansen | *Les ravages de la nuit.* |
| 2627. | Félicien Marceau | *Les belles natures.* |
| 2628. | Patrick Modiano | *Un cirque passe.* |
| 2629. | Raymond Queneau | *Le vol d'Icare.* |
| 2630. | Voltaire | *Dictionnaire philosophique.* |
| 2631. | William Makepeace Thackeray | *La Foire aux Vanités.* |
| 2632. | Julian Barnes | *Love, etc.* |
| 2633. | Lisa Bresner | *Le sculpteur de femmes.* |
| 2634. | Patrick Chamoiseau | *Texaco.* |
| 2635. | Didier Daeninckx | *Play-back.* |
| 2636. | René Fallet | *L'amour baroque.* |
| 2637. | Paula Jacques | *Deborah et les anges dissipés.* |
| 2638. | Charles Juliet | *L'inattendu.* |
| 2639. | Michel Mohrt | *On liquide et on s'en va.* |
| 2640. | Marie Nimier | *L'hypnotisme à la portée de tous.* |
| 2641. | Henri Pourrat | *Bons, pauvres et mauvais diables.* |
| 2642. | Jacques Syreigeol | *Miracle en Vendée.* |
| 2643. | Virginia Woolf | *Mrs Dalloway.* |
| 2645. | Jerome Charyn | *Elseneur.* |
| 2646. | Sylvie Doizelet | *Chercher sa demeure.* |
| 2647. | Hervé Guibert | *L'homme au chapeau rouge.* |
| 2648. | Knut Hamsun | *Benoni.* |
| 2649. | Knut Hamsun | *La dernière joie.* |
| 2650. | Hermann Hesse | *Gertrude.* |
| 2651. | William Hjortsberg | *Le sabbat dans Central Park.* |
| 2652. | Alexandre Jardin | *Le Petit Sauvage.* |
| 2653. | Philip Roth | *Patrimoine.* |
| 2655. | Fédor Dostoïevski | *Les Frères Karamazov.* |
| 2656. | Fédor Dostoïevski | *L'Idiot.* |
| 2657. | Lewis Carroll | *Alice au pays des merveilles. De l'autre côté du miroir.* |
| 2658. | Marcel Proust | *Le Côté de Guermantes.* |
| 2659. | Honoré de Balzac | *Le Colonel Chabert.* |
| 2660. | Léon Tolstoï | *Anna Karénine.* |

| | | |
|---|---|---|
| 2661. | Fédor Dostoïevski | *Crime et châtiment.* |
| 2662. | Philippe Le Guillou | *La rumeur du soleil.* |
| 2663. | Sempé-Goscinny | *Le petit Nicolas et les copains.* |
| 2664. | Sempé-Goscinny | *Les vacances du petit Nicolas.* |
| 2665. | Sempé-Goscinny | *Les récrés du petit Nicolas.* |
| 2666. | Sempé-Goscinny | *Le petit Nicolas a des ennuis.* |
| 2667. | Emmanuèle Bernheim | *Un couple.* |
| 2668. | Richard Bohringer | *Le bord intime des rivières.* |
| 2669. | Daniel Boulanger | *Ursacq.* |
| 2670. | Louis Calaferte | *Droit de cité.* |
| 2671. | Pierre Charras | *Marthe jusqu'au soir.* |
| 2672. | Ya Ding | *Le Cercle du Petit Ciel.* |
| 2673. | Joseph Hansen | *Les mouettes volent bas.* |
| 2674. | Agustina Izquierdo | *L'amour pur.* |
| 2675. | Agustina Izquierdo | *Un souvenir indécent.* |
| 2677. | Philippe Labro | *Quinze ans.* |
| 2678. | Stéphane Mallarmé | *Lettres sur la poésie.* |
| 2679. | Philippe Beaussant | *Le biographe.* |
| 2680. | Christian Bobin | *Souveraineté du vide* suivi de *Lettres d'or.* |
| 2681. | Christian Bobin | *Le Très-Bas.* |
| 2682. | Frédéric Boyer | *Des choses idiotes et douces.* |
| 2683. | Remo Forlani | *Valentin tout seul.* |
| 2684. | Thierry Jonquet | *Mygale.* |
| 2685. | Dominique Rolin | *Deux femmes un soir.* |
| 2686. | Isaac Bashevis Singer | *Le certificat.* |
| 2687. | Philippe Sollers | *Le Secret.* |
| 2688. | Bernard Tirtiaux | *Le passeur de lumière.* |
| 2689. | Fénelon | *Les Aventures de Télémaque.* |
| 2690. | Robert Bober | *Quoi de neuf sur la guerre ?* |
| 2691. | Ray Bradbury | *La baleine de Dublin.* |
| 2692. | Didier Daeninckx | *Le der des ders.* |
| 2693. | Annie Ernaux | *Journal du dehors.* |
| 2694. | Knut Hamsun | *Rosa.* |
| 2695. | Yachar Kemal | *Tu écraseras le serpent.* |
| 2696. | Joseph Kessel | *La steppe rouge.* |
| 2697. | Yukio Mishima | *L'école de la chair.* |
| 2698. | Pascal Quignard | *Le nom sur le bout de la langue.* |
| 2699. | Jacques Sternberg | *Histoires à mourir de vous.* |
| 2701. | Calvin | *Œuvres choisies.* |

| | | |
|---|---|---|
| 2702. | Milan Kundera | *L'art du roman.* |
| 2703. | Milan Kundera | *Les testaments trahis.* |
| 2704. | Rachid Boudjedra | *Timimoun.* |
| 2705. | Robert Bresson | *Notes sur le cinématographe.* |
| 2706. | Raphaël Confiant | *Ravines du devant-jour.* |
| 2707. | Robin Cook | *Les mois d'avril sont meurtriers.* |
| 2708. | Philippe Djian | *Sotos.* |
| 2710. | Gabriel Matzneff | *La prunelle de mes yeux.* |
| 2711. | Angelo Rinaldi | *Les jours ne s'en vont pas longtemps.* |
| 2712. | Henri Pierre Roché | *Deux Anglaises et le continent.* |
| 2714. | Collectif | *Dom Carlos* et autres nouvelles françaises du XVII$^{e}$ siècle. |
| 2715. | François-Marie Banier | *La tête la première.* |
| 2716. | Julian Barnes | *Le porc-épic.* |
| 2717. | Jean-Paul Demure | *Aix abrupto.* |
| 2718. | William Faulkner | *Le gambit du cavalier.* |
| 2719. | Pierrette Fleutiaux | *Sauvée !* |
| 2720. | Jean Genet | *Un captif amoureux.* |
| 2721. | Jean Giono | *Provence.* |
| 2722. | Pierre Magnan | *Périple d'un cachalot.* |
| 2723. | Félicien Marceau | *La terrasse de Lucrezia.* |
| 2724. | Daniel Pennac | *Comme un roman.* |
| 2725. | Joseph Conrad | *L'Agent secret.* |
| 2726. | Jorge Amado | *La terre aux fruits d'or.* |
| 2727. | Karen Blixen | *Ombres sur la prairie.* |
| 2728. | Nicolas Bréhal | *Les corps célestes.* |
| 2729. | Jack Couffer | *Le rat qui rit.* |
| 2730. | Romain Gary | *La danse de Gengis Cohn.* |
| 2731. | André Gide | *Voyage au Congo* suivi de *Le retour du Tchad.* |
| 2733. | Ian McEwan | *L'enfant volé.* |
| 2734. | Jean-Marie Rouart | *Le goût du malheur.* |
| 2735. | Sempé | *Âmes sœurs.* |
| 2736. | Émile Zola | *Lourdes.* |
| 2737. | Louis-Ferdinand Céline | *Féerie pour une autre fois.* |
| 2738. | Henry de Montherlant | *La Rose de sable.* |
| 2739. | Vivant Denon<br>Jean-François de Bastide | *Point de lendemain,* suivi de *La Petite Maison.* |
| 2740. | William Styron | *Le choix de Sophie.* |

2741. Emmanuèle Bernheim — *Sa femme.*
2742. Maryse Condé — *Les derniers rois mages.*
2743. Gérard Delteil — *Chili con carne.*
2744. Édouard Glissant — *Tout-monde.*
2745. Bernard Lamarche-Vadel — *Vétérinaires.*
2746. J.M.G. Le Clézio — *Diego et Frida.*
2747. Jack London — *L'amour de la vie.*
2748. Bharati Mukherjee — *Jasmine.*
2749. Jean-Noël Pancrazi — *Le silence des passions.*
2750. Alina Reyes — *Quand tu aimes, il faut partir.*
2751. Mika Waltari — *Un inconnu vint à la ferme.*
2752. Alain Bosquet — *Les solitudes.*
2753. Jean Daniel — *L'ami anglais.*
2754. Marguerite Duras — *Écrire.*
2755. Marguerite Duras — *Outside.*
2756. Amos Oz — *Mon Michaël.*
2757. René-Victor Pilhes — *La position de Philidor.*
2758. Danièle Sallenave — *Les portes de Gubbio.*
2759. Philippe Sollers — *PARADIS 2.*
2760. Mustapha Tlili — *La rage aux tripes.*

*Composition Interligne.*
*Impression Bussière Camedan Imprimeries*
*à Saint-amand (Cher),*
*le 24 octobre 1995.*
*Dépôt légal : octobre 1995.*
*Numéro d'imprimeur : 1/2599.*
**ISBN 2-07-038824-7./Imprimé en France.**